RACHEL LEIGH

HERDEIRO
Diabólico

Traduzido por Malu Garcez

1ª Edição

2023

Direção Editorial:	**Revisão Final:**
Anastacia Cabo	Equipe The Gift Box
Tradução:	**Arte de Capa:**
Malu Garcez	Bianca Santana
Preparação de texto:	**Diagramação:**
Marta Fagundes	Carol Dias
Ícones de diagramação:	dgim-studio/Freepik

Copyright © Rachel Leigh, 2021
Copyright © The Gift Box, 2023

Todos os direitos reservados.
Nenhuma parte do conteúdo desse livro poderá ser reproduzida em qualquer meio ou forma – impresso, digital, áudio ou visual – sem a expressa autorização da editora sob penas criminais e ações civis.
Esta é uma obra de ficção. Nomes, personagens, lugares e acontecimentos descritos são produtos da imaginação da autora. Qualquer semelhança com nomes, datas ou acontecimentos reais é mera coincidência.

Este livro segue as regras da Nova Ortografia da Língua Portuguesa.

CIP-BRASIL. CATALOGAÇÃO NA PUBLICAÇÃO

L529

Leigh, Rachel
  Herdeiro Diabólico / Rachel Leigh ; tradução Malu Gracez. - 1. ed. - Rio de Janeiro : The Gift Box, 2023.
  252 p.

Tradução de: Devil Heir
ISBN 978-65-5636-237-3

1. Romance americano. II. Garcez, Malu. III. Título.

CDD: 813
CDU: 82-31(73)

> *"Tenho a impressão de que o amor poderia ser rotulado de veneno e nós, ainda assim, o beberíamos".*
> *Atticus*

Para Carolina,
Eu não conseguiria fazer isso sem você.

PRÓLOGO

Quatorze anos de idade...

É cedo demais. Como alguém pode se declarar apaixonado por alguém e se casar com outra pessoa seis meses depois? Sem falar no fato de tornar aquele garoto diabólico parte de nossa família. Ele cospe fogo e posso jurar que seus olhos mudam de castanhos para pretos como carvão quando está com raiva. Ele me assusta. E me assusta de verdade.

Agora sou obrigada a viver nessa mansão monstruosa com ele? Não faço ideia do que está se passando na cabeça da minha mãe. Claro, meu novo padrasto é rico, mas, basicamente, é só isso que ele é. Ele cria o filho embaixo de sua asa e esses dois são uma raça diferente de humanos. A eles faltam empatia e noção de privacidade.

Uma parte minha pensava que meus pais ficariam juntos para sempre. Mesmo ouvindo as discussões intermináveis porque buscavam um casamento melhor. Estou começando a me sentir ingênua por pensar que existe um "felizes para sempre". Mas, novamente, eu só tenho quatorze anos, então o que sei sobre a vida?

— Penelope! — grita minha mãe, ao longo do corredor. A porta entreaberta permite que suas palavras ressoem quarto adentro.

— Estou indo! — respondo de volta.

Coloco a escova na nova penteadeira que Richard – que será meu padrasto em breve – comprou para mim. Tudo que há nesse quarto foi comprado por ele. Tudo novinho em folha. Paredes em branco e rosa, uma cama combinando e artes na parede. Nada parecido com meu quarto em Portland. Eu daria tudo para estar de volta com meu pai, para ter minha família unida novamente. Minhas entranhas se contraem de forma dolorosa quando cai a ficha de que nunca voltarei àquele lugar feliz, pois nenhum de nós é a mesma pessoa daquela época.

Eles dizem que não é culpa minha. Pessoas deixam de se amar e blá--blá-blá. Mas isso não faz com que eu me sinta nem um pouco melhor.

Lanço uma última olhada no espelho e me sinto pronta para ir à igreja onde minha mãe ganhará um novo último sobrenome, e eu me tornarei a excluída dessa família.

Assim que me afasto da penteadeira, minha porta se escancara. A princípio, espero ver minha mãe, mas, como não é com ela com quem me deparo, retrocedo em meus passos e quase tropeço no banco atrás de mim.

— Saia daqui! — esbravejo com Blaise. Ele fica parado lá, em silêncio, mas enraizado no mesmo lugar, como se tivesse vindo aqui só para tentar me assustar novamente. Ele tem olhos grandes e um semblante inexpressivo. — Não tenho medo de você — digo, esperando que ele não veja a verdade através dessa mentira.

Passos lentos, mas pesados, o colocam bem à minha frente. Cara a cara com meu novo irmão postiço.

— Deveria ter. — Ele sorri, diabolicamente. Há algo de tão sombrio a respeito deste menino...

— Por que você não está vestido para o casamento? — pergunto, agarrando as laterais do meu vestido cor de pêssego.

Minha mãe o escolheu para que eu combinasse com as outras garotas no casamento. Ela disse que estou velha demais para ser a florista, mas que tenho a idade perfeita para ser uma dama de honra um pouco mais velha. Eu e Blaise vamos entrar juntos, já que temos a mesma idade. Implorei à minha mãe que não me obrigasse a isso, mas ela dispensou minhas súplicas dizendo-me para engoli-las.

— Porque não quero. E eu só faço o que quero.

Eu juro que o diabo habita dentro de Blaise. Meu corpo estremece todas as vezes em que estou perto dele. Ele me visita até nos meus sonhos, transformando-os nos piores pesadelos. Uma noite, acordei com um baque surdo no meu quarto, e eu podia jurar que ele estava lá dentro, me observando dormir. Outra vez, ele incendiou meu livro de matemática porque não gostou que eu estivesse na mesma turma que ele e seus amigos. Ele só sorriu para mim, abriu o livro e aproximou a chama de um isqueiro. E, então, começou a rir. Que tipo de pessoa faz isso?

Eu me viro para sair, mas Blaise segura meu braço.

— Me larga. — Tento me afastar, mas não adianta. Ele agarra um punhado do meu cabelo perfeitamente ondulado e puxa. Quando estou prestes a gritar, cobre minha boca com a mão.

— Se você não impedir este casamento, vai se arrepender pelo resto da vida. Eu não quero ter uma irmã estúpida.

Aproveitando o pequeno espaço entre sua mão e minha boca, eu a abro e mordo seu polegar.

Blaise grita e me empurra para o lado como uma boneca de pano. Eu tropeço no banco da penteadeira e caio no chão, batendo a cabeça no estribo da minha nova cama.

— Depois não diga que não avisei — diz ele, em tom ameaçador, antes de sair.

Sou deixada ali no chão, com um corte na cabeça que, com certeza, deixará uma cicatriz, e um pequeno rasgo na lateral do meu vestido novo. Lágrimas escorrem pelas minhas bochechas conforme me levanto.

Sei que não posso impedir o casamento. Mas também sei que Blaise estava falando sério. Ele vai se certificar de que eu me arrependa deste dia durante o resto da minha vida.

Quinze anos de idade...

Quando estamos reunidos ao redor da mesa de jantar, meu padrasto se levanta.

— Blaise, Penelope, obrigado por terem aceitado jantar conosco esta noite. Eu sei que isso foge do comum, levando em conta que vocês são adolescentes ocupados que preferem comer em seus quartos enquanto assistem a vídeos no YouTube em seus celulares.

Vídeos no YouTube? Obviamente ele não faz ideia do que nós realmente fazemos em nossos celulares. Cinco minutos antes de descermos para cá, por exemplo, Blaise publicou na página da escola: *"Preparem suas máscaras. Hoje, nós tocaremos o terror. E por nós, eu me refiro a todos, menos à vadia da filha da minha madrasta. Mantenha sua bunda fedorenta em casa, Penny."*

Os comentários foram cruéis. Alguns riram, outros disseram coisas muito piores. Lilith, a garota mais popular do 1º ano do ensino médio, se referiu a mim como Carrie, A Estranha. Talvez, um dia, eu perca mesmo o controle. Talvez eu *deva* perder o controle.

Depois disso, parei de ler os comentários.

Richard prossegue, nos encarando de cima, sentados à mesa. Os olhos dele se detêm em mim. Algo muda e consigo senti-lo praticamente me despindo com os olhos.

— Richard, continue — incentiva minha mãe, como se tivesse percebido onde a atenção dele foi parar.

Blaise bate a mão na mesa, fazendo as colheres tilintarem contra a porcelana.

— É, Richard. Continue.

— Certo. — Ele desvia o olhar. — Eu e Ana não queríamos dizer nada até que tivéssemos respostas para o que estava acontecendo, mas não tenho me sentido bem ultimamente. Depois de uma semana de exames, foi confirmado que o câncer voltou. A boa notícia é que está concentrado em apenas algumas áreas e não se espalhou para nenhum órgão.

Quando minha mãe e Richard começaram a namorar, ela disse que ele estava doente. Não sei os detalhes, mas ele tinha um tumor no estômago, que foi removido antes que o câncer se espalhasse. Nós meio que deduzimos que este fosse o final da história.

Blaise larga o garfo no prato, com um tinido.

— E a notícia ruim?

— A notícia ruim? Bom, o tratamento me deixará debilitado. Talvez eu precise passar um tempo longe do trabalho.

— Essa é a notícia ruim? — Blaise expira fundo. — Que você vai precisar faltar ao trabalho? — Ele empurra a cadeira para trás e se levanta. — É uma merda que você precise perder alguns dias fazendo aquilo que mais ama.

É evidente que Blaise tem mágoa do pai, por conta da agenda atolada de trabalho. Mas ele não parece ter muitas reclamações a fazer quando está gastando o dinheiro que recebe. Não sou uma grande fã de Richard, não mesmo, mas o cara acabou de contar que está com câncer. De novo. Blaise poderia demonstrar um pouco de compaixão, mesmo que não de forma escancarada. Mas isso está fora do alcance dele. Ele está fazendo com que tudo isso seja sobre ele, como sempre faz.

Nós terminamos de jantar em silêncio. A cozinheira fez um delicioso salmão coberto com mel, acompanhado de brócolis cozido e arroz branco. Eu praticamente me obrigo a comer enquanto Richard me encara através da mesa, passando o dedo na borda da taça de vinho e lambendo os lábios. Ele está sempre fazendo esses gestos grotescos que me levam a pensar que está flertando comigo. Minha mãe coloca um pouco de arroz no prato dele com um pouco mais de agressividade, roubando a atenção dele de mim.

Empurro meu prato cheio para longe, cansada da atenção de Richard.

— Penelope, não desperdice comida. — Minha mãe empurra o prato de volta para mim.

Eu resmungo ao olhar para Richard, sentado em sua cadeira como um rei, com o lábio inferior preso entre os dentes.

— Perdi o apetite.

Minha mãe bufa.

— Certo. Pode ir. Mas nem pense em descer aqui no meio da noite e sujar louça para Jules lavar depois.

— Nem pensar. — Meu Deus, minha mãe é horrível. Eu me levanto, paro e me viro. — Sinto muito pelo resultado dos exames, Richard. — Posso não gostar do cara, mas não desejaria nem que o meu pior inimigo tivesse câncer.

Ele não diz nada, apenas deixa minha mãe segurar sua mão enquanto ela o encara com olhos arregalados. Às vezes, não tenho certeza se o que ela sente por ele é amor ou obsessão. E, às vezes, não sei se esse sentimento todo é voltado para ele ou para o seu dinheiro.

Quando estou subindo as escadas para o meu quarto, encontro Blaise no caminho.

— O que você está fazendo aqui em cima? — Reparo suas mãos às costas. — O que está escondendo aí? — O quarto de Blaise fica no porão. Ele nunca vem aqui em cima, a menos que seja para me provocar.

— Sai da frente, franguinha. Eu tenho mais o que fazer. Porque, sabe como é, eu tenho uma vida, amigos...

Dou um passo para o lado e o deixo passar, apenas para fazer com que ele abaixe a guarda. Assim que ele passa, eu o agarro por trás.

— Me mostre o que você está escondendo! — Estou praticamente brincando de cavalinho, agarrada às costas dele, que continua descendo as escadas. — Me mostre, Blaise.

Assim que chegamos ao andar inferior, ele me sacode e eu caio no chão.

— Me obrigue.

— Mãe! — grito, do pé da escada. Cruzo os braços e faço uma careta para Blaise.

Ele solta uma risada.

— Boa sorte com isso. Mesmo se ela te escutasse, ela fingiria que não ouviu.

Blaise passa por mim e, sendo a imbecil que sou, nem tento impedi-lo. Qual é o sentido? Ele faz o que quer, quando quer. Torci para que o que quer que ele estivesse escondendo não seja meu, porquê, se for, significa que ele está tramando alguma coisa.

São dez horas em ponto, do dia do meu aniversário, na noite anterior ao Halloween. Todo mundo está se divertindo como nunca, enquanto estou sentada aqui, navegando pelo Facebook e vendo Emery, minha melhor amiga, ler um livro.

— O que você acha que eles estão fazendo agora?

— Quem? — Ela me espia por cima do livro.

— Todo mundo. Todo mundo que não é a gente.

Emery fecha o livro e o coloca ao lado.

— Ah, devem estar se embebedando, quebrando as janelas dos carros, dançando no meio do mato com todas aquelas luzes neon que eles penduram nas árvores. Alguns estão, provavelmente, fazendo sexo no chão.

— Sexo? Você acha?

— Hmm, sim. Nós estamos no ensino médio. É claro que nossos colegas de turma estão fazendo sexo.

— Você acha que a Lilith já fez?

— Com certeza. Inclusive, ouvi dizer que ela perdeu a virgindade com o filho do seu padrasto.

Sinto uma pontada no peito. Blaise não é mais virgem? É claro que ele não é. Estamos falando de Blaise. O cara mais popular da escola, mesmo que esteja cursando apenas o primeiro ano. Nunca vou entender o porquê, mas as pessoas se curvam a ele. Ele poderia ter a garota que quisesse. Até mesmo Lilith James.

Emery parece estar perdida em pensamentos.

— Em, o que foi? — Chamo sua atenção. Ela levanta a cabeça e olha para mim.

— Nada. Estou só pensando. — Ela descruza as pernas e se levanta. — Nós deveríamos ir. De qualquer forma, todos eles usam aquelas máscaras. Ninguém vai saber que somos nós.

Arqueio tanto as sobrancelhas que elas quase tocam o couro cabeludo.

— Você enlouqueceu? Eles ateariam fogo em nós sem nem pensar duas vezes. Na verdade, eles tacariam fogo em mim. Você seria sacrificada.

— Bom, se eles te odeiam, é bem provável que me odeiem também.

— Você é incrível, Em. — E ela realmente é. Emery é minha única amiga e desde que cheguei a Skull Creek, ela me apoiou. Mesmo quando é atingida por estar em meio ao fogo cruzado.

— É para isso que servem os amigos, não é? Sabe para o que mais os amigos servem? Entrar de penetras em festas em que não foram convidados — ela resmunga. — Vamos lá. Nós podemos só ficar mais afastadas e observar. Você não tem nem um pouquinho de curiosidade de saber como é?

— Sinto muito. Eu simplesmente não posso fazer isso.

Emery se levanta e se aproxima, colocando as mãos em meus ombros.

— Está bem, então. Que tal uma promessa?

Eu a olho de soslaio.

— Uma promessa?

— Uhum. Eu prometo que, um dia, farei com que sejamos convidadas para uma festa. Porra, eu farei uma para você. Um dia, nós faremos parte deles. Nós seremos eles.

Dou risada diante de sua tentativa em fazer com que eu me sinta melhor.

— Então, você concorda que nós não deveríamos ir?

— Acho que sim. — Ela suspira fundo.

Fico grata por ela concordar. A gente acabaria se metendo em problemas se aparecêssemos por lá. Lilith acabaria com a gente. Blaise poderia até tentar me matar.

Eu me deito de volta na cama e abro o aplicativo do Facebook de novo. Procurando sarna para me coçar, clico no perfil de Lilith, curiosa para ver se ela postou alguma coisa sobre Blaise. É então que vejo...

Algo que nunca poderei apagar da memória.

Aperto o play em um vídeo de Lilith parada perto do fogo. A máscara dela está levantada enquanto ela segura meu diário.

— Leia! Leia! — O coro é entoado continuamente por todo o corpo estudantil de Skull Creek High, conforme eles dançam, de máscaras.

Lilith encara a câmera, como se estivesse lendo diretamente para mim:

— Ontem à noite, Lúcifer veio em meu quarto enquanto eu estava dormindo. Ele pairou acima de mim e eu mantive os olhos fechados com força. Ele só ficou lá por alguns minutos, mas acho que estava acariciando a si mesmo enquanto me observava. Na semana passada, ele tentou entrar no banheiro quando eu estava tomando banho. Estou começando a ter medo dele. — Ao fundo, ouço ofegos e risadinhas. Meu coração despenca até o estômago. Lilith vira a página. — Eu segui Blaise ontem à noite. Ele foi até aquele velho celeiro na rodovia 88. Ele tem ido bastante lá, ultimamente, só para pensar. Ele não me viu, mas eu o observei pela janela lateral. Ele ficou lá, deitado tranquilamente em alguns fardos de feno, apenas observando o teto e perdido em pensamentos.

Blaise aparece em cena, tentando tirar o diário das mãos de Lilith, que ri loucamente.

— Okay, você já se divertiu o suficiente. Me devolva. — Lilith luta contra, mas Blaise vence a disputa.

Blaise fez isso. Ele roubou meu diário, e aposto que foi Lilith quem o incitou a isso. Mas, de qualquer forma, ele o roubou.

Uma parte minha morreu de humilhação naquele momento.

Mais tarde, naquela noite, conforme as lágrimas escorriam, o resto que sobrou de mim desejou que eu pudesse apenas desaparecer.

Dezesseis anos de idade...

Isso não vai acabar nunca. *Ele* nunca vai parar. Coloco a mochila no ombro, pronta para encarar outro dia infernal da Skull Creek High. Hoje é meu aniversário, o que, com certeza, me renderá um tratamento "especial" não desejado.

Eu desço do ônibus de cabeça baixa. Meu olhar percorre as cercanias da escola, procurando por Emery. Ela sempre me encontra por ali.

A única coisa pior do que andar por essa escola, é fazer isso sozinha.

Quando alcanço as portas, o senhor Grady as segura abertas para mim.

— Obrigada — agradeço.

Sigo direto para o meu armário, segurando as alças da mochila com força, mas sou pega de guarda baixa pelos sussurros e risadinhas que se espalham entre meus colegas. Eu olho em volta e percebo que todos estão me observando.

Estou com o par certo de sapatos, vestindo todas as peças de roupas e não tenho papel higiênico grudado em mim. *Que diabos está acontecendo?*

À medida em que me aproximo do meu armário, meu estômago começa a se revirar. Há uma multidão reunida e, assim que eles me veem, os sussurros se tornam mais altos.

— Ela está aqui.

— Sai da frente!

— Porra, isso vai ser épico.

Uma grande parte minha acha que eu deveria dar a volta e sair dessa escola agora. Salvar a mim mesma da dor que estou prestes a sentir. Não faço ideia do que seja e não quero saber. Tudo que quero é ser deixada em paz.

Prendendo o fôlego, aperto as alças da mochila com mais força e atravesso a multidão. Um nó surge acima do estômago e lágrimas começam a se formar nos cantos dos meus olhos. Escritas em vermelho ao longo da extensão do meu armário, estão as palavras: *"Você nunca deveria ter nascido"*. Algumas pessoas estão paradas com seus celulares a postos, me filmando – me esperando desabar, mas não darei esse gostinho. Eu me recuso a dar essa satisfação a eles.

— Sai da frente — digo a Lilith, que agora está bloqueando meu caminho. Meu corpo inteiro está formigando com a atenção indesejada vinda de meus colegas.

— Me obrigue, vadia. — Ela me empurra. Eu a encaro e tento contorná-la, mas ela se move e se posta à minha frente novamente. — Qual é o problema, aniversariante? Chateada porque sua própria família não lembra do dia que você nasceu?

Com uma careta, eu retruco:

— Você nem sabe do que está falando, Lilith. Apenas saia do meu caminho para que eu possa ir para a aula.

As palavras dela não me machucam. Nem as palavras em meu armário. São as risadas e piadas feitas às minhas custas, por pessoas que buscam aceitação dessa imbecil perversa, que me ferem.

Metade das pessoas aqui nem gostam umas das outras.

Lilith e Blaise não se dão bem desde que transaram no primeiro ano e ele espalhou por aí que ela praticamente o estuprou.

Também tem o Wade, que tenta ser bom, mas, ainda assim, é um pau-mandado. Ele não toma partido em suas palhaçadas, mas está sempre na sombra deles.

Chase é apenas um pervertido que olha para as garotas como se fossem objetos.

Mas Lilith e seu grupo de meninas más estão em busca de sangue. Elas ridicularizam qualquer um a quem acreditam estar abaixo delas – ou seja, qualquer um –, mas eu ocupo o topo dessa lista. Se tivesse que adivinhar o porquê, diria que ela tem uma quedinha por Blaise e tem ciúmes da proximidade em que se localizam nossos quartos.

Blaise é um valentão, mas a maior parte de sua crueldade é dedicada a mim. A escola inteira se curva a essas pessoas, e não faço a menor ideia do porquê.

Avisto Emery se aproximando e uma pequena onda de alívio me percorre. Pelo menos tenho uma pessoa do meu lado.

— Eu mandei você sair da minha frente! — Empurro Lilith para trás, de repente me sentindo destemida e poderosa ao ver apoio se aproximando. Não que eu espere que Emery lute minhas batalhas por mim, mas é claro que ela me defenderia.

Esqueço meu armário e começo a ir em direção a Emery, mas ela se esgueira por entre a multidão.

— Emery! — grito. — Espere! — Eu me preparo para atravessar o mar de alunos para encontrá-la, mas ela desaparece.

— Não terminei com você, aniversariante. — Lilith agarra um tufo do meu cabelo por trás e puxa com tanta força que meus folículos parecem estar pegando fogo.

— Me solta! — esbravejo.

Ela puxa com mais brutalidade.

Minha mochila escorrega pelo braço, ficando pendurada entre nós enquanto minha cabeça é puxada para frente e para trás. Todo mundo só fica ali parado. Alguns rindo, alguns filmando. Ninguém sequer tenta tirar essa garota maluca de cima de mim.

— Chega! — Ouço o grito de Blaise.

Lilith afrouxa o aperto, mas não solta.

— Sai daqui — Lilith rosna para Blaise antes de me girar e me jogar contra meu armário.

— Eu disse chega! — Blaise arreganha os dentes, com os punhos cerrados ao lado do corpo. Será que ele realmente bateria em uma garota? Ele realmente bateria em alguém para me ajudar? — Você conhece as regras. Agora se afaste, porra.

As mãos de Lilith deslizam até minha garganta, envolvendo e apertando, mas não com força o suficiente para cortar a respiração.

— Saia de perto de mim, sua vadia — grunho. Lágrimas escorrem pelo meu rosto, mas eu nem me importo. Meu coração está martelando no peito e nada mais importa agora. Ninguém importa. Que se fodam todos eles.

Lilith fica bem na minha cara, com apenas o cheiro de seu chiclete de menta pairando entre nós.

— Do que você me chamou?

— Você me ouviu.

Nem vejo de onde vem o golpe quando sua mão atinge minha bochecha. O tapa apenas incendeia o fogo que já há dentro de mim. Agarro seu rosto, espalmando e apertando com tanta força que minhas unhas se enterram na pele de sua testa e bochechas. Então, arrasto os dedos para baixo, arranhando a pele sob as unhas. Sangue começa a brotar enquanto Lilith dá um passo para trás.

— Meu rosto! Você arranhou o meu rosto, porra. — Ela se inclina e bafeja no meu pescoço. — Você vai morrer. Logo no dia do seu aniversário.

Lilith abre espaço pela multidão e se afasta com seus seguidores em seu encalço.

Blaise paira sobre mim, me lançando um olhar fulminante.

— Você fez merda, Penny.

Meu estômago dá cambalhotas. Acho que ele está certo. Enfrentar Lilith James é um erro. Mas não me arrependo. Nem um pouco.

Os estudantes começam a debandar em direção às aulas antes que o sinal toque. Meus batimentos cardíacos começam a se acalmar, assim como minha irritação, embora ainda esteja pilhada.

— Por que você ainda está aqui? — pergunto a Blaise, que está me encarando com o mesmo olhar. Dou de ombros. — Você está esperando que eu te agradeça por ter impedido a Lilith de seguir em frente?

— Não me agradeça. Lilith te ameaçou porque você é um alvo fácil e um brinquedinho divertido, mas se algum dia isso acontecer, quem vai fazer qualquer coisa com você sou eu. Isso é uma promessa. Sabe, Penny, eu sei o que você vem fazendo. Você age como se fosse inocente apesar de não passar de uma putinha, assim como sua mãe.

Blaise, por fim, desvia o olhar e agarra uma menina que está passando por ali. Eu nem sei exatamente quem é ela. Acho que deve ser uma líder de torcida do último ano. Ela dá uma risadinha quando ele agarra sua bunda e caminha atrás dela, sussurrando alguma coisa em seu ouvido, por cima de seu ombro.

Assim que ele se cansa de respirar em seu pescoço, ele olha para trás e pisca para mim.

Ele é um sociopata. E eu tenho que morar com ele.

Durante todo o dia, eu só consegui pensar nas palavras de Blaise. Não na ameaça – que nem me incomoda, uma vez que já ouvi tantas delas –, mas em como ele me chamou. Uma putinha. Assim como minha mãe. Como uma virgem pode ser uma puta e o que posso ter feito para merecer este título?

Tento afastar este pensamento pela milésima vez, mas ele continua aqui.

— Feliz aniversário para a melhor amiga de todas — diz Emery, saltando do meu lado à medida que sigo até o meu armário, que ainda tem algumas pichações. O zelador tentou limpá-lo, mas parece que canetas permanentes são basicamente inapagáveis. O diretor disse que como não houve testemunhas, não haveria punição e que eles pintariam o armário na segunda-feira de manhã. É o fim do dia letivo e sexta-feira, então espero que quando retornarmos, não haja mais nada.

Ainda estou chateada por Emery ter sumido quando eu precisava de alguém ao meu lado, logo, fico calada enquanto pego a mochila e fecho a porta do armário com força.

— Ei, você está brava comigo?

Eu a encaro com o cenho franzido e sigo, com ela ao lado, em direção à saída. Emery sempre me dá carona de volta para casa agora que tem carteira de habilitação. Eu me sinto tentada a pegar o ônibus, mas não estou a fim de lidar com as pessoas mais do que já tenho feito. Então vou engolir essa apenas pela carona.

— O que diabos eu fiz?

Paro de andar e lanço o mesmo olhar de antes.

— Você sequer tentou me ajudar. Eu estava sendo empurrada e puxada pelo cabelo e você simplesmente se escondeu.

Emery coloca uma mão em meu braço.

— Me desculpe, Pen. Ela também me assustou.

— É, sei — escarneço. — Você é obcecada por Lilith e seu bando.

— Querer me encaixar e ser obcecada são coisas diferentes. Você não quer se encaixar? Ou prefere viver às sombras dos outros enquanto é massacrada?

— Eu nunca seria amiga daquela garota. Nunca. Ela é diabólica.

— Ainda assim, você mora com o próprio diabo.

— Você tem razão, eu moro. Mas não por escolha — acrescento.

— Bem... — Emery dá uma risadinha, sacodindo as sobrancelhas. — E se eu te dissesse que tenho uma forma de me redimir?

— Eu, provavelmente, diria que você está aprontando alguma coisa e, de qualquer forma, eu diria para esquecer isso.

Começo a me dirigir à saída novamente, mas Emery segura meu braço com uma animação mais do que evidente.

— Nós fomos convidadas!

— Para... uma festa de aniversário... para mim... na casa da sua mãe?

— Não — ela responde, rindo. — A festa da Noite do Diabo.

Balanço a cabeça negativamente, de forma automática.

— Sem chances. — Volto a andar, acelerando o passo.

— Pen, por favor. Nós temos que ir. Tem um menino do último ano que joga futebol e me pediu para ir. Eu disse que só iria se você pudesse ir também, aí ele acabou cedendo. Ele só pediu para não contar a Blaise que foi ele quem autorizou, mas nós podemos ir.

— Não — retruco. — Você pode ir. Esse convite claramente não foi para mim. Eu prefiro me manter viva, pelo menos essa noite.

Assim que chegamos ao estacionamento, e eu o vejo, meu estômago dá um nó.

— Que merda é essa?

— Puta merda, Pen. Isso é para você? — Emery sorri, correndo para o meu lado.

— Não tenho a menor ideia do que está acontecendo. — Nós nos aproximamos de onde Blaise está com a bunda apoiada no capô de uma BMW prateada com um laço enorme em cima.

— Pode me chamar de louca, mas acho que isso é seu — continua Emery, porém não escuto uma palavra sequer conforme nos aproximamos de Blaise.

— O que é isso? — Gesticulo para o carro. Vindo dele, definitivamente, não é um presente. Do contrário, ele não estaria com a expressão de alguém que quer me jogar no porta-malas e empurrar o carro penhasco abaixo.

— É um presente. Do seu querido padrasto. — Ele se afasta do capô e vem até mim. — Ele me pediu para te esperar aqui fora já que ele e a vadia da sua mãe precisaram fazer uma viagem de negócios.

— Mas, por quê? Por que Richard compraria algo tão caro para mim?

Blaise se inclina para mim, roçando minha orelha com os lábios ao dizer:

— Eu tenho certeza de que você sabe exatamente o porquê. Afinal, você é a putinha dele. — Blaise joga a chave para mim e segue até o seu próprio carro.

— O quê? — ofego, encarando a chave em minha mão.

Ele acha que estou transando com o pai dele?

— Menina, isso é incrível! — grita Emery, do assento do motorista, checando o interior do carro.

— Saia daí. Não vou ficar com isso. — Sigo até onde ela está sentada e a puxo pelo braço.

Nunca aceitarei nada vindo de Richard. Ele é um nojento e, apesar de nunca ter me tocado, sei que é isso o que quer.

Esse cara me dá calafrios. E, aparentemente, Blaise já chegou à conclusão de que estou transando com o pai dele.

— Estou passando mal — digo a Emery. — Por favor, só me leve para casa.

Eu preciso tirar isso a limpo e acertar as coisas com Blaise.

RACHEL LEIGH

Depois de arrastar Emery para fora do carro, e, finalmente, a convencer de que não ficaria com ele, nós fomos para a casa dela, deixando o carro no estacionamento da escola.

— Eu ainda acho que você é louca por não aceitar o presente. É seu aniversário. Todo mundo ganha presentes.

— Não esse tipo de presente e não de pessoas como Richard. — Não mencionei a acusação de Blaise. Só de pensar nisso, me dá vontade de vomitar.

Blaise já saiu, provavelmente para ajudar a arrumar o local da festa, na floresta. Eu realmente preciso falar com ele esta noite.

— Okay — digo, no impulso. — Uma hora. E só.

— Você está falando sério? — Emery pula da cama e me encara como se eu tivesse acabado de comprar para ela a maldita BMW.

— Nós vamos disfarçadas, e quando eu chamar para irmos embora, é o que vamos fazer.

— Eu te amo, porra. — Ela se joga em meus braços e eu sorrio, ciente de que isso a está deixando extremamente feliz. Isso é tudo que Emery sempre quis. Se encaixar. Ser alguém ao invés de ninguém.

Só espero não me arrepender disso.

CAPÍTULO I

Penelope

Dois anos depois...

As palmas suadas das minhas mãos apertam o volante até as juntas ficarem brancas. Nunca quis voltar para essa cidade – a cidade que um dia chamei de lar. Em momento algum olhei para trás, assim como nunca senti falta deste lugar. Posso contar nos dedos de uma mão o número de amigos que fiz quando estava aqui e sequer falei com qualquer um deles desde que parti. Nem mesmo com aquela a quem considerava minha melhor amiga – Emery. Nesse sentido, ela está melhor assim. Tudo que fiz foi arrastá-la para o fundo do poço comigo.

Eu também posso contar em uma mão o número de vezes que minha mãe foi me visitar – exatamente uma. Ela me trata como se eu tivesse decidido partir do dia para a noite, sem nenhum motivo. A verdade é que fui embora por um bom motivo. Ela apenas não ouvia meus lamentos. Ou isso, ou escolheu ignorá-los.

Não importa. Estou vivendo muito bem em Portland. Tenho amigos de verdade e uma família que me ama. Eu posso não ter todos os luxos que tinha na casa da minha mãe em Skull Creek, mas nunca quis nada disso. Essa cidade abriga os sonhos da minha mãe, não os meus. Para mim, é apenas um buraco negro de memórias horríveis e montanhas de arrependimento.

Mas consegui ir embora. E mesmo estando de volta, é apenas por um tempo. Uma semana e estarei de volta em casa. Espero que com meu corpo ainda intacto e o coração batendo. Você nunca sabe o que esperar quando cruza o caminho de Blaise Hale – também conhecido como o filho do meu padrasto.

Quando viro na rua da minha mãe, meu coração começa a galopar no peito. Eu dirijo bem devagar pela rua, muito devagar, até que um carro cola na minha traseira, buzinando. Aumento a velocidade e olho para trás pelo retrovisor. É um carro preto, esportivo, com vidros fumês. O motor é barulhento, mas presumo que seja proposital.

Continuo a acelerar, mas o carro atrás de mim não se afasta. Isso só aumenta minha ansiedade à medida em que me aproximo da propriedade Hale.

— Sai da minha cola! — berro, olhando para o motorista pelo retrovisor, apesar de não conseguir vê-lo ou ser vista. Em um minuto, sairei desta rua e ele poderá continuar em seu alegre caminho, enquanto entro no inferno, como gosto de chamar.

Em um piscar de olhos, piso no freio, torcendo para que o idiota se afaste um pouco e não acerte minha traseira.

Sei que meu carro não é nada chique, mas eu o comprei com meu próprio dinheiro, que ganhei com muito esforço. Não posso dizer o mesmo a respeito dos adolescentes riquinhos dessa cidade. Richard me deu um carro de presente no meu aniversário de dezesseis anos e eu nunca sequer dei partida nele. Ele teria comprado para mim qualquer coisa que eu quisesse. Dinheiro não era um problema para ele, mas mesada significava aceitação, e eu me recusava a aceitar a vida fodida que essas pessoas levam. Bom, costumavam levar. Richard faleceu na semana passada. Por isso estou aqui. Não me entenda mal, não estou nem um pouco triste. Acredito que quando você se desvincula da vida que alguém está vivendo, você também desliga toda a empatia que poderia ter por ela.

Richard não ficava muito em casa, mas quando estava lá, ele se fazia notar. E de um jeito assustador. Sempre fazendo comentários nojentos e me despindo com o olhar. Ele nunca me tocou, mas tenho certeza de que o teria feito se eu tivesse permitido. Minha mãe sempre teve um pouco de inveja da atenção que Richard me dava – como se ela pensasse que eu era a única pessoa no mundo que poderia roubá-lo dela. Ainda que a única coisa que estivesse roubando fosse sua atenção. Não que eu quisesse isso, já que não o suportava.

Richard viajava muito a trabalho, mesmo quando seu câncer evoluiu, e minha mãe o acompanhava constantemente, me deixando aqui com sua cria – o diabo. Parte de mim sempre guardará essa mágoa dela. Por se fazer de cega para o inferno no qual eu estava vivendo. Não tanto pelo que Blaise me fazia passar, mas, sim, o fato de que eu o segui, permitindo que isso acontecesse. Eu era um capacho – um capacho fraco e digno de pena.

Blaise deixou claro para a escola inteira que eu era intocável. Que ninguém deveria olhar para mim, fazer amizade comigo ou me intimidar.

Não, a intimidação era exclusiva para ele e ninguém mais. Alguns deram ouvidos. Outros, não. Lilith James foi uma das que foi contra absolutamente tudo que ele disse e piorou a miséria que era minha vida. Ela era a versão feminina de Blaise.

Mas nada disso importa. Eu mudei, e desafio ele e Lilith a tentarem me fazer passar por aquela merda de novo.

Pelo menos, assim espero. Acredito que o tempo irá dizer.

Meu corpo inteiro se arrepia quando percebo que o carro atrás de mim virou na entrada da garagem que leva até a casa. Agora que estamos parados em frente ao portão, consigo sentir a vibração da música *heavy metal* irrompendo através dos alto-falantes do carro.

Tem que ser ele. Eu sinto em meus ossos.

Abaixo o vidro da janela e estendo a mão para tocar a campainha e pedir que abram o portão. Me recuso a interagir e permitir que ele me dê passagem.

Nada de bom pode resultar de estar de volta ao território de Blaise.

Só estou aqui pela minha mãe, eu lembro a mim mesma novamente. Não importa quantas desculpas eu tenha inventado em minha cabeça para fugir dessa situação, nenhuma delas pareceu boa o suficiente para ser usada. Eu realmente acho que, de alguma forma doentia, ela amava Richard. Mesmo que tudo tenha começado, de fato, porque ela queria o dinheiro dele. Ela não faz ideia de que sei os motivos dela, mas eu sei. Conheço minha mãe melhor que ninguém. Ela sempre desejou coisas caras e uma vida como a de Jacqueline Kennedy. Bem, ela conseguiu e agora está nadando no dinheiro, porque seu marido morreu e deixou para ela cada centavo que ele possuía. Eu me pergunto como Blaise se sente com relação a isso, e arrepios deslizam ao longo da minha espinha com este pensamento. Seus chifres, provavelmente, cresceram quinze centímetros quando ele recebeu essa notícia.

O portão de ferro forjado se abre para mim sem que eu precise me identificar. Meu chute é que minha mãe avisou que eu estava chegando. Provavelmente, ela disse: *"Não chamem a polícia se vocês virem um Ford branco velho e enferrujado em frente ao portão. É apenas Penelope."*

Eu me sobressalto quando o idiota atrás de mim começa a buzinar novamente. Sou despertada dos meus pensamentos e percebo que estive parada aqui com o portão escancarado à frente. Isso, com certeza, me renderá alguns comentários maliciosos, talvez até mesmo um balde de sangue de porco sendo jogado em minha cabeça no meio do banho. Sim, ele fez isso. Foi quando menstruei pela primeira vez. Minha mãe resolveu abrir a boca e Blaise imaginou que seria uma ótima oportunidade de ser um babaca. Eu passei três horas tomando banho para me certificar de que tinha tirado tudo aquilo de mim.

Estou dirigindo pela calçada em um ritmo lento – inspira, expira – quando Blaise acelera o carro e emparelha com o meu. A porta de seu lado do passageiro está quase tocando a porta do meu lado do motorista quando olho para ele. As janelas são pretas como carvão, mas não há dúvidas de que ele pode me ver. Contanto que não consiga ver as poças de suor em minhas mãos ou ouvir as batidas do meu coração, ficarei bem. Blaise sempre teve uma fome insaciável pelo meu medo.

Estou prestes a erguer a mão, mas ele acelera e se posta à minha frente, me forçando a pisar no freio para que não seja eu batendo na traseira dele.

— Imbecil! — grito, ciente de que, novamente, ele não me ouviu.

Ele provavelmente está rindo agora, enquanto meu sangue ferve.

Não vou deixar que ele me afete.

Depois de percorrer a longa entrada da propriedade, paro na entrada circular, incerta de onde devo estacionar, pois nunca dirigi aqui. Eu tinha dezesseis anos e não tinha carro quando parti, e não vim visitar uma vez sequer. Mas está do mesmo jeito. Uma casa enorme, cheia de nada. Nove quartos, seis banheiros, um porão grande o suficiente para enterrar mil corpos embaixo e um monte de *coisas*. Isso é tudo que há. Coisas que não significam nada para mim, mas significam tudo para as pessoas que moram aqui por serem coisas luxuosas e caras.

Eu odeio essa casa. Odeio as memórias que habitam esse lugar. Todos os sentimentos que afastei e jurei nunca sentir novamente, voltam correndo quando estaciono o carro. Blaise não desceu do veículo, a música ainda pulsando na vaga que presumo ser a sua dentre as quatro disponíveis. Eu torço para que ele continue lá – ao menos até que eu chegue ao meu quarto e tranque a porta. Talvez eu consiga escapar apenas ficando lá durante a semana inteira. Tirando o meu compromisso com o funeral, não vejo o porquê não poderia fazer isso.

Inspirar e expirar fundo e devagar. Meus dedos escorregam quando seguro a maçaneta do carro devido à quantidade absurda de suor que meu corpo está produzindo. Estamos em Washington, em outubro, eu não deveria estar com tanto calor.

Sem desperdiçar mais tempo, abro a porta e aciono a alavanca na lateral do piso para abrir o porta-malas. Gentilmente, fecho a porta, tentando não chamar atenção para mim mesma. Eu me apresso em pegar a mala preta e a arrasto atrás de mim conforme me dirijo para os degraus da escada. Estar em frente a esta casa enorme faz com que eu me sinta extremamente minúscula. Eu moro em uma pequena casa de três cômodos no estilo rancho em Portland. Um andar, um banheiro.

Ergo um pouco a mala e consigo subir os primeiros degraus, mas a coisa é tão pesada que me puxa para baixo e dificulta a subida.

Uma porta de carro bate atrás de mim e eu sequer olho por cima do ombro. Eu sei quem é. Se fizer contato visual, suas palhaçadas irão começar. Suor escorre entre os meus seios e quando chego à metade das escadas já estou sem fôlego.

Merda. Eu sei que eles têm um mordomo que poderia vir aqui fora me ajudar para que eu pudesse escapar de um confronto.

Sinto sua aproximação como se sua presença fosse um fantasma. Os cabelos na minha nuca se arrepiam e a sensação de formigamento percorre todo o meu corpo.

Não há necessidade de virar para olhar; eu sei que ele está lá.

— Sinto muito pelo seu pai — digo, torcendo para começarmos as coisas com o pé direito.

Ele sequer assimila minhas palavras. Apenas continua andando até ter me ultrapassado nas escadas. Ele está mais alto. No mínimo 1,88cm de altura. Seu cabelo está mais claro, com mechas naturais amenizando o castanho escuro – também mais comprido que o corte usado há dois anos. A parte superior mais longa e jogada para o lado, enquanto a inferior está raspada de forma rente.

— Vejo que esses músculos não cresceram muito, Penny. — Suas palavras arranham minha pele. Ele anda a passos largos enquanto arrasto minha mala escada acima. Sendo o imbecil que é, ele não costuma oferecer ajuda. — Quanto tempo, irmãzinha.

Grunho, baixinho. Esse termo me faz estremecer. *Irmãos?* É isso que somos? Com certeza, não é o que parece. Nem antes, nem agora. Não existe amor entre nós. A única coisa que sinto por Blaise é ódio puro.

— Apenas um aviso: seu quarto mudou. Você ficará perto de mim durante esse tempo. — Acena com uma mão e dá uma corridinha escada acima enquanto arrasto cem quilos de bagagem atrás de mim. — Vamos, eu te mostro o caminho.

Isso quase soou... legal. Mas Blaise não é legal. Ele abre a porta e entra, deixando-a aberta para mim. Eu estava esperando que fosse fechada na minha cara.

— O que você quer dizer com meu quarto mudou? — grito, porém ele continua andando.

Ele não responde. Apenas segue caminhando e espera que eu o siga como um cachorrinho. Eu paro no vestíbulo e lanço um olhar ao redor. Tudo continua exatamente igual. O cheiro, a quietude. A mobília branca permanece intacta na sala de estar. Um lustre polido, que custa mais que minha casa em Portland, se mantém pendurado no teto abaulado.

Blaise para de andar, se vira e me encara com os olhos vermelhos. Provavelmente, ele está chapado.

— Não tenho o dia inteiro. Se quer chegar ao seu quarto, acelere o passo, porra.

Não se afete. Não reaja.

Decido largar a mala e encontrar meu quarto antes de arrastar essa coisa pela casa inteira. Eu a encosto na parede e sigo Blaise. Ainda me lembro de cada rachadura deste lugar. Não sei se algum dia esquecerei.

Nós atravessamos o corredor estreito e passamos reto pela escada.

— Espere — murmuro, interrompendo meus movimentos e acenando com a cabeça em direção à escada. — Os quartos são lá em cima. Onde estamos indo?

Ele não se vira para falar:

— Seu antigo quarto era lá em cima. Você vai ficar no andar inferior durante essa semana. Nós tivemos que fazer algumas mudanças.

Um nó se instala em minha garganta.

— Isso não faz nenhum sentido. Agora só tem quatro pessoas morando aqui. Você, minha mãe, Jules e Benjamin, o mordomo. — Jules é a funcionária que está aqui muito antes de eu fazer parte do cenário. — Tem nove quartos. Que tipo de mudanças possivelmente poderiam ser feitas para ocupar todos esses quartos?

Blaise para em frente à porta ao lado da cozinha. Seus dedos agarram a maçaneta e ele me encara com um sorriso sinistro no rosto.

— Mudanças que não envolvem você dormindo no andar de cima.

Dou uma risada de escárnio e me viro.

— Eu vou falar com a minha mãe e ela vai resolver isso. Não tem a menor chance de eu dormir aqui embaixo, perto de você. Sem mencionar a sala em que você e seus amigos nojentos ficam.

Eu sei o que ele está fazendo. Isso é a prova de que Blaise não mudou nada. Estou aqui há cinco minutos e ele já está tentando ditar como será minha estadia para ter livre acesso a inúmeras maneiras de me infernizar.

— Estamos reformando — diz ele, seco.

— Que mentira.

— Você acha que eu mentiria para você? — Ele se aproxima a passos lentos, de uma forma que faz meu estômago dar um nó.

Não sou a mesma garota daquela época, e está na hora de ele saber disso. Eu me mantenho firme. Eu não me viro e fujo. Encarando de volta seus olhos cor de mel, cruzo os braços em frente ao peito.

— Você, definitivamente, mentiria para mim. Na verdade, não acredito em porra nenhuma que você fala.

O canto de seus lábios se curva em um sorriso irônico que envia uma onda de calor ao meu peito palpitante.

— Nós não temos mais dezesseis anos, Penny. As pessoas mudam. Eu vejo que você mudou. Esse foi o primeiro palavrão que você falou?

— Vá se foder! — resmungo, não para o comentário, mas para o apelido que ele usa para me atormentar. Ele sabe como odeio quando me chama de Penny.

— Eita. Ela fez de novo.

Nós estamos cara a cara e apesar de o meu corpo inteiro estar em chamas, eu coloco as palmas suadas das minhas mãos no peito dele e o empurro para trás.

— Me deixe em paz, Blaise. Eu só passarei uma semana aqui, e então irei embora e nós poderemos continuar nossas vidas, assim como fizemos nos últimos dois anos.

Como se estivesse ignorando completamente minha oferta de paz para essa semana, seu olhar percorre o meu corpo, fazendo com que eu me sinta exposta. Apesar de eu estar usando um conjunto de moletom.

— Você cresceu, Penny. Você cresceu bastante.

Estou enojada.

— Que seja. — Aceno no ar. — Eu vou subir para o meu quarto. Te vejo no funeral.

Sei muito bem que eles não estão reformando o andar de cima. Essa casa ainda é nova e não é possível que minha mãe mexeria com qualquer tipo de obra, especialmente com tudo que está acontecendo nesta semana.

Deixo a mala no vestíbulo e corro escada acima. Meus dedos percorrem o corrimão e uma onda de sentimentos me atinge como um tsunami. Quando eu tinha quatorze anos, escorreguei e despenquei pela escada, cortando minha coxa. Eu tinha acabado de sair da piscina e estava tentando correr para o meu quarto antes que Blaise e seus amigos me vissem de biquíni. Eles não apenas me viram, como testemunharam minhas lágrimas. Acabei levando seis pontos e ainda tenho uma cicatriz horrorosa. Wade, o decente do bando, me fez companhia enquanto o motorista pegava o carro para que Jules me levasse ao hospital. Blaise estava furioso com ele por ser legal comigo. Mas Wade não deu a mínima. Ele era o único amigo de Blaise que o enfrentava, e, geralmente, era em minha defesa.

O sorriso que eu nem tinha percebido que estava em meu rosto se desfaz na mesma hora quando chego ao topo da escada e vejo plástico por todo o chão e em frente a alguns dos quartos.

— Não é possível!

Ele não estava mentindo. Eles parecem estar pintando todas as paredes do corredor. Meus tênis fazem barulho conforme piso no plástico. Chego ao meu antigo quarto no final do corredor e vejo que todas as minhas coisas sumiram. Quando me mudei, meus móveis ficaram. Eu sabia que nunca viria visitar, mas minha mãe e Richard não sabiam disso. Eles mantiveram meu quarto intacto para mim, a única coisa decente que eles fizeram nos últimos anos. Ou pelo menos assim eu pensava. Aparentemente, minha mãe fez minha mudança para o covil do diabo.

— Você pode se desculpar mais tarde por ter me chamado de mentiroso.

Arfo em descrença quando as palavras de Blaise ressoam à minha nuca.

— Isso não muda nada. Ainda assim, não vou dormir na sua masmorra.

— Então acho que você pode ficar com o sofá.

Sem chances. O sofá não é minimamente confortável. É evidente que ele só foi comprado por ser bonito. O sofá confortável fica exatamente onde não quero estar – no porão. É onde Blaise sempre relaxava e jogava videogames com os amigos. Há uma mesa de sinuca lá embaixo, uma máquina de *pinball*, aparelhagem de som e um sofá enorme em frente a uma televisão gigantesca. Pelo menos era assim há dois anos. Também é onde fica o quarto de Blaise. Lá embaixo há dois quartos e um banheiro conjunto.

Pensar nisso faz minha pele se arrepiar.

Dou de ombros e sorrio.

— Então vou dormir com a minha mãe.

Blaise solta uma risada alta como um rugido.

— A rainha do gelo? Boa sorte.

Ele está certo. Minha mãe não é exatamente o tipo de pessoa que curte dormir de conchinha. Ela nunca entendeu muito bem a coisa da maternidade. Ela é fria e desligada, e nós não nos relacionamos de forma alguma. Quando ela me pediu para vir ao funeral, suas palavras exatas foram: *"Será péssimo para a sua reputação se você não vier."*

Eu bufo, faço beicinho como uma criança e ando pesadamente sobre o plástico.

— Está bem. Mas no minuto em que você começar com as suas besteiras, eu vou embora. Eu ficarei em um hotel se for preciso.

Blaise levanta as mãos em rendição.

— Eu não faria minhas besteiras com você nem em sonho, Penny. Afinal de contas, somos família.

Entrecerro os olhos. *Família*. Essa palavra é tão ruim quanto *irmãzinha*. Sinto vontade de vomitar. Ótima forma de escapar das memórias da minha vida passada. Elas estão me atingindo na cabeça de uma só vez e eu adoraria que elas me nocauteassem porque não quero me lembrar.

Não quero me lembrar dos tormentos, das pegadinhas e, definitivamente, não quero me lembrar da tentação.

CAPÍTULO 2

Penelope

Nada mudou. Nem mesmo o porão. Ainda tem cheiro de testosterona misturado com perfume masculino caro e uma pitada de maconha. Pelo menos o perfume é gostoso – um aroma amadeirado.

Benjamim, o mordomo, trouxe minha mala para o andar de baixo, o que foi de grande ajuda apesar de eu ter me sentido mal, pois ele deve ter uns setenta anos de idade. Ele pareceu ter tanta dificuldade quanto eu tive. Blaise estava certo, eu continuo sem músculos. Sou franzina e possuo o mesmo corpo que eu tinha aos quatorze anos. Meus seios cresceram, mas não muito. Meu cabelo está bem mais curto. Minha mãe nunca me deixou cortá-lo. Quando me mudei, o comprimento chegava à minha bunda. No dia seguinte, eu o cortei na altura do queixo. Agora os fios tocam meus ombros, e a cabeleira antes virgem se encontra com mechas um pouco mais claras iluminando o tom escuro. Ele ainda é castanho, mas não tanto quanto antes.

A porta do porão se fecha com um baque, me assustando.

Posso ouvir Blaise daqui. Seus passos são estrondosos e ecoam através do cômodo. É o menor dos dois quartos que ficam aqui embaixo e tudo que acontece lá fora pode ser ouvido daqui. Não preciso de um grande espaço, então serve. Tenho uma cama grande, um guarda-roupas e uma televisão suspensa na parede. Eu só queria que houvesse mais distância entre mim e Blaise. Estar tão próxima dele é inquietante.

Não são as memórias de tudo que ele fez comigo que me assombram ou até mesmo que me afastam. São as memórias do que fizemos juntos. Pensar nisso faz com que eu me sinta tão nojenta a ponto de precisar de uma ducha.

Eu me levanto, pego a mala e a coloco sobre a cama. Assim que a abro, tiro uma calça de moletom preta, uma blusa de mangas compridas – a blusa laranja de basquete de Ryan, do ano passado – e uma calcinha limpa. Eu durmo com uma blusa de Ryan sempre que estou com saudades. Agora, nesse momento, realmente sinto muita falta dele. Eu sorrio enquanto me agarro a camisa. Eu e Ryan estamos juntos há quase um ano. Não é exatamente o melhor dos relacionamentos. Nós brigamos, terminamos e voltamos vezes demais, mas sempre damos um jeito de fazer dar certo. Duvido que ficaremos juntos para sempre, mas não tenho o menor interesse em estar com outra pessoa agora.

Atravesso o quarto e alcanço a maçaneta do banheiro, torcendo muito para que Blaise não esteja lá. Outra coisa inquietante – compartilhar um banheiro com ele. Ele tem acesso a mim na hora que quiser. Estou realmente torcendo para que ele tenha amadurecido ao longo dos últimos anos e que não continue fazendo pegadinhas como fazia naquela época. Há uma fechadura, mas Blaise é esperto. Se quiser chegar até mim, ele encontrará um jeito.

Suspiro aliviada quando vejo que o banheiro está vazio. A primeira coisa a se fazer é trancar a fechadura da porta que leva ao quarto de Blaise. Eu consigo ouvir algumas movimentações do outro lado, mas a não ser que ele olhe pela fechadura, minha privacidade está garantida. Não é possível que ele iria tão longe. Eu realmente preciso relaxar e parar de me preocupar. Era ruim, mas não era tão ruim assim. Certo. Era realmente muito ruim, mas nós somos mais velhos agora. Além disso, na última noite em que passei aqui, Blaise estava diferente, gentil, até mesmo um pouco normal. Fui embora na manhã seguinte sem me despedir. Não era necessário. Duas horas antes da mudança de comportamento dele, ele tinha me salvado de um celeiro em chamas. Um celeiro que estava em chamas graças a ele e seus amigos. Eles não tinham como não saber que eu estava lá. Então, a única conclusão à qual consegui chegar foi que eles queriam me matar.

Eu não estava no melhor estado quando Blaise me pegou nos braços e me carregou para fora. O medo havia tomado conta de mim e eu não conseguia pensar direito. Foi por isso que deixei as coisas irem tão longe. É isso que continuo dizendo a mim mesma. É isso que sempre direi a mim mesma. Se naquela época eu soubesse o que descobri na manhã seguinte, eu o teria empurrado para dentro daquele celeiro e o deixado queimar.

Eu e Blaise ficamos em uma casa de fazenda abandonada durante toda a noite enquanto bombeiros lutavam contra o incêndio do celeiro.

Na manhã seguinte, minha alma parecia estar carbonizada e eu me sentia humilhada por ter deixado as coisas irem tão longe. Durante anos, tentei inventar desculpas. Nós éramos jovens adolescentes. Eu estava traumatizada pelo incêndio. A verdade é que naquela noite, pela primeira vez na história, eu me senti conectada a Blaise. O olhar intenso dele ao me tirar do celeiro em chamas expressou mais do que palavras. Ele não queria que eu morresse.

Apesar de parte de mim realmente ter morrido naquela noite.

Um pouco hesitante, puxo meu moletom por sobre a cabeça lentamente e o largo no chão. Eu aguardo um minuto, apenas para ver se ele vai tentar abrir a porta, antes de terminar de me despir. Completamente nua, ligo o chuveiro. Felizmente, eu trouxe meus próprios itens de higiene, porque tudo que há no boxe é o sabonete de Blaise e um shampoo. Afinal, este banheiro é dele. Sempre foi. Desde antes de eu sequer conhecê-lo.

Depois de posicionar meus produtos na prateleira do chuveiro, eu entro, me perguntando como Blaise se sente a respeito de eu estar invadindo seu espaço. Não é segredo nenhum que ele nunca gostou de mim. Quando o conheci, achei que era apenas um comportamento típico que irmãos de verdade têm. Mesmo que tenhamos nos conhecido apenas alguns meses antes do casamento de minha mãe com seu pai. Começou com brincadeiras inocentes, mas que se tornaram perigosas. Eu implorei que minha mãe me deixasse morar com meu pai inúmeras vezes, mas ela se recusou. Mesmo depois que ele ameaçou levá-la à justiça, ela não cedeu. Ela ganharia sem dúvidas. Para ela, era mais sobre ganhar, e eu era o prêmio que ela mantinha longe do meu pai.

A gota d'água veio após o fiasco do celeiro. Eu poderia ter morrido naquela noite. Meus dedos passeiam pela cicatriz que cobre meu antebraço. Ela é horrorosa e uma constante lembrança daquela noite. Eu nunca disse a ela ou a ninguém o que aconteceu. Mas, por algum motivo, ela apenas me deixou ir. Ela sequer piscou quando saí por aquelas portas.

Cravo as unhas em meu couro cabeludo tentando pensar em outra coisa. Ryan. Meu salvador da pátria. Ele é tudo que Blaise não é. Ele é engraçado, inteligente e bonito. Ele é um atleta de elite com um futuro brilhante que não envolve viver sustentado por uma herança – não que Blaise vá fazer isso. Eu me pergunto se ele já sabe que não herdou nada. Imagino que não. Do contrário, estaria criando um inferno em torno disso e, provavelmente, não estaria mais morando aqui. Ele tem dezoito anos, o que significa que pode ir para onde quiser.

Acho que havia algum tipo de determinação no testamento de Richard que o permite continuar morando aqui até que ele se forme. Tem que haver, porque minha mãe e Blaise não se dão nada bem. Ele a odeia com fervor e tenho certeza de que a recíproca é verdadeira.

Uma batida na porta me sobressalta a ponto de eu ter que me agarrar ao boxe para não escorregar e levar um tombo com toda a espuma.

— Anda logo aí. Preciso mijar — diz Blaise, entre batidas insistentes.

— Um segundo! — grito, tentando estabilizar os batimentos cardíacos acelerados graças à minha quase queda.

Há vários outros banheiros nesta casa e ele não pode usar nenhum deles? Meu Deus, ele é insuportável.

Eu pego minha lâmina de barbear na borda do boxe do chuveiro, tiro a tampa e deixo cair no chão, não me dando ao trabalho de recolhê-la. Raspo algumas vezes embaixo do braço e a coloco de volta na borda. Após um enxague rápido, finalizo minha ducha de cinco minutos, tudo isso porque o maravilhoso filho do meu padrasto precisa mijar.

— Tá na porta, Penny. — A voz dele soa tão perto que ele poderia facilmente estar parado bem ali.

Apesar de estar do outro lado, ele ainda está a apenas alguns centímetros de distância, enquanto estou aqui, nua e pingando. Água escorre pelo meu corpo até o tapete cor de creme enquanto procuro por uma toalha. Abro as portas dos armários embaixo da pia torcendo para encontrá-las, mas não tenho sorte.

— Estou tentando. Ei, onde estão as toalhas? — pergunto, em tom mais alto.

Uma risada ameaçadora rasteja por debaixo da porta e meu corpo congela.

— É sério, Blaise. Não tem toalhas?

— Ah, eu tenho toalhas, Penny. Mas elas estão no roupeiro... aqui fora.

Você só pode estar de sacanagem!

Batendo as portas do armário, pego a toalha de mão pendurada em um gancho na pia. Eu me enxugo o melhor que posso e abro a porta do quarto em que estou ficando.

— É todo seu! — grito, fechando a porta em seguida.

A blusa de Ryan ainda está em cima da minha mala, sobre a cama, então eu a pego e visto. Ainda estou encharcada, com água escorrendo pelas costas, mas pelo menos estou vestida. Espero um segundo até ouvir a porta do banheiro se fechar antes de ir para a sala de estar.

Seguro a maçaneta como se minha vida dependesse disso, e olho em volta até avistar o roupeiro de cerca de dois metros à minha esquerda. Minha meta é chegar lá e voltar antes que Blaise saia. Sem perder tempo, sigo na ponta dos pés, abro o armário ao mesmo tempo em que a porta do banheiro também se abre.

Merda. Eu respiro fundo. Eu sempre me coloco nessas situações esquisitas. Eu me preparei para isso, mas ele sabia. Ele sabia que eu precisaria de uma toalha. Blaise é inteligente, e não me refiro ao lance de ser estudioso. Ele pensa muito à frente. Desde que nossos pais se casaram, ele sempre esteve três passos à minha frente. Agora mesmo, ele está a três centímetros, o hálito quente soprando às minhas costas, acompanhando as gotas d'água que escorrem.

Graças à minha falta de sorte, abro as portas da calefação, e não do roupeiro.

— As toalhas não estão aí, Penny. — Os dedos dele arrastam meu cabelo encharcado para o lado e eu engulo em seco quando o calor do seu toque irradia pelo meu corpo arrepiado.

Eu só fico parada lá como uma idiota. Permitindo que ele me provoque com seu toque. É isso que ele está fazendo, no final das contas. Ele está tentando arrancar uma reação. Para o azar dele, eu não reajo.

Em um movimento rápido, eu me viro. Com meus olhos cravados nos dele e os cantos dos meus lábios curvados para baixo, passo por ele empurrando-o com o meu ombro. Eu me sinto grata por Ryan ser maior e mais alto porque, do contrário, minha bunda estaria exposta agora.

— Você sabe que eu poderia ter pegado uma para você, não é? Você não precisava vir aqui fora exibindo sua bunda.

Eu me viro para encará-lo com uma expressão zombeteira. Mantenho o olhar focado no chão, sem querer encará-lo, mas contrariando o meu instinto, levanto a cabeça. Blaise é alto, muito mais alto que eu. Quando ficamos cara a cara, tenho que olhar para cima, mas, algumas vezes, tento não fazer isso. Olhá-lo nos olhos é perigoso. Agora eles estão castanho-dourados. Não estão com aquela aura escura em volta, que geralmente surge quando ele está com raiva. Um olhar ao qual já me acostumei.

Meu coração traidor perde o compasso, e minha vontade é arrancá-lo para fora do peito.

— *Exibindo* minha bunda? Se é isso que acha que estou fazendo, você enlouqueceu. — Meu Deus, ele é irritante. Apenas Blaise pensaria que o fato de eu vir até aqui pegar uma toalha é algum tipo de estratégia para fazer com que ele me note.

Ele dá de ombros de forma egocêntrica.

— Não seria a primeira vez.

Eu luto contra a vontade de fugir, cerrando o dentes. No passado, é o que eu teria feito. Eu o teria deixado entrar na minha cabeça. Não mais.

— Pense o que quiser, Blaise. Não importa. Uma semana e você estará livre de mim.

— Já está fugindo? — murmura, quase inaudível, mas eu o ouço alto e claro.

— Não estou fugindo. Está mais para 'deixando o passado onde ele pertence'.

O círculo ao redor de suas íris escurece quando seu olhar se concentra na minha boca. Seu pomo de Adão se agita conforme ele engole. As pontas de seus dedos começam a percorrer meus ombros nus como o toque leve de uma pluma.

— O passado nunca está longe como você imagina, Penny.

Antes que eu possa reagir, seus lábios colidem com os meus como um trem desgovernado. Abrupto, forçado e doloroso. Eu mantenho meus lábios firmemente fechados, e suas mãos envolvem a parte de trás da minha cabeça, agarrando o meu cabelo e me puxando para tão perto que nossos dentes se chocam.

— Pare de resistir — ele resmunga contra minha boca. Por que ele está fazendo isso? Ele quer que eu me sinta impotente diante dele? Porque não vai acontecer. Não darei essa satisfação a ele.

Eu tento me soltar, mas ele força ainda mais a passagem de sua língua em minha boca. O gesto é tão brutal que sinto a pele do lábio inferior ferir. O gosto metálico invade minha boca, e tenho certeza de que ele sente também.

Seu comprimento se avoluma dentro do short e roça minha pélvis, e na mesma hora sinto-me enojada por estar com tesão por causa disso. Eu paro de empurrá-lo e me derreto em suas mãos. Sua língua escorrega para dentro da minha boca, se enroscando à minha em um beijo intenso e ardente. Minhas pernas começam a tremer, minhas partes íntimas vibrando por atenção.

O celular de Blaise faz um barulho e seus olhos se abrem, até que estamos encarando um ao outro com nossas bocas ainda conectadas. Suas mãos ainda estão enroscadas no meu cabelo desgrenhado. Eu interrompo o beijo.

— Você não deveria ter feito isso. Eu tenho namorado — sussurro.

Em um instante, ele me solta e recua, com os punhos cerrados nas laterais do corpo, a mandíbula travada.

— Quem?

Não vou dar nenhum detalhe que ele não precise saber. A vida que eu levo não é da conta dele. Tudo que sei é que fiz besteira. Eu cedi à tentação. Uma tentação que nem deveria existir.

Limpo a boca com o dorso da mão e noto o sangue que escorreu do meu lábio. Blaise segura minha mão, olha para o rastro de sangue e o limpa com o dedo polegar.

— Que merda para ele. Quem sabe na próxima vez você não seja um pouco menos resistente, não é?

Eu suspiro ruidosamente.

— Não haverá uma próxima vez.

Os lábios dele se retorcem em divertimento, suas sobrancelhas erguidas.

— Continue dizendo isso a si mesma.

Por que eu me sinto como se estivesse sob algum tipo de feitiço? Estar perto dele, nessa casa, perturba minha mente. Eu odeio Blaise. Então por que eu me derreto aos pés dele?

Blaise solta minha mão e transfere a atenção para seu celular, que está na mesa ao seu lado. Ele olha para a tela e aquele seu característico olhar diabólico retorna.

— Talvez você queira vestir alguma coisa, Penny. Nós temos companhia.

Ótimo. Os amigos idiotas dele estão vindo. Eu preciso sair daqui. É a desculpa perfeita para eu ir ao andar de cima e fazer alguma coisa para comer. Além de estar faminta após horas dirigindo, também pretendo evitar o grupinho dele custe o que custar. Eu me viro e abro a porta certa do armário desta vez. Quando estou pegando uma toalha, a porta do porão se abre.

Arregalo os olhos na mesma hora. Não é nenhum nos meninos, mas Emery quem está descendo as escadas. As batidas do meu coração estacam por um segundo e logo depois voltam a bater aceleradamente. Eu aperto a toalha em minhas mãos e olho por sobre meu ombro.

— Emery? O que você está fazendo aqui?

Ela parece diferente. Seu cabelo loiro, platinado e crespo agora é liso e longo. Ela não usa mais aparelho ortodôntico. Seus seios cresceram *bastante*. Ela está alta, bronzeada e linda.

— Cacete! Penelope? — Ela encurta a distância entre nós e, literalmente, se joga em minha direção. Eu só fico ali parada, dura como uma tábua. Emery dá um passo atrás e me observa. — Eu não acredito que você está aqui. Faz, o quê, uns três anos?

Dou um sorriso forçado enquanto um milhão de pensamentos se passa pela minha cabeça.

— Vai fazer dois essa semana. Mas é. Aqui estou eu.

Emery dá um tapa brincalhão no braço de Blaise.

— Você não me disse que sua irmã estava vindo para casa.

Eu quero gritar que não sou irmã de Blaise. Eu queria que as pessoas parassem de se referir a nós dois como irmãos, pois não somos. Meu estômago se contorce novamente.

— Eu deveria ir me vestir. — Eu olho dela para Blaise, que está com um sorrisinho arrogante no rosto.

— Isso. Vá se vestir e depois volte para passar um tempo comigo. Eu vou assistir Blaise jogando videogame. — Ela dá uma risada e eu finjo mais um sorriso.

A questão é: *por quê? Por que ela vai se sentar e assisti-lo jogando videogame?*

Mas não pergunto nada. Ao invés disso, volto ao meu quarto. Ao alcançar a porta, lanço um olhar por cima do ombro e sinto o coração doer ao ver os braços de Emery rodeando a cintura de Blaise. Ele está olhando para ela de cima a baixo da mesma forma como olhou para mim apenas alguns instantes atrás.

Acho que tenho uma resposta. Eles estão juntos. Blaise está namorando minha ex-melhor amiga; e ele acabou de me beijar – e eu retribuí.

CAPÍTULO 3

Blaise

Meu olhar se volta para a porta quando Penny está prestes a fechá-la, a tempo de vê-la fazer uma careta para mim. Eu reviro os olhos e olho de volta para Emery. Sorrio internamente quando a porta se fecha com força. Isso é o que ela ganha por estar de volta. Ela deveria saber que eu não deixaria que o seu retorno fosse tão pacífico assim.

— Senti sua falta — diz Emery, pressionando os lábios em meu ombro nu.

Passo por ela, já ciente de que em breve ela vai jogar a cartada da culpa. A essa altura ela deveria saber que essa merda não funciona comigo.

— É, tenho estado ocupado.

Eu me jogo no sofá e pego o controle da TV.

— Onde você estava hoje mais cedo? Passei por aqui e você não estava em casa.

Eu largo o controle no sofá, me inclino para frente e cravo o olhar ao dela.

— O que eu te disse sobre essa porra? Não venha aqui sem avisar. Nunca!

Fazendo beicinho, Emery dá a volta no sofá e se senta no meu colo.

— Estou preocupada com você. Você não fala comigo sobre seu pai e...

— Que merda, Emery! — explodo, empurrando-a para fora do meu colo. Ela cai no chão dramaticamente. — Eu te disse que não quero falar sobre ele.

Eu me levanto de um pulo e começo a andar de um lado ao outro pelo quarto como se estivesse em busca de alguma coisa. Apesar de não fazer a menor ideia do que estou procurando. Eu só preciso que ela me dê um tempo. Essa garota está sempre na minha cola por tudo. *Por que você não me ligou de volta? Onde você estava? Você está bravo comigo?*

A porta do quarto de Penny se abre e eu paro de andar. Ela está usando uma blusa gigante em que se lê *Hallstone High Football*. As pontas de seu cabelo começaram a secar, mas estão deixando uma mancha úmida nos ombros da camisa. Não sei dizer se ela está usando alguma coisa por baixo, porque a blusa é muito comprida. Mas, conhecendo Penny, ela está, com certeza. A Penny de antes estaria usando short na altura dos joelhos. Esta Penny é imprevisível. Ela é geniosa, está mais velha e mais bonita, mas de um jeito que me deixa ainda mais certo de que devo ficar longe dela.

Todos nós trocamos olhares silenciosos até que Penny rompe o silêncio:

— Eu só vou pegar algo para comer. Divirtam-se, os dois — diz ela, apontando com o polegar por cima do ombro.

— O quê? Não. — Emery dá uma risada. — Temos tantas coisas para colocar em dia.

Penny levanta um ombro.

— Foi uma viagem muito longa. Eu prefiro comer alguma coisa e ir para a cama. Podemos deixar para uma próxima?

— Claro. Por mim tudo bem.

— Ótimo. Então te vejo depois. — Penny olha de Emery para mim.

Por que essa garota é sempre tão legal? E logo com quem não merece. Emery era a melhor amiga de Penny quando ela morava em Skull Creek. Elas faziam tudo juntas. Quando Penny foi embora, Emery se uniu à arqui-inimiga de Penny, Lilith – elas praticamente comemoraram a partida de Penny. Lilith infernizou Penny por anos. Após uma aula de educação física, na sétima série, ela roubou todas as roupas de Penny enquanto ela tomava banho e as colocou no vestiário masculino. Agora, Emery e Lilith ainda são melhores amigas e são as abelhas rainhas de Skull Creek High, e Penny não sabe de nada disso. Emery sempre sonhou em ser popular, então não é surpresa para ninguém que agora ela seja a cadelinha de Lilith.

Assim que a porta do porão se fecha, Emery começa a passear os dedos pelo meu braço.

— Quanto tempo ela pretende ficar aqui?

— Ela disse que por uma semana.

— Maravilha. — Ela sorri. — Lilith vai adorar saber disso.

— Vocês duas vão deixá-la em paz. Você está me ouvindo?

Ela franze o nariz e se inclina para trás para ler minha expressão.

— Desde quando você se importa com o que acontece com aquela garota?

— Desde quando ela é apenas *aquela garota*? Na última vez que as vi juntas, vocês eram como carne e unha.

— Talvez você não tenha sido o único que ficou mexido quando ela se mandou sem se despedir. Não posso ficar com raiva também?

— Eu não fiquei mexido. — Desvio o olhar para que ela não capte a mentira por trás das minhas palavras. — Não dou a mínima para aquela garota.

— Quando ela foi embora, você se meteu em duas brigas, foi suspenso da escola e foi grosso com todo mundo que tentava falar com você. E isso aconteceu só na primeira semana. Não tente agir como se você não tivesse ficado mexido.

— Não enche o saco — digo, inexpressivamente.

Essa garota fala demais. E como diabos ela sabe essa merda sobre mim? Nós não éramos amigos naquela época. Porra, acho que ainda nem somos. Ela é só uma boa distração com uma bela bunda, mas isso é tudo.

— Está bem. Nós realmente só vamos ficar aqui enquanto você joga videogame? — Emery corre os dedos pelo meu braço. — Estou pensando em algo muito mais excitante do que isso. — Ela ergue as sobrancelhas e eu faço o mesmo.

Interessado, eu a agarro pela cintura e a puxo contra mim.

— Ah, é? E o que seria?

Ela morde o canto do lábio com seus dentes brancos perfeitos. Seus olhos azuis dançam ao redor dos meus.

— Vamos para o seu quarto e eu vou te mostrar.

— Não — resmungo, balançando a cabeça. — Sofá. Agora.

Suas sobrancelhas erguidas se franzem.

— No sofá? Mas por quê? E se Penelope voltar aqui?

— Bem, aí então ela vai aprender que este é o meu espaço e ela está apenas pegando-o emprestado. — O pensamento de Penny nos flagrando é estranhamente satisfatório. Eu penteio os longos cabelos de Emery, que estão caindo sobre seu ombro. — Além disso, a vaca da minha madrasta volta para casa em breve, então ela vai ficar com ela por um tempo. Nós temos bastante tempo.

— Blaise — diz Emery, arrastando meu nome em quatro sílabas diferentes. — Já se passaram dois anos. Você ainda está a fim dessa garota, está?

Estico o pescoço quando a encaro, sem saber o que ela está insinuando.
— O que diabos isso quer dizer?
— Ah, qual é. — Ela ri. — Eu sei de toda a merda que você fez com ela naquela época. Não vamos esquecer que eu *era* a melhor amiga dela. Você queria machucá-la e conseguiu tornar a vida dela um inferno.
— "Era" é a palavra de ordem aqui. E nunca fui a fim dela. Ela era apenas um brinquedinho divertido com quem eu brincava. Vocês duas eram. — Espalmo sua bunda e a levanto para que ela envolva minha cintura com as pernas. — Agora, pare de falar da minha irmã e me mostre essa coisa excitante que você me prometeu.
— Eu nunca disse que me importava se você a machucasse. — Emery pressiona os lábios aos meus e eu a carrego até o sofá. Eu a deito e ela agarra minha mão, segurando meus dedos e empurrando-os contra sua virilha por baixo de sua minissaia.

Se eu não tinha certeza antes, agora tenho. Emery é a mesma vadia em que se tornou quando Penny foi embora. Se tem alguém que quer magoar Penny, é ela. A sombra de Lilith James, que quer brilhar sozinha, mas nunca conseguirá, porque sempre será apenas uma seguidora dela. Afasto minha mão e empurro sua cabeça para baixo. Seus olhos ansiosos e brilhantes se focam aos meus e eu apresso as coisas.

— Não temos muito tempo.

Ela franze a testa, mas não se atreve a discutir comigo. Eu abro o botão do meu jeans e permito que ela abaixe a calça junto com a cueca. Quando as roupas se amontoam em meus tornozelos, eu me livro delas e me sento ao sofá, ainda vestindo minha camiseta.

Emery se mantém ajoelhada, como uma menina obediente esperando por instruções. Meus dedos envolvem meu pau e eu agarro seu cabelo antes de fazê-la me abocanhar com vontade. Em seguida, afasto minha mão, inclino a cabeça para trás e abro os braços sobre o encosto.

Com os olhos fechados, tento me concentrar no calor de sua boca. No movimento de sua língua no meu pau. Eu tento me concentrar em qualquer coisa, menos em Penny. Eu sabia que seu retorno colocaria um monte de merda dentro da minha cabeça. Na última vez em que a vi, meu pai ainda estava aqui. Ele estava vivo e bem. Ela sabia que ele estava doente, mas nunca fez questão de ligar para saber como estava o homem que sustentava sua mãe.

Eu respiro fundo. *Pare de pensar nessa merda.* Tem uma garota gostosa chupando meu pau agora e tudo em que consigo pensar é na minha irmã postiça, que me abandonou e me dispensou assim que as coisas ficaram intensas. Okay, isso é mentira. As coisas sempre foram intensas. Eu nunca quis essa garota na minha vida. Ela e a mãe chegaram como um trem desgovernado e expulsaram a minha mãe. Eu deveria odiá-la. Eu deveria odiar seus olhos verde-água e o aglomerado de sardas em seu nariz. Seu cabelo castanho, agora consideravelmente mais curto, que ainda é levemente ondulado nas pontas. Seu corpo pequeno e seus seios um pouco mais volumosos. Sua boca, de onde agora saem palavras atrevidas que me levam a crer que ela ganhou um pouco de coragem. Eu deveria odiar tudo isso.

Quando percebo que Emery não está mais me chupando, eu levanto a cabeça.

— Que porra é essa? Por que você parou?

Seus olhos estão arregalados, em um claro sinal de desconforto.

— Umm... Está tudo bem? — Ela olha para o meu pau e eu sigo seu olhar, vendo meu membro flácido descansando na minha coxa.

Estou tão surpreso quanto ela. Isso nunca aconteceu. Minhas bochechas ficam vermelhas de embaraço e, quanto mais ela me observa, mais pau da vida eu fico.

— Tem muita coisa na minha cabeça. Continua chupando.

— Talvez nós devêssemos conversar sobre...

— Eu disse para continuar chupando — grunho, me sentindo frustrado e, ao mesmo tempo, um pouco humilhado.

Ela dá de ombros e começa a acariciar meu pau e lamber a cabeça, mas não desvia o olhar de mim.

Assim que começo a tentar relaxar novamente, ouço passos descendo as escadas. Antes que possa olhar para cima, percebo que Penny nos flagrou.

— Ah, meu Deus. Me desculpem. — Ela se vira e sobe as escadas a passos largos.

Quando olho para Emery, ela está apenas olhando para mim, segurando meu pau mole em suas mãos.

— Quer saber? Foda-se. É óbvio que você não tem ideia do que está fazendo. — Eu me inclino para a frente para pegar a cueca no chão.

— Blaise, o que deu em você?

— Nada — digo, sem rodeios. Eu me levanto e visto a boxer. — Essa semana está sendo uma loucura. Talvez você devesse ir. Te ligo amanhã.

Emery pega sua bolsa no braço do sofá.

— Quer saber? Vá se foder, Blaise.

— Eu? Vá se foder você! — Reviro os olhos. — Na verdade, talvez nem isso você saberia fazer também.

Emery sai furiosa, e eu deixo. A verdade é que Emery não era o problema. Pelo menos, não esta noite. Ela é uma garota carente com uma tonelada de bagagem emocional, e é exatamente por isso que eu e ela nunca seremos um casal, mas minha falta de desejo é graças à traidora da minha meia-irmã estar invadindo a porra da minha cabeça mais uma vez.

CAPÍTULO 4

Penelope

Meus pés escorregam contra o piso de madeira recém-encerado conforme ando de um lado ao outro, mordendo a ponta da unha do polegar. Chego ao final da ilha da cozinha e me viro, apenas para percorrer o mesmo caminho novamente. Por que eu deixei ele me beijar? Essa foi, provavelmente, a coisa mais idiota que fiz desde a primeira vez que permiti que isso acontecesse, dois anos atrás.

E por que voltei lá para baixo? Eu já deveria esperar. É Blaise. Claro que ele estaria no meio de um boquete. Não foi a primeira vez que flagrei ele com uma garota. *Mas, Emery?*

Por que estou aqui? Por que voltei para este inferno?

Eu paro no final da bancada, me apoiando no canto, e contemplo as montanhas à vista através das grandes portas francesas. A paisagem pitoresca do pôr do sol mergulhando atrás do pico me dá uma sensação de paz. Esta casa realmente tem a vista mais linda de todas.

Uma semana. *Eu consigo fazer isso.*

Minha mente se afasta da bela visão quando a porta do porão se abre. Emery parece chateada ao sair de lá.

— Ah, oi, Penelope. Não sabia que você estava aqui. — Suas palavras saem em meio a uma expiração exacerbada.

— Só estou esperando minha pizza terminar de assar. — Confiro o cronômetro do forno atrás de mim. Mais três minutos.

— Pizza? Tipo... Congelada? — Ela curva os dedos para admirar suas unhas recém-pintadas. — Por que você simplesmente não pediu comida ou mandou aquele cara que cozinha fazer algo para você?

Por um momento, quase me esqueci de que estou cercada por ricos e incapazes. Dou uma risada enquanto pego um descanso de panelas na ilha central.

— Cara que cozinha?

— Henderson. Ou seja lá qual for o nome dele.

— Henry — eu a corrijo. — E não tem problema nenhum. Não preciso de ninguém para fazer minha própria comida.

— Certo. Você sempre preferiu fazer as coisas sozinha, não é?

Minha resposta é um aceno sutil.

Emery puxa uma banqueta do outro lado da bancada e se senta. Ela mudou. Não se parece em nada com a garota quieta que deixei para trás. Parece que o tempo mudou a todos nós – todos, exceto Blaise. Eu também não sou mais a menina ingênua que costumava ser. Só me resta torcer para que meu tempo aqui não me mostre o contrário.

— Então, você só ficará na cidade por uma semana, certo? — Ela ajeita os ombros e estufa o peito como se estivesse tentando me mostrar que seus seios triplicaram de tamanho. Eles são impressionantes, de verdade. Firmes, com a quantidade certa de decote espreitando através da blusa em gola V branca e transparente. — Eles são naturais — diz ela, desviando minha atenção de seus seios.

Eu a encaro com os olhos arregalados, percebendo que ela me pegou no flagra.

— Me desculpe. Acredito que eu só conseguia te imaginar da forma como você era quando eu me mudei.

— Não precisa pedir desculpas. — Emery segura seus seios e os sacode levemente, o que, por razões que me são desconhecidas, me faz corar. Não sou a fim de mulheres, mas também não estou acostumada a ficar perto de garotas que são tão sinceras e confiantes, especialmente uma que estava convencida de que usaria sutiãs com enchimento até ter idade suficiente para colocar próteses de silicone. — É a pílula. Comecei a tomar há dois anos e, de repente, eles encheram. — Ela sorri. — Quer tocar neles?

Eu ergo as sobrancelhas até quase tocarem a raiz do cabelo.

— Tocar neles?

— Claro. Por que não?

Posso sentir as bochechas vermelhas quando me volto em direção ao forno.

— Não, obrigado. A pílula, né? Presumo que isso signifique...

— Uhum. Melhor prevenir do que remediar. Mas tomar pílula não me desagrada nem um pouco. Além de me ajudar a ter o que exibir por aí, garante que eu não engravide de nenhum dos idiotas desta cidade.

Eu consigo pensar em outra maneira de garantir que isso não aconteça. Como, por exemplo, não transar com os tais idiotas. No entanto, fico calada. Com um pouco de inveja, claro. Não consigo nem forçar um decote com fita adesiva.

— Ah, qual é, Penelope. — Ela ri. — Não somos mais crianças. Todos nós fazemos sexo, não é? — Ela ri novamente em um tom arrogante que me é muito familiar. Parece muito com Lilith; a versão feminina de Blaise, só que pior. Muito pior.

— É. Acredito que sim. — Não vou me estender. Na verdade, precisamos sair desse assunto antes que Emery comece a fazer perguntas sobre minha vida sexual. — Sim, uma semana — digo, de supetão, respondendo à pergunta anterior. — Ficarei aqui por uma semana. Assim que o funeral terminar, pegarei o caminho mais rápido de volta para Portland.

Emery ajeita as costas no banquinho.

— Espera aí. Isso significa que você estará aqui para a festa anual do Dia D. — Ela começa a bater palmas, entusiasmada. — E é seu aniversário! Eu quase esqueci. Você vai fazer, tipo, uns dezoito anos?

Uns dezoito anos? Ela esqueceu que temos a mesma idade? Ela é exatamente dois meses mais velha.

— Sim, vou fazer dezoito anos. E não, eu não estarei na festa.

— Ah, vamos. Vai ser divertido. Todo mundo vai ficar muito feliz em ver você.

— Isso é duvidoso. Tenho certeza de que as lembranças a meu respeito já desapareceram. Ninguém sabe mais quem eu sou. Além disso, aquelas festas e aquele cenário sempre foram a sua praia, não a minha.

O timer do forno dispara e eu aperto o botão para desligá-lo. Com uma luva térmica na mão, abro a porta do forno e retiro a pizza, colocando-a em dois descansos de panela sobre a ilha antes de começar a cortá-la em fatias.

— Você está certa. — Ela empurra o banquinho para trás e se levanta. — Ainda assim, você deveria vir. Você foi embora tão de repente. Talvez precise fazer a cidade se lembrar de você. — Emery pisca antes de enfiar os dedos sob uma fatia de pizza. Ela a levanta e dá uma mordida na ponta do triângulo. — Ooh, está quente. — Ela gira em cima dos saltos altos. — Te vejo por aí, Penny.

E eu fico lá, boquiaberta. Quem diabos era aquela garota? E desde quando ela me chama de Penny? Ninguém me chama assim, exceto Blaise.

Tentando deixar para lá o que acabou de acontecer, abro a porta do armário de vidro e tiro uma peça de porcelana refinada, também conhecida como prato, que provavelmente vale mais do que a roupa que estou vestindo. Aliás, vale mais do que a roupa que estou vestindo. Os Hales não acreditam em pratos descartáveis. Bem, pelo menos minha mãe não. Ela acha que eles são um desperdício. Tudo isso vindo de uma mulher que tiraria a pele de um coelho para fazer um casaco.

Com meu prato em uma mão e um copo d'água na outra – porque água engarrafada também é malvista por aqui –, sigo para a sala de estar que abriga móveis com o mesmo nível de conforto de um piso de madeira.

Não tem televisão, porque todo mundo que mora aqui assiste TV em seu próprio quarto. É uma loucura pensar que, em algum momento, esta era minha vida. Morando com meu pai, nós temos uma noite de cinema em família ao menos uma vez por semana. Pipoca, cobertores e um sofá confortável de couro gasto com manchas de umidade. Há vida lá, e eu prefiro ter isso do que esta casa onde tudo é feito pelas aparências.

Assim que me sento, ouço a porta do lavabo ao lado da cozinha fechando e o barulho de saltos martelando a madeira, se aproximando.

— Penelope — diz mamãe, em um tom suave. Eu observo enquanto ela caminha em minha direção, mas ela para. — Ah, querida, não coma pizza no sofá. Você vai fazer uma bagunça. — Ela enfia a mão na bolsa, pega o telefone e atende uma ligação. Aparentemente, estava tocando e eu nem ouvi. Ela me dá as costas enquanto se afasta.

— Bom te ver também, mãe — murmuro.

Faz quase um ano desde que a vi e sabia que não devia esperar uma saudação calorosa. Sinceramente, eu não queria uma. Minha mãe nunca demostrou carinho ou qualquer coisa que se parecesse com amor. Na verdade, estou realmente surpresa por ela me querer tanto no funeral. Ela implorou continuamente. Recebi ligações, dia após dia, até que cedi. Mas, novamente, eu não deveria ter me surpreendido com isso também. Ela mesma disse que seria desaprovada por seu círculo social se eu não estivesse lá.

Enquanto como minha pizza, percorro fotos antigas de Portland. Eu paro quando chego a uma minha com Ryan. Olhando para ele por um longo minuto, eu me pergunto se algum dia vou amá-lo. Eu me pergunto se algum dia serei amada por ele. Eu gostaria que meus sentimentos por Ryan fossem mais fortes, mas meu coração parece estar acorrentado, incapaz de deixar alguém entrar.

Envio uma mensagem, só para ver como ele está.

> Eu: Ei. Como estão as coisas?

Alguns segundos depois, chega uma resposta.

> Ryan: Bem. Só matando tempo com os caras. Como está tudo por aí? Estou com saudades.

> Eu: Também estou com saudades. Mal posso esperar para voltar para casa. Quem está aí?

> Ryan: Eu, Mikey, Greg e Lana.

Mikey é um amigo nosso, mas também é irmão gêmeo da ex de Ryan, Erica. Eu costumo ficar com um pouco de ciúme pelo simples fato de ele ter me traído com ela alguns meses atrás. Sim. Nosso relacionamento não é só borboletas e arco-íris. Na verdade, está mais para nuvens escuras e tempestades.

> Eu: E Erica?

Pergunto porque Lana é a melhor amiga de Erica. Mikey é irmão dela. Claro que ela está lá.

> Ryan: Ah, ela está por aqui.

> Eu: Muito legal, Ryan. Eu saio e você volta a sair com ela.

> Ryan: Se acalme. Não tem nada acontecendo.

Eu fecho o aplicativo de mensagens e jogo o celular no sofá, ao meu lado.

— O que te deixou toda agitada? — Meu corpo estremece quando absorvo as palavras de Blaise. Com os braços cruzados nas costas do sofá, ele se inclina para tão perto de mim que consigo sentir o perfume de Emery em sua camisa.

Eu reviro os olhos.

— Não é da sua conta. — Dou outra mordida na pizza e a coloco de volta no prato. Ele ainda está lá, respirando no meu pescoço como sempre fez. — Você pode ir agora.

— Ah, vai ser assim, não é? — Seu braço passa por cima do meu ombro quando ele se abaixa e pega o que restou em meu prato.

Eu rosno de desgosto ao ouvi-lo mastigar minhas sobras.

— Você é tão nojento.

— E você está desperdiçando minha pizza. Além disso, a borda é a melhor parte.

Reviro os olhos.

— Caso você tenha se esquecido, esta casa agora é da minha mãe, então a comida no freezer é dela.

Blaise solta uma gargalhada meio rosnada e então para, de repente. Eu pisco e o vejo na minha frente. Ele ajeita a calça e se agacha na minha frente, onde me encontro sentada de pernas de índio.

— Ah, Penny... Sua mãe anda te contando mentiras de novo?

Pego minha próxima fatia e mordo a ponta, fazendo um beicinho.

— A verdade dói, não é? — digo, com a boca cheia. Eu sou muito corajosa por falar com Blaise assim, mas ele vai aprender, de uma forma ou de outra, que não sou mais capacho de ninguém.

Ele entrecerra os olhos e trava a mandíbula.

— Vou cuidar muito bem de você, pequena Penny.

Meu estômago dá um nó ao ouvir o apelido. A única vez que ele me chamou assim, foi na noite do incêndio. Odeio meu tamanho por causa disso. Toda vez que preciso dizer minha altura, juro que meu rosto fica da cor de um tomate.

— Não me chame assim — vocifero, com raiva. Não pareceu tão irritado na minha mente, mas foi o suficiente para chamar sua atenção. Eu largo a pizza no prato. — Caso você tenha esquecido, meu nome é Penelope.

— Descruzo as pernas com força e acabo acertando um chute na barriga de Blaise. Ele arfa, em seguida, agarra a mesa de centro às costas para evitar cair para trás, mas não diz uma palavra quando me levanto e saio da sala.

Isso é realmente o suficiente para ele calar a boca? Eu me defendendo?

50   RACHEL LEIGH

Estou deitada em meu quarto com os olhos fechados, ouvindo um audiolivro com fones de ouvido, quando ouço vozes do lado de fora do quarto. Tiro um dos fones e as vozes soam muito acaloradas. Não quaisquer vozes – de Blaise e da Mãe Mais Amorosa do mundo. Num pulo, eu me levanto cama.

— Você sabe que não deve vir aqui, Ana! — Blaise esbraveja, as palavras reverberando pelo ambiente.

— Eu só quero falar com Penelope. Ver como ela está. Só isso. — A voz de minha mãe é muito mais suave, quase como se ela estivesse implorando para Blaise.

— Como se você se importasse! Você não dá a mínima para Penny. Agora volte lá para cima e finja que ela não existe, como você sempre fez.

Sinto uma pontada no meu peito. Não por causa do que ele disse, mas porque há muita verdade nisso... e dói.

Há um breve silêncio antes que a porta do porão se feche. Eu me aproximo um pouco mais, ouvindo atentamente para descobrir o que Blaise está fazendo lá fora. Algo se agita dentro de mim. Como frio e calor se chocando um contra o outro. Agarro a maçaneta e abro a porta de supetão. Como se soubesse que eu estaria lá, Blaise está bem na minha frente com as palmas das mãos apoiadas em cada lado do batente.

Eu engulo em seco.

— Por que você a expulsou?

— Porque ela é uma vadia — diz ele, com simplicidade.

— Ela é minha mãe.

Ele ergue uma sobrancelha.

— Okay. Sua *mãe* é uma vadia.

Eu reprimo um sorriso. A maioria das pessoas surtaria ao ouvir a própria mãe sendo chamada assim. Eu não, porque sei que é verdade. Eu amo minha mãe, mas odeio o fato de ela ter pisado em mim para subir.

— Apesar disso, ela obviamente tinha algo a me dizer. Eu deveria ouvi-la.

Para ela ter vindo aqui, sabendo que Blaise a proibiu, devia ser algo importante. A maioria das pessoas, provavelmente, enviaria uma mensagem de texto ou faria uma ligação, mas não ela. Mesmo nos dois anos em que estive fora, ela só me ligou algumas vezes e, geralmente, era apenas para se gabar.

— Se é tão importante para você, então suba e fale com ela. Eu não a quero no meu espaço. Eu já a deixei...

Suas palavras cessam, e fico curiosa para saber o porquê.

— Já a deixou o quê?

— Deixa pra lá. — Ele sai do caminho e gesticula para que eu passe.

Com um fone ainda em um ouvido, coloco o outro de volta e me viro para voltar para a cama. Eu poderia subir, mas, sinceramente, não me importo com o que ela tem a dizer. Ela teve anos para falar comigo e escolheu não o fazer.

Blaise fecha a porta, então eu me deito na cama. Não sei por que minha mãe parecia ter tanto medo de Blaise. Não é típico dela. Ela nunca abaixou a cabeça para ninguém. Ela é uma das pessoas mais obstinadas e diretas que conheço. Richard é a única pessoa em todo o mundo a quem eu já a vi bajular. Bajular é uma palavra muito fraca – ela beijou a bunda dele e, provavelmente, a limpou para ele também. Ela vivia para agradá-lo. Como quando ele me deu um carro no meu aniversário.

Assim que meus olhos começam a se fechar, prontos para afugentar o dia e mergulhar em um sono desprovido de sonhos, a porta do meu quarto se abre.

— *Penelope Jane! Levante essa bunda da cama e vá agradecer a Richard pelo generoso presente de aniversário que você vai aceitar.*

Eu me viro para ficar de frente para a porta, envolta pelo cobertor.

— *Eu não quero isso, mãe.*

— *Você tem alguma ideia de quanto esse carro custou?* — *Sua voz é severa e direta. Ela continua parada na porta, a luz do corredor se projetando para dentro do quarto escuro.*

— *Eu vou comprar meu próprio carro. Diga a ele que agradeci, mas, não, obrigada.*

A raiva transborda de seus poros. Não tentei irritá-la intencionalmente, mas não me arrependo por isso.

— *Quando foi que você se tornou uma pirralha tão ingrata?*

Ingrata? É isso que eu sou? Tudo isso porque não vou deixar o novo marido da minha mãe me comprar coisas novas e brilhantes pelas quais ele acabará me fazendo pagar em favores sexuais. Não, obrigada.

— *Richard me pediu para não dizer nada até que toda essa confusão de aniversário acabasse, mas ele estava planejando pedir para você usar o sobrenome dele, para que você possa ser uma Hale como o resto de nós. Isso mostra o quanto ele te ama.*

Dou uma risada debochada, sem perceber.

— *Eu nunca serei uma Hale. Eu sou uma Briar e, até me casar, continuarei sendo uma Briar.*

— *Os Briar são fracos, Penelope. Seu pai é a prova disso. Quando as coisas se tornam difíceis, os Briar fogem.*

— *Difíceis? É disso que chamamos traições agora? É disso que chamamos ter um caso? E, me corrija se eu estiver errada, mas foi você quem fugiu. Você só me trouxe com você.*

Mamãe aperta a maçaneta com tanta força que temo que ela a quebre.

— *Você tem razão. Eu trouxe você comigo porque aquele homem não tem dinheiro nem para cuidar de si mesmo. Eu ganhei e ele perdeu.*

Lá vai ela de novo, se referindo a mim como um prêmio em seu divórcio. Mamãe só me mantém aqui porque ela não conseguia lidar com a ideia de meu pai sentir que eu o escolhi. Eu realmente o escolhi, mas ela simplesmente não me deixa ir. Infelizmente, meu pai não pode se dar ao luxo de lutar contra ela no tribunal e ela ameaçou provar que ele não é apto a cuidar de mim se eu decidir voltar por conta própria. Eu não fico por ela. Eu fico por ele.

— *Ele não é um caloteiro. Meu pai é um bom homem e ganha dinheiro suficiente para se sustentar. Ele sempre conquistou o próprio caminho na vida, ao contrário de você. Você só ganha e gasta.*

Mamãe afrouxa o aperto na porta e suaviza o tom:

— *Richard pode cuidar de nós para sempre, Penny. Um dia, tudo isso será nosso. Só aceite seus presentes e faça o que ele quiser. Tudo isso vai valer a pena. Eu prometo.*

Meu telefone começa a tocar, me tirando dessa memória miserável.

— Oi, pai — digo, com o viva-voz acionado.

— Ei, querida. Como vão as coisas na casa da sua mãe?

— Como se eu nunca tivesse saído daqui — ironizo.

— E os seus amigos? Você saiu para vê-los?

Eu poderia dizer a ele que não tenho amigos. Emery parece mais uma estranha agora do que no dia em que a conheci, mas não digo isso a ele.

— Sim. Tem sido incrível — minto.

— Olha, Pen… Você sabe que adoro ter você aqui comigo, mas nunca sinta que precisa ficar por minha causa. Sei que você tem uma vida aí em Skull Creek.

Eu quero vomitar.

— Minha vida é em Portland. Não vou ficar aqui nem mais um dia do que o necessário.

— Fico feliz em ouvir isso. Te amo, Pen.

— Também te amo, pai.

Encerramos a chamada e eu sorrio para mim mesma. Eu tenho uma vida boa lá. Eu não trocaria aquela vida por essa aqui por nada nesse mundo.

CAPÍTULO 5

Penelope

Faz dois dias que cheguei. Também choveu durante esses dois dias, o que me obrigou a ficar dentro desta casa miserável. Não que eu tenha para onde ir ou alguém a quem visitar...

Hoje é meu aniversário e Emery pediu – não, pediu, não, implorou para que eu a encontrasse para almoçar na pizzaria no centro da cidade. Como sempre faço quando sou convidada para alguma coisa, eu tentei escapar do compromisso. E como todas as outras vezes, eu cedi. *Vai dar tudo certo*. Durante anos, fui invisível nesta cidade. Duvido que alguém ainda se lembre dos eventos da minha última noite aqui. A quem estou querendo enganar? É claro que eles lembram.

Cento e vinte e um metros quadrados pegaram fogo naquela noite. Eu fui engolida pelas chamas mesmo enquanto me escondia com Blaise, que afirma que estava tentando me proteger. Naquela noite, fui lembrada de algo que já sabia: Blaise é um mentiroso.

Pare com isso, Penelope. Não pense demais no assunto. É só um almoço. Ninguém liga para o que aconteceu há exatamente dois anos.

Faz dois anos que passei minha última noite em Skull Creek. No meu aniversário, ainda por cima. Em uma idade em que eu deveria estar me apaixonando por garotos, ficando bêbada pela primeira vez e aprendendo a me maquiar. Em vez disso, fui afastada dos meninos por Blaise e passei meus dias olhando por cima do ombro para ter certeza de que ninguém estava me perseguindo.

— Feliz aniversário, querida — diz minha mãe, pressionando um beijo contido e levemente oleoso em minha bochecha, e deixando um cheiro forte de café para trás. Ela coloca a caneca marcada com o batom vermelho-brilhante no balcão da cozinha. A mesma cor que, provavelmente, está marcada em minha bochecha.

Eu tento removê-lo esfregando a bochecha com as pontas dos dedos.

— Obrigada, mãe.

— Tem planos para hoje? — pergunta, digitando em seu celular.

— Provavelmente vou para uma festa. Ficar bêbada. Pode ser que eu traga alguns caras pra casa. Tudo bem por você?

— Parece uma ideia maravilhosa — murmura a resposta, sem nem levantar a cabeça para processar o que eu disse. Não adianta dizer a ela o que realmente vou fazer, que é só almoçar, voltar para cá e passar meu aniversário na cama.

Assim que termina seja lá o que estava fazendo no celular, ela o enfia no bolso da calça social.

— Vou passar a maior parte do dia fora. Henry vai passar para pegar um bolo mais tarde. Nós vamos comemorar por volta das... Seis horas? Jantar e bolo, o que você acha?

— Sim, mãe. Ótima ideia. — Eu sorrio. Um sorriso genuíno, porque na verdade estou muito surpresa de ela ter se lembrado, e ainda ter planejado o jantar e a sobremesa.

No final das contas, talvez hoje não seja tão ruim.

Meu celular começa a se debater no balcão enquanto vibra. Minha mãe o pega antes de mim, olha para a tela e me olha como se eu tivesse feito algo errado.

— Emery? Sério, Penelope? Essa garota só traz problemas.

Estendo a mão, mas ela resiste em me entregar o celular.

— Por qual motivo você diria isso? Você amava Emery.

Ela fica séria.

— Amava. Ela e aquela garota, Lilith James, têm criado um inferno desde que você se foi. Pichações, brigas, festas, matam aula... Cite qualquer problema e pode ter certeza de que elas estão por trás disso. Junto com aquele seu irmão destrutivo.

De tudo o que ela disse, eu só absorvi uma coisa – irmão.

— Blaise não é meu irmão! Meu Deus, eu gostaria que todos parassem de se referir a ele dessa forma.

— Mas ele é seu irmão, Penelope. Só porque você não tem estado por aqui, não significa...

— Ele não é! — vocifero, pegando meu celular da mão dela e saindo como se ela tivesse dito a coisa mais ofensiva que se possa imaginar.

Eu realmente preciso parar de reagir dessa forma, mas gostaria que todos parassem de se referir a ele como minha família. Ele não é da família. Família não faz o que nós fizemos. Família não sente o que eu senti.

Emery deixou uma mensagem me avisando para encontrá-la no *Poppy's Pizza Joint* às duas horas. Depois de vasculhar a mala, jogar tudo no chão e ficar de mau humor por vinte minutos por não ter nada para vestir, meu dedo paira sobre a tela, pronto para enviar uma mensagem de texto dizendo a ela que não vou poder ir. Respiro fundo, prendo o fôlego e apago a mensagem, depois pego uma *legging* preta e um suéter grande de tricô para vestir.

Assim que me visto, passo uma maquiagem leve, que consiste em corretivo, rímel e brilho labial incolor. Com o cabelo solto e um elástico no pulso, saio do banheiro.

Eu passo pela porta que leva à sala e paro ao ver Blaise no sofá. Ele está com os cotovelos apoiados nos joelhos, com a cabeça entre as mãos. Algo deve estar errado.

Eu deveria perguntar a ele.

Não, eu não deveria.

O que quer que ele esteja passando, não é da minha conta. Eu saio do banheiro na ponta dos pés e meu plano é apenas subir as escadas e sair, mas Blaise levanta a cabeça.

— Onde diabos você está indo?

— Umm... Vou me encontrar com Emery. — Cruzo a alça da minha bolsinha preta sobre o peito e coloco o celular dentro dela.

— Ela não me disse isso. Onde você vai se encontrar com ela?

— Não que seja da sua conta, mas vamos almoçar no *Poppy's*... Pra comemorar o meu aniversário — digo isso como um lembrete de que é, de fato, meu aniversário. Talvez ele perca um pouco da pose de idiota se for lembrado disso.

Blaise se levanta e nivela o olhar dele com o meu.

— Ela não é a mesma garota, Penny. Você ficará desapontada se pensa que sua melhor amiga ainda está ali, em algum lugar.

Minha mãe mencionou que Emery tinha mudado. Para o azar dela e de Blaise, sou do tipo de garota que precisa ver para crer. Emery tem sido gentil comigo desde que voltei. Não tenho motivos para pensar que ela é essa pessoa terrível que eles estão alegando que ela seja.

— Eu vou ficar bem. — Sigo em direção às escadas, torcendo para que ele tenha terminado.

— Se você não se importa, eu não me importo. Só achei que você deveria saber.

Subo a escadaria do porão, saio pelo lavabo e então pela lateral da casa. Há um pátio de pedra que leva à garagem ou à entrada pavimentada. Mas meu carro ainda está estacionado na entrada circular. Meu pequeno Ford Focus branco parece tão triste e deslocado na frente desta casa…

Com um clique no botão, destravo as portas, mas conforme me aproximo do carro percebo que algo não está certo.

Droga! Meu pneu traseiro está furado.

Eu me abaixo para conferir mais de perto e não está apenas furado. Ele foi, definitivamente, cortado com algo afiado – uma faca, talvez? Dou a volta e vejo que o pneu do lado do motorista também está furado. Eu me agacho e passo os dedos sobre o corte. *Quem faria isso?*

Eu me levanto e olho em volta, mas não vejo nada suspeito. Não tem ninguém além dos jardineiros e…

— Blaise! — esbravejo tão alto que seu nome ecoa pela casa. Eu volto por onde vim, marchando, furiosa, abro a porta do lavabo e sequer me preocupo em fechá-la. — Blaise! — grito de novo, sabendo que ele não vai me ouvir, mas a raiva intensa que estou sentindo não se está nem aí para isso. Eu abro a porta do porão com tamanha força que ela quase me acerta na cara.

Descendo as escadas rapidamente, eu o encontro na metade do caminho. Eu arranco minha bolsa por cima do ombro e jogo contra ele, errando quando ele desvia para o lado. Então dou um empurrão nele, fazendo-o cair para trás os três degraus que ele acabou de subir. É uma queda suave; infelizmente, ele vai ficar bem.

— Sério, Blaise? Você continua fazendo essa merda? Quantos anos nós temos? — E isso porque achei que ele estava pegando leve comigo por ser meu aniversário. Eu desço o restante da escada e o empurro novamente quando ele começa a se levantar. Ele cai de volta e ri. Ele realmente ri e isso só alimenta o fogo borbulhando dentro de mim.

Quando ele tenta se levantar outra vez, dou outro empurrão em seu ombro. Sua expressão sonsa desvanece e a suavidade em seus olhos é substituída por aquele tom sombrio de raiva.

— Qual é a porra do seu problema? — Ele me agarra pelo tornozelo e puxa forte o suficiente para me derrubar. Eu caio em seu colo e me contorço para fugir, mas ele enlaça meu corpo e puxa contra si.

— Não se faça de bobo! Você rasgou os meus pneus. Você realmente esperava que eu não fosse reagir? — Esperneio e acerto suas pernas, tentando me soltar.

— Dá pra se acalmar? Eu não rasguei a merda dos seus pneus.

— Como se eu acreditasse em alguma coisa que você me diz.

— Por que diabos eu faria isso? Hein? O que eu ganharia destruindo seus pneus?

Eu paro de me contorcer, porque não vou conseguir me soltar até que ele permita. Não adianta desperdiçar minha energia.

— Você conseguiria me manter aqui. Me manteria longe das pessoas. Exatamente como costumava fazer.

— Você diz que mudou. Talvez eu também tenha mudado.

— Você não consegue. Você sempre será o mesmo idiota esnobe e possessivo de sempre. — Minha respiração se torna instável, meu corpo relaxa em pura exaustão contra o dele.

— E você sempre será uma ratinha tímida que deixa todo mundo passar por cima de você.

Fico tensa novamente e tento estender meus braços para destravar os dele, mas não adianta.

— Eu era tímida e deixei as pessoas brincarem comigo, mas não mais. Hoje sou mais forte e tenho mais coragem — digo, em meio a uma respiração trêmula.

— Ah, é? Prove. Para começar, se livre do meu agarre.

Eu o acotovelo, me retorço e puxo, tentando me libertar, mas ele não se mexe.

— Se você me soltar, eu vou.

— Você diz que é mais forte que eu. Lute comigo. — Seu queixo descansa em meu ombro, suas pernas se abrem e me ladeiam. Estou sentada entre elas e meu coração começa a bater contra o peito. — A não ser que... Você não queira. — Fecho os olhos e comprimo meus lábios me esforçando ainda mais. — Não acho que você mudou tanto quanto imagina.

Posso não ter a força física necessária para lutar contra Blaise, mas voltei determinada. Ele não vai mais me menosprezar. Não vou deixar que ele mande em minha vida.

— Você quer a verdade? Eu quero que você me solte. Porque eu te odeio, Blaise. Mais do que já odiei alguém. Você me manteve em rédeas curtas quando éramos mais jovens. Brincou comigo. Me pregou peças horríveis. E então, você me mastigou e me cuspiu. Você me enganou. Por isso, nunca vou te perdoar. Eu ficarei aqui durante uma semana, e quando for embora, vou voltar a esquecer que você existiu.

— Você nunca vai conseguir me esquecer, Penny. — Sua expiração cortante atinge meu pescoço e eu inclino a cabeça instintivamente, apreciando o calor que desce pelo meu corpo. — E eu sei disso porque você sempre terá a lembrança de sua primeira vez... comigo. — As pontas de seus dedos roçam suavemente minha barriga. Arrepios descem como raios, mas continuo sentada lá, imóvel. — Essas memórias estão escondidas dentro de você, mas de vez em quando, elas aparecem, não é? Você se odeia pelo que fizemos?

Engulo em seco.

— Eu me odeio por isso.

— Mas tem uma parte de você que quer que isso aconteça de novo, não é? — Seus dedos passeiam pelo cós da minha *legging*, mergulhando por baixo.

— O quê? Não! Nunca!

Uma gargalhada soa de Blaise.

— Estamos só nós dois aqui, você não precisa mentir para mim. — A mão dele desliza mais e tenho medo de ver como ele reagirá quando descobrir que estou encharcada. Eu não quero estar, mas meu corpo está reagindo ao seu toque suave e quente. Mesmo que esteja vindo dos dedos de um cara frio e sem coração.

Meu estômago dá cambalhotas quando percebo um volume crescente contra o meu cóccix.

— Eu prefiro morrer a transar com você de novo. Isso nunca deveria ter acontecido. Foi você quem começou aquele incêndio. Você me salvou, fingiu ser um herói e aproveitou o momento.

— Sua boceta está raspada. Por quê? Com quem você está transando, Penny?

Ele enfia a mão ainda mais para baixo e nós continuamos conversando como se estivéssemos ignorando o que realmente está acontecendo agora. Ignorando sua pergunta, eu o pressiono ainda mais a respeito do incêndio.

— Havia provas por toda parte. Você e seus amigos imbecis tentaram me matar. — Abaixo a cabeça, conferindo o local exato onde a pele áspera está oculta pelo suéter. Eu tento manter a cicatriz coberta o máximo que posso. É horrível. De vez em quando, consigo sentir o fogo comendo minha pele. E então consigo ver o olhar de Blaise quando ele entrou para me resgatar. Olhar apavorado, desolado. Nunca vou entender os acontecimentos daquela noite. Principalmente porque Blaise não me deixa esquecer.

— Parece que nós dois somos mentirosos então. Você não acredita em mim e eu não acredito em você. — Dois de seus dedos desenham círculos ao redor do meu clitóris e a sensação é desconcertante. Eu não deveria me sentir assim, não com ele.

Não posso continuar sentada aqui. Meu coração bate em total descompasso, e suor escorre por entre o vale dos meus seios.

— Que seja. Só me deixe levantar, por favor.

Blaise move os dedos e desliza um para dentro de mim. Eu solto um ofego.

— É isso mesmo que você quer?

Sim. Não. Eu não sei. Eu amo e odeio isso ao mesmo tempo. Meu corpo está me traindo novamente, e eu quero deixar.

Blaise mergulha outro dedo dentro de mim.

— Você está encharcada, Penny. Não acho que você quer tanto assim que eu pare.

Eu flexiono os quadris para cima quando ele começa a cutucar meu ponto G. Eu odeio que ele consiga testemunhar o tanto de prazer que está me fazendo sentir.

Eu fico calada enquanto ele continua a movimentar o dedo. De vez em quando, ele atinge um ponto que abala meu corpo, mas eu luto contra a vontade de gritar de prazer. No entanto, perco essa luta quando meu corpo inteiro se enche de uma necessidade insaciável pelo clímax. Meu interior se contrai ao redor dos dedos dele e eu contraio as coxas.

— Não resista, Penny. Apenas ceda ao prazer. Goze para mim.

Minha boca se abre e meus olhos se fecham enquanto meu coração martela no peito. Arqueio as costas, movendo os quadris. Blaise aumenta o ritmo e sua respiração acelera e aquece meu ouvido, como se ele estivesse gostando disso tanto quanto eu.

— Ah, Deus — gemo, baixinho. Minha excitação pinga na palma da mão dele.

— Puta merda, você gostou disso, não é? — Estou um pouco envergonhada porque não tenho certeza se é normal sair tanto líquido durante um orgasmo.

Esta é apenas a segunda vez que tenho um e a primeira foi durante o sexo com Blaise. Ele é o único cara com quem já fiz alguma coisa.

— Okay. Me deixe levantar agora, por favor.

Blaise lambe o lóbulo da minha orelha, enviando outra onda através da minha coluna. Sua mão ainda está dentro da minha calça.

— Eu vou te deixar levantar se você responder à minha pergunta.

— Que pergunta?

— Você transou com ele?

Minhas costas enrijecem contra seu peito.

— Com quem?

— Com o seu namorado.

— Isso não é da sua conta. — Agarro sua mão e a puxo para fora da minha calça.

— Ele te faz gozar como eu?

Minhas bochechas ficam vermelhas e eu não respondo.

— Vou entender isso como um não. Está bem. Me deixe te dar uma carona até o *Poppy's* e eu te deixo levantar.

— Por quê? Por que você quer me dar uma carona? E o que te faz pensar que eu aceitaria?

— Você quer se levantar, não é? Aceite a oferta generosa e nós podemos ir logo.

Não tenho escolha. Já estou atrasada para encontrar Emery. O motorista da minha mãe está fora. Eu não tenho escolha.

— Está bem.

Blaise me dá um aperto firme.

— Feliz aniversário, Penny. — Seus lábios pressionam a parte de trás da minha cabeça, e arrepios percorrem todo o meu corpo, me fazendo contrair as coxas.

Meu Deus, eu o odeio. Mas odeio ainda mais o meu corpo por reagir assim a ele.

Quando ele, por fim, me solta, eu me levanto de um pulo, como se alguém tivesse jogado gasolina e ateado fogo com um fósforo. Eu me inclino, pego a bolsa e corro para o meu quarto para me trocar, antes que Blaise me dê outro motivo para ficar lá fora.

Nunca mais. Nunca vou me deixar apaixonar por Blaise novamente. Eu simplesmente não posso. Ele é uma pessoa terrível, sem falar que ele é meu… irmão postiço.

CAPÍTULO 6

Penelope

Indo contra minha intuição, entro no carro luxuoso de Blaise. Meu plano é só aceitar a carona e não conversar. Serei educada e agradecerei quando ele me deixar, e é só. Estou me esforçando muito para não me culpar pelo que aconteceu lá embaixo.

O carro de Blaise é muito bom e estou fascinada por todas as luzes e detalhes brilhantes. Eu passo os dedos pelo brilho neon no painel.

— Você gostou? Peguei esse bebê algumas semanas atrás.

— É legal. Deve ter custado uma fortuna.

— Algumas centenas de milhares. Um valor justo para essa joia.

Meus olhos se arregalam.

— Algumas centenas de milhares?

Eu me pergunto se ele vai conseguir ficar com isso quando o inventário for finalizado e tudo for entregue à minha mãe. Conhecendo-a como conheço, ela não vai deixá-lo ficar com ele. Ela vai levar até o último centavo que pertence a ela. Eu nem tenho certeza de que Blaise sabe que não vai ficar com nada. Quase me sinto mal por ele. Durante toda a sua vida, ele teve tudo. Ele nunca teve que trabalhar por nada. Agora que penso nisso, ele, provavelmente, não conseguirá pagar nem a faculdade.

— Você já encontrou sua mãe? — As palavras saem antes que eu possa pensar duas vezes, e quando Blaise me encara de cara fechada, eu me arrependo de ter perguntado.

Blaise volta a olhar para frente e dá ré sem dizer uma palavra. Quando a garagem se abre por completo, ele crava o pé no acelerador. Sem nem parar o carro, ele engata a primeira marcha e gira em um círculo, nos conduzindo ao caminho pavimentado.

Meu *timing* foi realmente impecável. Esperei até estarmos em um espaço confinado para fazer uma pergunta que, com certeza, o deixaria com o humor sombrio.

Quando minha mãe e o pai de Blaise começaram a namorar, a mãe de Blaise simplesmente desapareceu. Não fiquei pensando muito a respeito disso. Ninguém nunca falou sobre o assunto, então presumi que ela apenas tivesse se mudado para recomeçar. Acontece que ela nunca disse a ninguém para onde estava indo. Certa vez, ouvi Blaise e seu pai conversando com o investigador particular que contrataram para rastreá-la, sobre terem chegado a um beco sem saída.

Na minha última noite em Skull Creek, tive coragem de perguntar a Blaise sobre ela. Foi a primeira vez que toquei no assunto. Ele me deu o mesmo tratamento silencioso de agora, mas depois de alguns minutos, ele me disse que acha que seu pai a mandou embora. Ele deixou por isso mesmo, sem querer dar mais detalhes.

Eu tenho que tirar isso da cabeça dele, então escolho uma pergunta mais fácil:

— Para quê essa reforma? O andar de cima já era perfeito.

Blaise não olha para mim, mas aperta o volante com tanta força que dá para ver os nódulos ficando brancos.

— Foi uma ideia estúpida do meu pai. Algum tipo de tentativa ridícula de tentar te fazer voltar.

Eu coço a nuca. Não faço ideia do que ele está falando.

— Por que ele pensaria que eu voltaria se ele destruísse meu quarto? E ninguém pretendia me contar isso?

Com os olhos na estrada, Blaise vai relaxando aos poucos o agarre no volante.

— Ele colocou esse plano em ação alguns meses atrás, quando ainda estava se sentindo bem. Aparentemente, ele pensou que se você tivesse seu próprio espaço, como o porão, você voltaria. — Ele me fuzila com o olhar, as sobrancelhas levantadas, como se duvidasse da verdade contida nessa declaração.

— Eu não voltaria — disparo.

— É. Bem, você conhece Richard, ele pelo menos queria tentar. Pena que ele passou dessa para uma melhor antes de conseguir te trazer de volta para tentar uma última chance de conseguir uma punheta sua.

— Ah, meu Deus, Blaise! — Franzo os lábios em desgosto. — Já falamos sobre isso. Eu nunca fiz, nem faria sexo com aquele velho nojento.

— Não me diga! Ele está morto — diz Blaise, inexpressivamente, me encarando com um olhar severo antes de se concentrar de novo na estrada.

Não é de se surpreender que Blaise nem tenha sido afetado pela morte de seu pai. Por um lado, ele teve muito tempo para se preparar para isso. Por outro, ele também nunca gostou do cara. Eu nem tenho certeza se ele o amava. O que é estranho, considerando que somos destinados a nascer amando nossos pais.

Houve um tempo em que Blaise pensou que algo estava acontecendo entre mim e Richard, mas colocamos os pingos nos 'is' sobre este assunto na noite do incêndio. Aparentemente, Richard ainda estava tentando encontrar maneiras de me trazer de volta para casa.

— E agora? Minha mãe vai terminar a reforma ou só vai deixá-la inacabada lá em cima?

— Sua mãe não vai fazer merda nenhuma. Assim que a poeira baixar após o funeral, os pedreiros retornarão à reforma. Mas, não será para você. Com certeza.

Eu assinto com a cabeça. Nada de palavras impensadas. Sem respostas arrogantes. Eu não quero mais nem um quarto aqui, muito menos um andar inteiro.

O restante do percurso é tranquilo, exceto pela potência desse automóvel caríssimo. Blaise faz uma curva fechada no estacionamento dos fundos do *Poppy's*, desvia para uma vaga e para abruptamente. Com os dedos vacilando na maçaneta, eu olho para ele.

— Obrigada pela carona.

Ele nem olha para trás, só desliga o motor e abre a porta.

— Ei, o que você está fazendo? — Fecho a porta atrás de mim e corro para alcançá-lo conforme ele caminha para a entrada dos fundos. — Espere. — Agarro seu braço. — Você não vai mesmo entrar aí, vai?

Com um empurrão rápido, ele se afasta e passa a língua sobre o lábio inferior.

— O quê? Eu não fui convidado... irmãzinha?

Minhas narinas se alargam.

— Não, na verdade, você não foi convidado. Então, se não se importa em voltar para casa, isso seria ótimo. Obrigada. — Eu acelero o passo, passando à frente e torcendo para que ele vá embora.

Em algum momento, ele me alcança, apoia o braço sobre meus ombros e ri baixinho.

— E como você voltaria para casa, Penny? Você acha que seus amigos te dariam uma carona?

Eu o encaro da mesma forma sinistra com que ele me encarou.

— Talvez eu peça uma carona para o Wade. — Isso não é exatamente verdade, mas eu sabia que arrancaria uma reação dele com isso.

Só que é uma reação muito mais intensa do que eu esperava, pois Blaise agarra meu antebraço e me vira para que o encare.

— O que você acabou de dizer? — Seus olhos me fuzilam com a mesma raiva expressa pelos dedos cravando na minha pele.

Engulo em seco, me arrependendo de não ter ficado quieta. Mas agora não tem mais volta.

— Você me ouviu.

Ele me puxa para mais perto a ponto de eu sentir o cheiro de seu perfume quando uma rajada de vento passa por nós.

— Ouça bem, Penny — pronuncia meu nome como se eu já não o conhecesse —, você pode andar por aí com o nariz empinado agindo como se tivesse mudado, mas eu sei que no fundo você é a mesma garota assustada que sempre foi. Eu consigo sentir seu pulso acelerado sob meus dedos. Posso ver o medo em seus olhos. Não me provoque, porque você sabe o que acontece quando dou o troco.

Ele não me dá chance de responder; afasta meu braço como se fosse lixo e entra no *Poppy's* como se fosse o dono do lugar.

Fico ali fora por alguns minutos para acalmar meu coração acelerado, organizando meus pensamentos no estacionamento. Cheguei a pensar que ele tivesse suavizado um pouco, mas continuo recebendo esses sinais de que ele ainda é o mesmo idiota de antes. Parece que sou a excluída novamente. A garota que todo mundo ignora porque Blaise mandou. Até Wade – principalmente. Não sei por que ele sempre se incomodou tanto por Wade ser legal comigo. Talvez seja porque o amigo o ignorou por completo. Apesar de os três serem melhores amigos – ele, Chase e Wade –, Blaise sempre agiu como se fosse superior a eles. Eu nunca teria feito isso com Emery ou qualquer um dos meus amigos em meu novo lar.

Ainda ansiosa, decido entrar. Quanto mais me aproximo da porta, mais eu me pergunto se deveria estar neste lugar. Estou entrando no território de Blaise, agora que ele está aqui. Se ele não tivesse vindo, talvez eu me sentisse mais à vontade.

Não sei exatamente quando Emery se tornou tão popular. Frequentando o *Poppy's*, indo a festas... Acho que agora ela está vivendo a vida que sempre quis.

Não tenho ideia de onde estou me metendo, mas pronta ou não, aqui vou eu.

CAPÍTULO 7

Blaise

— Você. — Aponto para Emery, sentada em cima da mesa, rindo com meus amigos. — Banheiro. Agora.

Seu olhar satisfeito desaparece na mesma hora e ela fica de pé. Seus saltos de sete centímetros clicam no chão conforme me segue. O lugar está lotado, como de costume em uma noite de sexta-feira. Sem falar que é a noite que todos os alunos desta cidade esperam durante o ano todo – a Noite do Diabo.

Chego ao banheiro feminino, abro a porta com a palma da mão e a seguro até que Emery passe com o rabo entre as pernas. Duas garotas me encaram através do espelho, boquiabertas, retocando seus rostos empetecados. Pego um espelho compacto das mãos de uma das meninas – acho que Nikki –, fecho com força e entrego de volta.

— Já está bom. Se manda.

As meninas trocam um olhar e depois obedecem. Assim que a porta se fecha, eu cruzo os braços, o que acaba projetando meus bíceps salientes e veias protuberantes.

Emery desliza para mais perto, mas não a toco. Eu a encaro com um olhar sombrio.

— Pelo visto você sentiu minha falta. — Suas mãos serpenteiam pela parte de trás da minha camisa, o cheiro avassalador de uísque exalando de sua língua.

— Nem um pouco. — Recuo um passo, aumentando a distância entre nós. — Eu quero saber por que diabos você convidou ela para cá e não me disse nada.

Emery ri.

— Qual é, Blaise. É aniversário dela. Nós só queríamos nos divertir um pouco com ela.

— Nós?

— Não aja como se você não tivesse feito exatamente a mesma coisa. Lilith me disse que este dia era sempre dedicado a tornar a vida dela um inferno. E caso você tenha esquecido, eu também era afetada por suas pegadinhas, mesmo sabendo que não eram voltadas para mim. Lembra que somos ex-melhores amigas?

— Então... Qual é o seu plano? Cuspir na pizza dela? Talvez afrouxar uma das pernas da cadeira dela? — Minha voz se eleva. — Qual é o plano dela, Emery? — Por ela, eu me refiro à Lilith. O demônio.

Ela dá de ombros enquanto pestaneja os cílios postiços.

— Acho que você vai ter que esperar para ver. — Ela faz menção de se virar, achando que será assim tão fácil.

Eu a agarro pela cintura e a puxo contra mim, grudando suas costas ao meu peito. Inclinando-me para perto, toco sua orelha com os lábios, dizendo entredentes:

— Nunca mais aja pelas minhas costas novamente. Você me ouviu? Lilith pode ter criado você, mas eu vou te destruir. Depois não diga que não avisei.

Posso sentir seu corpo retesado sob o meu agarre. Eu a empurro para longe, que tropeça de leve antes de olhar para mim por cima do ombro com aquilo que espero: pavor.

O canto do meu lábio se ergue, satisfeito comigo mesmo.

Emery deveria ter medo de mim. Sei tanta merda sobre essa garota que eu poderia destruir sua cobiçada reputação em dois segundos. Basta apenas um toque do polegar no meu celular e a prova de que ela é uma piranha será compartilhada com todos os estudantes da Skull Creek High.

Seguindo em seu encalço, noto seu olhar assustado quando me encara por cima do ombro outra vez. Eu sacudo as sobrancelhas e ela se vira. Normalmente, essa garota estúpida interpretaria isso como um convite para abrir as pernas. Acho que nós dois sabemos que essa porra acabou. Ela foi longe demais quando decidiu fazer esse tipo de merda pelas minhas costas, aliando-se a Lilith ao invés de mim. Eu sabia que as duas são próximas, mas Emery e eu tínhamos um acordo. Na verdade, todo mundo sabe que ou você está ao meu lado ou não – os que estão com Lilith estão sempre atrás de mim.

Lilith se safa do que faz por um motivo. Os outros sabem que não poderão me trair e sair impunes.

Assim que viro o canto e lanço um olhar para a mesa onde todos estão reunidos, meu corpo inteiro se enche de raiva. Com os punhos cerrados, ranjo os dentes com tanta força que consigo ouvir os molares estalando. Minhas botas martelam o piso laminado, a passos rápidos e estrondosos que vibram em minha cabeça enevoada.

Uma das garotas de Lilith a cutuca. Assim que seus olhos se focam aos meus, todo mundo faz o mesmo. A expressão de pura felicidade de Chase some imediatamente. Penny, finalmente, consegue se livrar de seu agarre e se afasta do babaca, sem nem mesmo se dignar em olhar em minha direção. Mesmo assim, minha presença é a única coisa que a salvou de um momento de humilhação e assédio sexual. Mas ela nunca vai reconhecer isso. Ela vai deduzir que sou o responsável por manter meio-mundo longe dela. Talvez eu seja mesmo, e nem precisei estabelecer as regras desde que ela voltou.

O silêncio toma conta dessa área do estabelecimento. No entanto, como a música da jukebox está muito alta, o restante dos frequentadores não percebe.

— O que está acontecendo aqui? — pergunto, sentando-me na beirada da cabine.

Identifico algumas garotas com quem Lilith anda por aí. Emery está sentada em silêncio em uma mesa com Wade e Cory, um cara que pensa que é nosso amigo, mas na verdade só surfa na nossa onda. Chase confere as mensagens de texto em seu celular para evitar um confronto comigo. Cara esperto. E Penny, bem, ela está uma pilha de nervos, com as mãos enfiadas nas mangas do suéter. É isso que as pessoas fazem só para serem aceitas? Eles toleram assédios físicos e verbais, e comentários pervertidos apenas para que possam se enturmar?

Patético.

Todos esses idiotas precisam de um pouco mais de coragem.

— Bem, não interrompam a diversão de vocês por minha causa. Chase, você estava quase tocando Penelope, mesmo com ela lhe dizendo repetidamente para parar. Lilith, você estava rindo como uma hiena, junto com suas discípulas. O que mudou?

Quando ninguém responde, olho para Penny.

— Você gostou?

Seus lábios contraem e as bochechas ficam rosadas.

— Você mesma me disse que estava mais forte. Por que deixou ele fazer isso?

— Cara — Wade entra na conversa —, você está envergonhando a garota. Pare com isso.

Eu me viro para encará-lo na mesa em que está sentado.

— Eu estava falando com você?

Penny sai de seu espaço na cabine, com todos observando, esperando. Ela passa por mim para fugir e se esconder como sempre faz, mas eu a seguro pelo braço.

— Me solta, Blaise.

— Chase. Peça desculpas à minha irmã.

Penny encara os próprios pés, balançando a cabeça.

— Pare com isso. Por favor — sussurra.

— Agora, Chase.

— Desculpe, Penelope. Não ouvi você me pedir para parar. Na verdade, você estava rindo.

Ela ri quando está nervosa, mas não digo isso a ele. É um som que percebi ao longo do tempo e acabei gostando. No entanto, ninguém deveria deixá-la nervosa, exceto eu.

— Está tudo bem, Chase. — Penny levanta a cabeça e me encara com raiva. — Tenho que usar o banheiro. — Ela solta o braço e continua andando.

Emery desliza para fora de seu assento e corre atrás dela. Eu não a impeço porque Penny confia na garota. Por algum motivo distorcido e desconhecido, ela simplesmente confia. Ela não tem ideia de quem sua ex-melhor amiga se tornou apenas para ser popular. Ela não vai me ouvir, então é hora de aprender por si mesma.

CAPÍTULO 8

Penelope

Eu não vou surtar.

— Droga. — Espalmo a mão contra a porta do banheiro que se choca com a parede e volta em minha direção, praticamente zombando de mim. Assim como todos fazem quando tento me posicionar.

— Nossa, garota. Se acalme — diz Emery. Eu nem sabia que ela tinha entrado. Não conseguia ouvir nada além dos meus pensamentos gritando comigo.

— Falar é fácil. — Vou até a pia, largo a bolsa e pressiono as palmas das mãos contra o superfície fria. Eu me inclino e respiro fundo. Minha cabeça gira e eu olho para Emery. — Por que você está saindo com esses caras?

— Ah, por favor. É o que nós sempre desejamos. Ser um deles. Bem, eu consegui nos colocar para dentro, então só siga o fluxo.

Balanço a cabeça em negativa.

— Eu nunca quis isso. Quem queria era você. Eles ainda são as mesmas pessoas que eram no primeiro e no segundo ano, Emery. Eles estão usando você por interesse próprio.

— Isso não é verdade. Lilith tem sido uma amiga realmente muito boa para mim. Ao contrário da minha melhor amiga, que me deixou na mão sem ao menos se despedir.

Sinto uma pontada no peito. Ela está certa. Mas Emery não sabe por que fui embora. Ninguém pode saber as razões pelas quais me senti tão enojada comigo mesma a ponto de ter que fugir e nunca mais olhar para trás. Não foi apenas o incêndio que quase tirou minha vida, mas o fogo que queimava dentro de mim. Um fogo que tive que apagar antes que as chamas me engolissem por inteiro.

Ergo a cabeça, sentindo a tristeza escorrer pelos cantos dos meus olhos.

— Você tem razão. Não fui uma boa amiga. Sinto muito, Em.
— Prove. Venha comigo esta noite. Pelos velhos tempos.
— A festa da Noite do Diabo? Não. — Esfrego meus braços, desviando o olhar para um ponto às suas costas. — Nunca mais irei a uma dessas festas enquanto estiver viva.

Eu só fui uma vez. Em uma noite que começou divertida – uma comemoração dupla, do feriado e do meu aniversário. Contrariando meus instintos, bebi alguns drinques e me soltei. Eu tive um vislumbre de tudo aquilo que sempre me causou tanta curiosidade. *O que acontecia nessas festas inacessíveis?* É o que toda pessoa de fora sempre quis saber.

Caos. É isso o que acontece.

Emery segura minha mão, com gentileza, como se eu fosse uma criança que precisa ser mimada.

— Faz dois anos, Penny. As coisas são diferentes agora. Eles não são tão ruins quanto parecem.

— Ah, é? Se não me falha a memória, eu voltei a ser o alvo das piadas depois de passar apenas cinco minutos na presença deles. — Afasto minha mão. — E obrigada por me defender, *amiga*.

O olhar caloroso de Emery se transforma em uma encarada irritada.

— Só estou tentando ajudar, mas parece que você ainda está chateada com as merdas do passado.

Ela passa por mim e sai porta afora.

Recostada à parede do banheiro, deslizo até me sentar no piso frio. Eu vasculho minha bolsa, procurando meu telefone, mas não o encontro. Droga. Deve ter caído quando joguei a bolsa em Blaise. *Como vou chamar um Uber agora?*

O que Emery disse foi desnecessário, mas ela está certa. Eu tenho vivido em meu próprio mundo de piedade por muito tempo. Coisas ruins aconteceram, na verdade, acontecem o tempo todo. Ela também não sabe o que rolou naquela noite. Tanto quanto o público sabe, todos pensam que o incêndio foi um acidente. Ninguém sequer soube que eu estava lá dentro. Não procurei atendimento médico com medo de envolver a polícia. Naquela época, eu não planejava me mudar de Skull Creek. Só na manhã seguinte, quando o arrependimento correu em minhas veias, que decidi que deveria ir embora para sempre.

Essa foi a última noite que vi Emery, até meu retorno, três dias atrás. Foi na Festa da Noite do Diabo. Foi o primeiro ano em que fomos e superou minhas expectativas. Vi tudo o que estava perdendo. Pelo menos, por um tempo.

Todos usavam máscara. Você poderia ser quem quisesse ser. Para mim, foi perfeito. Eu não precisava ser Penelope Briar – rejeitada pelos outros sob o comando de Blaise, menosprezada por meus colegas. Não fazia diferença que eu estivesse sem maquiagem. Eu estava tão bonita quanto Lilith, me valendo de uma autoconfiança como quem usa uma segunda pele. Eu caminhei pela floresta decorada sob luzes neon, de cabeça erguida. Eu me senti invencível.

Até que fui vencida.

Emery tinha ido para a floresta após beber um pouco demais. Fui procurá-la, pensando que talvez a encontrasse trocando uns amassos contra uma árvore. Em vez disso, fui recebida por aqueles que mandavam em Skull Creek. Enfileirados de forma a me obrigar a andar alguns metros para tentar contorná-los, e, provavelmente, convocados pelo próprio diabo.

Todos me observavam com olhares ardentes através das aberturas de suas máscaras. Não fazia sentido tentar fugir. Eu estava exatamente onde eles queriam.

Estava usando a máscara mais bonita de lá. Era de plástico com uma alça que envolvia minha cabeça. Toda preta, coberta de rosas vermelhas e um contorno branco grosso ao redor da boca. No entanto, eu estava vestindo um jeans azul e meu tênis Converse cor-de-rosa de sempre. Provavelmente, foi assim que eles me encontraram no meio da multidão.

— Isso não tem graça, gente. Só me deixem passar para encontrar minha amiga. — Dou alguns passos, esperando passar por entre os dois mais baixos ao meio.

— Sua amiga se mandou. O que você tem agora somos nós — diz uma voz familiar, através da abertura da máscara verde-neon com listras brancas na bochecha. É Chase. O que me deixa instantaneamente alarmada. Quando Chase faz alguma coisa, geralmente é porque Blaise o obriga a fazer isso.

Com o coração na garganta, eu me viro para percorrer o caminho de volta. Ainda consigo ver as luzes à distância, apesar de ter me enfiado na floresta. Por ser um trajeto em linha reta, pode ser que eu consiga sair correndo por ali.

Acelero um pouco os passos, mas até que tenha motivos para sair em disparado, vou fazê-los pensar que não estou nem um pouco afetada. Todos eles se alimentam do medo. Isso os dá algum tipo de felicidade doentia. Valentões, é isso o que eles são.

Faço um movimento errado, de olhar por cima do ombro, e acabo tropeçando em um galho estúpido em meu caminho. Eu caio no chão, rasgando o jeans e arranhando as mãos, mas me levanto e empurro a máscara para o topo da cabeça, para que consiga enxergar melhor.

Eles desistiram, pois não estão atrás de mim.

Assim que começo a caminhar de volta para a festa, meu corpo se choca com o de Chase. Seu rosto ainda está coberto pela máscara, mas sei que é ele.

— Do que você tem medo, Penelope? Eu não mordo... Forte. — Ele ri de um jeito sinistro que me arrepia inteira.

Antes que eu possa reagir, um círculo se forma ao meu redor.

— Joga essa cadela logo no seu ombro e vamos embora! — Não é um deles desta vez. É Lilith.

Blaise orquestrando uma destruição é perigoso, mas ter Lilith participando junto a ele, é mortal. Ela não tem piedade. Não tem alma. Ela é cruel, e eu não duvidaria que seria capaz de ir longe o suficiente a ponto de deixar esses caras tirarem minhas roupas para cometer um estupro coletivo. Tudo isso enquanto ela ficaria lá parada, com um sorriso sob sua máscara do Dia dos Mortos.

Bile sobe pela minha garganta, mas eu a engulo.

— Me deixem ir agora ou vou chamar a polícia. — Tento contornar um cara que não reconheço, mas ele estende o braço.

— Ooooh — ele zomba de mim. — Ela vai chamar a polícia. Devemos deixá-la ir, pessoal?

— Não.

— De jeito nenhum.

— Sem chance.

Todos eles respondem ao mesmo tempo.

O círculo se fecha, todos dando dois passos em minha direção enquanto um braço envolve minha cintura por trás.

— Não lute contra isso, gata. Se você for uma boa menina, eu posso te ajudar — Chase sussurra em meu ouvido.

Ele... me ajudar? Eu não deveria acreditar nele. Mas, neste momento, aceito toda a ajuda que conseguir.

A música "Monster", de Kanye West, toca ao longe. Todo mundo na festa está se divertindo muito, em seus disfarces, se misturando, rindo, bebendo — saboreando a experiência de ser adolescente. Era para eu estar assim.

Em vez disso, estou aqui. Braços fortes me levantam enquanto esperneio, meus pés já não tocando o chão.

— Pare! — grito. Meus braços estão presos firmemente contra o meu estômago. — Por favor! Só me coloque no chão e eu vou embora. Nunca mais aparecerei em nenhuma *de suas festas estúpidas! Eu faço qualquer coisa, só me deixe ir.*

Lágrimas surgem no canto dos meus olhos, mas ninguém se importa. Ninguém ouve a garota tímida que implora por misericórdia. Disposta a fazer um acordo com o diabo para se salvar. Só que, desta vez, o diabo não quer negociar; ele só quer ver a minha dor.

Ergo a cabeça quando a porta do banheiro se abre.

— Levante a bunda daí. Vou te levar para casa — diz Blaise.

Limpando as lágrimas que eu nem sabia que havia derramado, eu me levanto do chão sujo.

— Obrigada pela oferta, mas não quero. — Vou até a pia, abro e deixo a água fria escorrer pelas minhas mãos.

Blaise se posta atrás de mim, com uma expressão furiosa contrabalanceando a minha de tristeza.

— Não foi uma pergunta. Eu tentei te avisar, Penny. Mas você não me ouviu.

A água gelada irradia uma espécie de queimadura pela pele, subindo pelos meus braços e atingindo meu peito como um raio. Algo desperta dentro de mim. Um fogo se acende.

Eu afasto as mãos do jato frio, sacudindo enquanto encaro Blaise pelo espelho.

— Vá se foder.

Talvez sejam as memórias inundando minha mente, ou talvez seja o fato de que estou sendo ridicularizada pela última vez. Mas, isso acaba esta noite.

Blaise rosna ao agarrar meu braço, me puxando para longe da pia. Eu consigo me soltar de seu agarre e o encaro frente a frente.

— Cansei de ser seu brinquedinho, Blaise. Vá brincar com Emery ou com Lilith, a amiguinha dela.

Pego minha bolsa na pia e passo por ele, abrindo a porta. Atravesso o corredor e saio pela porta dos fundos, por onde entramos. Respiro fundo o ar fresco, pronta para dar o fora daqui.

CAPÍTULO 9

Penelope

Meus pés estão doendo, estou com fome e começando a me arrepender de ter recusado a carona para casa. A teimosia tende a me dominar e é só quando estou sufocando em meu próprio orgulho que percebo isso.

São dez minutos de carro do *Poppy's* até a casa dos Hale, o que significa pelo menos uma hora de caminhada. Estou na metade do caminho quando ouço o barulho de um motor atrás de mim. Um olhar por cima do meu ombro é o suficiente para me fazer virar imediatamente. Não é Blaise, mas é mais um daqueles carros caríssimos, então imagino que seja alguém que não quero encontrar. Principalmente estando aqui, sozinha.

A estrada está deserta, quase ao ponto de se tornar sinistra. Os galhos imensos dos salgueiros pairam sobre a estrada pavimentada, ocultando o sol, que também está encoberto por nuvens espessas.

Conforme o carro se aproxima, meu coração acelera. O motor ronca novamente, me fazendo sair do acostamento, torcendo para que simplesmente sigam adiante.

— Penelope! — grita o motorista atrás de mim.

Eu me viro ao reconhecer a voz.

— Wade? — Estaco em meus passos, plantada na grama coberta de musgo na beira da estrada.

A porta do carro se abre e suas botas pretas martelam o asfalto. Ele vem até mim com uma expressão séria.

— O que você está fazendo aqui? — sondo, esticando o pescoço para tentar dar uma olhada em seu carro e ver se ele está sozinho.

— Blaise disse que você foi embora a pé, então dei o fora de lá e pensei em te dar uma carona.

— Mas por quê? Por que deixar seus amigos para me ajudar?

O canto de sua boca se curva.

— Vejo que você ainda faz muitas perguntas.

Wade é um cara atraente. Ele não é nenhum Blaise Hale, mas seu comportamento gentil o torna mil vezes mais lindo. Cabelo loiro-claro, olhos azuis e corpo de surfista. Embora ele não se vista como um, pelo menos não mais. Ele ainda tem cara de bebê, mas seu estilo punk, com a roupa toda preta, é completado pelo braço esquerdo todo tatuado. Tatuagens que ele não tinha quando me mudei de Skull Creek.

— Acho que apenas nunca sei o que esperar de vocês. — Começo a futucar o musgo com a ponta do sapato.

— Você já devia saber, a esta altura, que estou do seu lado. Eles são só um bando de idiotas entediados.

— Então por que andar com eles? Digo, se você acha que eles são idiotas.

— Deixa eu te dar uma carona. A aniversariante não deveria andar sozinha por uma estrada escura, especialmente esta noite.

Eu quero dizer a ele que não estou com medo. Que em algum ponto entre querer empurrar Blaise escada abaixo e ser apalpada por Chase, encontrei a coragem que estava procurando para lutar. Mas, provavelmente é melhor guardar isso para mim.

— Você falou sério quando disse que está do meu lado?

— Claro. — Ele inclina a cabeça em direção ao carro. — Vamos.

Eu acredito nele. Talvez seja porque ele nunca me deu uma razão para não acreditar. Dei uma vasculhada nas redes sociais algumas semanas depois de me instalar em minha casa em Portland e descobri que Wade estava em um chalé com sua família no fim de semana do incêndio. Havia fotos para provar isso. Então, por enquanto, ainda confio no cara.

— Tudo bem. Aceito a carona.

— Legal. Aperte o cinto, querida, porque essa coisa é potente. — Ele sacode as sobrancelhas e eu dou uma risada, mesmo estando muito nervosa. Se Blaise descobrir que deixei Wade me dar uma carona, ele pode matar a nós dois.

Entramos no carro bem parecido com o de Blaise – o painel iluminado por um brilho azul-petróleo e bancos de couro preto nos quais você meio que se afunda. Wade passa a marcha e quando arranca, olho para trás apenas para ver a trilha de fumaça que seus pneus deixaram. Ele sorri, ainda agitando as sobrancelhas.

— Relaxa. Vou te deixar em casa em segurança.

— Eu adoraria isso — caçoo.

Wade não me assusta. Por outro lado, nunca andei de carro com ele. Entrelaço as mãos no colo conforme contemplo a paisagem pela janela do lado do passageiro. Wade aumenta o volume quando "Unbreakable", do Kingdom Collapse, toca nos alto-falantes.

Além da música alta, o silêncio entre nós é ensurdecedor. Mesmo que eu quisesse conversar com Wade e colocar o papo em dia, ele não seria capaz de me ouvir por causa do som do baixo que vibra nos assentos.

Como se tivesse lido meus pensamentos, ele abaixa o volume, que se torna apenas um zumbido em meu ouvido, em vez de um bumbo batendo contra os meus tímpanos.

— Então, o que você faz para se divertir lá em Portland? — pergunta, o olhar se alternando entre mim e a estrada.

— Ummm... Na verdade, eu faço bastante coisa agora. — É verdade. Na realidade, tenho uma vida lá, ao contrário daqui. — Eu tenho um namorado. Ele joga basquete e eu nunca perdi um jogo sequer. Fogueiras e festas nos fins de semana...

— Uau! Você, Penelope Briar, vai a festas? Não acredito de jeito nenhum.

— Por que é tão difícil acreditar nisso? — É uma pergunta para a qual eu gostaria de uma resposta. Não é como se eu fosse uma falsa. Não tenho uma aparência horrível. Eu tenho um bom senso de humor. As pessoas realmente gostam da minha companhia.

— Nos dois anos em que você morou em Skull Creek, eu nunca vi você em uma festa.

— Wade — lanço um olhar irritado em sua direção —, eu tinha dezesseis anos quando me mudei. Isso foi há dois anos. As pessoas crescem muito em dois anos. Pelo menos, quando vivem em um lugar que lhes permite crescer.

Os olhos de Wade suavizam e seus ombros relaxam enquanto ele dirige com a mão pendendo por sobre o volante.

— Talvez seja disso que estou precisando, então. Me afastar para que eu possa ser eu mesmo.

Eu cruzo as pernas, mudando de posição para encará-lo.

— O que você quer dizer? Você conseguiu fazer isso aqui. Você é o melhor amigo de Blaise. Isso não te torna uma espécie de rei, príncipe, ou algo assim?

Wade ri.

— Talvez esse seja o problema. Estive na sombra de Blaise minha vida inteira. As pessoas só me conhecem como melhor amigo dele. Ninguém conhece o meu verdadeiro eu. Não tenho certeza se alguém se importa.

— Eu me importo.

O olhar dele encontra o meu. Há algo escondido ali. É como se ele quisesse me dizer algo, mas não vai.

— Sabe, você pode me dizer o que está te incomodando... Sou muito boa em guardar segredos. — Deus sabe que eu tenho várias coisas me incomodando.

— Não é nada. — Ele balança a cabeça. — Deixa para lá.

Não vou forçá-lo a falar, mas todo mundo precisa de alguém para desabafar. Tenho certeza de que não é fácil ter amigos babacas como Chase e Blaise. Eles não têm compaixão ou sensibilidade. É totalmente compreensível que, se Wade estiver se sentindo incomodado por alguma coisa, ele guarde isso por medo de ser julgado.

Entendo. Eu já passei por isso. Eu *passo* por isso.

— Você vai à festa hoje à noite? — pergunto por curiosidade.

— Não. Não é muito a minha praia. Eu vou a todas as festas no fim de semana, mas esta vou passar. Muito drama.

— Entendi. Ouvi dizer que eles são bem loucos.

— E você?

Sinto que posso confiar em Wade. Não sei por quê. Talvez seja porque ele nunca me deu uma razão para não confiar. Sei que é amigo de Chase e Blaise, mas não é nada como eles. Ele é uma boa pessoa.

— Na verdade, acho que sim. Mas não conte a ninguém. Eu meio que quero ir só para ver Emery. Talvez me divertir um pouco nesta cidade, para variar.

— Minha boca é um túmulo.

Paramos na casa dos Hale e meu estômago revira quando vejo Blaise parado na frente, ao lado do meu carro. Ele está encostado na porta do motorista, com o pé apoiado atrás. Não sei dizer o que é mais perturbador: o fato de que ele vai encher o saco do amigo por ter me dado uma carona, ou que terei de enfrentá-lo pelo que aconteceu no porão mais cedo.

Wade para o carro.

— E é aqui que eu me despeço e saio voando.

— Sim. É melhor você ir. Ele parece muito chateado. — Seguro a maçaneta da porta assim que Wade clica no botão de destravar. — Obrigada pela carona.

— Imagina. — Ele faz uma pausa. — Cuidado na festa. Tem muitos malucos por aí.

— Obrigada. Na verdade, estou pensando em mudar de ideia... — Minhas palavras somem quando percebo que Wade está olhando por cima do meu ombro com uma expressão desconfiada.

Eu sigo a direção de seu olhar e me viro, suspirando ao perceber que Blaise agora está parado na porta. Antes que eu possa abrir, ele a arreganha com um puxão. Eu inspiro profundamente.

— O que você quer? — resmungo.

Blaise agarra meu braço e me puxa como se eu fosse uma boneca de pano. Com os dedos beliscando minha pele, ele se inclina e lança um olhar furioso para o amigo.

— Falaremos sobre isso mais tarde. — Então bate a porta do carro e Wade arranca, nos deixando parados em uma nuvem de fumaça.

— Me solte. — Puxo meu braço para trás, mas ele só aumenta o aperto.

— Que porra foi essa? — Começa a caminhar, me puxando junto com ele.

— Foi uma carona de alguém nesta cidade que, para variar, tem alma.

— Ele também tem um pau que enfiaria na sua boceta assim que você baixasse a guarda. Fique bem longe dele. — Continua me arrastando até pararmos ao lado do meu carro.

— Meus pneus. — Eu olho para Blaise. — Quem os remendou?

— Devem servir pelos próximos anos, se você não dirigir como uma idiota, como Wade.

A confusão está estampada em meu rosto enquanto o encaro, em busca de respostas.

— Você comprou pneus novos para mim?

— Porque preciso de você fora da porra da minha casa e em outro estado o mais rápido possível. Pneus furados não te levarão a lugar nenhum e todos nós sabemos que seu papai não pode comprá-los para você.

Isso é uma mentira. Meu pai pode não ser rico, mas não somos pobres. Ele teria me dado pneus usados e eu ficaria perfeitamente bem com isso.

— Eu não os quero — digo, por impulso, afastando meu corpo do dele.

Blaise solta meu braço e dá um passo para trás para dar uma olhada melhor no meu rosto.

— Repete.

— Eu não aceito esmolas e conheço você. Aceitar esses pneus significaria estar em dívida com você. Não vou fazer isso. — Cruzo os braços e desvio o olhar.

— Jesus, você é um pé no saco, Penny. Pare de analisar demais as coisas e aceite a porra do presente.

Blaise passa por mim, esbarrando em meu ombro. Eu me viro e o observo ir embora com a cabeça erguida e a postura altiva. Por que um cara como ele está brincando comigo? Por fora, ele é o retrato da perfeição. Ele é aquele cara que toda garota quer e todo cara quer ser. Então por que estou recebendo esse tratamento especial? Não é só o jeito idiota dele de ser. Ele me beijou alguns dias atrás. Ele me fodeu com os dedos mais cedo. Só de pensar nisso, eu coro, sentindo a humilhação.

E mais importante ainda, por que quero mais desse lado dele? Por que o quero de qualquer modo?

Afastando todas as perguntas para as quais nunca terei respostas, volto para casa. Preciso encontrar meu celular. Espero que tenha caído da bolsa no porão, caso contrário, não tenho ideia de onde está.

São quase seis horas, então meu jantar de aniversário deve começar em breve. Ainda estou surpresa que minha mãe tenha se dado ao trabalho e realmente planejado algo. Um frio se alastra em minha barriga. Talvez ela esteja mudando para melhor e possamos começar a consertar nosso relacionamento rompido.

Eu abro a porta do porão e desço as escadas. Para minha surpresa, meu celular está no chão, ao lado do sofá. Eu me abaixo para pegar e noto na mesma hora o tanto de notificações. Seis chamadas perdidas de Ryan. Uma de Heidi, a amiga mais próxima que tenho em Portland, e uma dúzia de mensagens de texto diferentes. Isso é estranho.

— Então — diz Blaise, do sofá, me assustando. Eu me aproximo e olho para ele deitado ali, com os olhos fechados, tornozelos e braços cruzados sob a cabeça. — Você decidiu ficar com os pneus ou planeja tirar todos e queimá-los no quintal?

— Acho que vou ficar com eles. Mesmo assim, ainda não sei bem por que você fez isso. — Abro as mensagens de texto, começo a lê-las e a confusão toma conta de mim conforme leio a mensagem de Heidi.

— Eu te disse. Eu quero que você vá embora, e sem eles, você não tem como ir.

Ignorando Blaise, continuo lendo.

> Heidi: Ryan está enlouquecendo. Ele disse que você o traiu. O que diabos está acontecendo?

> Eu: Do que você está falando? Por que ele pensaria isso?

Envio a mensagem e checo a conversa de Ryan enquanto me afasto de Blaise, andando pelo porão.

> Ryan: Que porra é essa?
>
> Ryan: Quem é esse?
>
> Ryan: Quem diabos é esse, Penelope?
>
> Ryan: Teminamos por aqui. Nunca mais fale comigo.

É como se alguém tivesse enfiado a mão no meu peito e drenado todo o sangue do meu coração. Eu não tenho ideia do que está acontecendo.

> Eu: Estou muito confusa, Ryan. Vou te ligar.

Assim que mando a mensagem, eu ligo para ele. A chamada toca, toca e toca.

— *Ei, aqui é o Ryan. Deixe um recado.*

— Ryan, sou eu. Por favor, me ligue de volta. Não faço ideia do que aconteceu, mas eu não fiz nada. Liga para mim. Por favor.

Eu desligo e olho para frente. Blaise agora está sentado, com o olhar fixo em mim. Mas não é isso que é perturbador. É o ar de satisfação em seu rosto. O canto de seus lábios se curva em um sorriso presunçoso.

Meu celular vibra. É uma mensagem de Ryan. Um vídeo.

— Não... — murmuro, olhando para cima com um fogo correndo em minhas veias.

É um vídeo que Blaise deve ter gravado em meu celular enquanto enfiava os dedos dentro de mim neste mesmo andar. Ele gravou cada segundo, do início ao clímax.

— Você! — Eu o encaro, com ódio. — Você fez isso.

— Qual é o problema, Pequena Penny?

— Eu nunca vou te perdoar por isso. Nunca — digo cada uma dessas palavras conforme o vídeo é reproduzido em segundo plano.

Lágrimas ameaçam cair, mas eu as reprimo, sufocando o nó na garganta.

— Te odeio. Eu te odeio pra caralho.

Estou tão cansada de todos nesta cidade pensarem que podem mandar em minha vida... Não mais.

Assim que me distancio desse monstro, envio uma mensagem a Emery.

> Eu: Quão próxima você é de Lilith?

> Emery: Não muito. Ela ainda é a mesma vadia de sempre. A vida é mais fácil assim, sabe?

> Eu: Perfeito. Te vejo à noite. Segredo nosso?

> Emery: Com certeza!

CAPÍTULO 10

Blaise

Ótimo. Ela me odeia. Acho que minha missão aqui foi cumprida. Era o que eu queria, certo? Que Penny me odiasse com todas as suas forças? Tanto, a ponto de ela ir embora e nunca mais voltar? Achei que eu tinha conseguido da primeira vez, mas aqui está ela. Tudo bem, ela só veio para o funeral do meu pai e vai embora de novo, mas um dia nesta casa com ela é muito longo, que dirá uma semana. Estando tão perto. Sentindo a tentação passar por baixo da porta do quarto como lava quente.

Eu desabo sobre o braço do sofá e me deito com as pernas para o lado. Penny está em seu quarto jogando coisas ao redor, provavelmente tentando ligar para aquele namorado babaca. De qualquer forma, ele não era bom para ela. Não tenho certeza de que alguém que ela escolher será. Penny não é exatamente a melhor em tomar decisões sozinha – nossas brigas são a prova disso.

Há uma lufada de ar quando ela arreganha a porta do quarto.

— Onde está a merda do meu creme hidratante? — esbraveja, ainda fora da minha vista enquanto continuo deitado de olhos fechados.

— Não faço ideia do que você está falando.

— Meu creme com cheiro de jasmim. Estava perto da pia e agora sumiu.

— Você está sem sorte, porque não tenho ideia de onde está seu creme. Acho que na próxima vez é melhor você não deixar no *meu* banheiro.

Quando sinto sua presença por perto, como um fantasma pairando sobre mim, abro um olho e levanto a cabeça. Ela está vestindo uma *legging* preta e uma camiseta preta de manga comprida com um raio estampado. Combina com seu estado de espírito sombrio e solitário.

Ela está de pé na minha frente, com as bochechas vermelhas, as narinas dilatadas e as mãos nos quadris.

— Olha só você, toda nervosinha. É meio fofo — debocho, reprimindo uma risada.

— Ninguém mais esteve aqui embaixo. Eu quero meu creme. Agora!

— Calma, Lúcifer. Eu te dou o dinheiro para um pote de creme novo.

— Lúcifer, hein? Parece um pouco hipócrita, considerando que você é o culpado por um bom relacionamento ter terminado hoje.

— Um bom relacionamento? — zombo, com uma risada calorosa. — Considere isso um favor. De qualquer forma, o cara estava transando com outra. — Recosto a cabeça e fecho os olhos.

— Você está mentindo.

— Eu gostaria de estar. A verdade é que seu amigo colorido tem uma nova amiga colorida. Como é mesmo o nome dela? Erin, Emily...

— Erica?

Meus olhos se abrem e eu estalo os dedos em sua direção.

— Isso!

Com o rosto sério, ela pega o celular e o vira para mim, mostrando uma foto.

— Essa garota?

— Poderia ser. — Eu me levanto, suspirando, e pego o celular que está ao meu lado. Assim que encontro as fotos que o garoto idiota me enviou, mostro o telefone para ela. Eu planejava guardar esses tesouros por um tempo, mas estou muito cansado agora e ela vai continuar com isso.

Penny cobre a boca com a mão, balançando a cabeça em descrença.

— A verdade dói, né?

À medida que as lágrimas começam a escorrer pelo seu rosto, fica nítido o quanto essa verdade dói.

— Jesus, Penny. Não chore. Ele é um idiota do caralho. — A última coisa que quero é ter que consolá-la, mas vê-la derramando lágrimas por outra pessoa me atinge de forma diferente das que caem por minha causa.

Penny se vira abruptamente e sobe as escadas correndo. Expirando com força, desabo mais uma vez no sofá e fecho os olhos.

Quando foi que a vida ficou tão complicada? Desde quando sinto dor quando Penny está sofrendo? Existem algumas pessoas que têm algum tipo de efeito sobre mim neste mundo. Não me importo o suficiente para pensar duas vezes na maioria das pessoas. Mas Penny mora na minha mente de graça, então consigo entender por que permiti essa porra.

Ela odeia tudo e todos nesta cidade por minha causa. Também deixou claro que não sou importante em sua vida. Ela, oficialmente, me odeia e mesmo que não tenha lutado contra mim hoje cedo, ela só deixa as coisas irem tão longe porque não sabe como dizer não. Porra, ela provavelmente deixaria até Chase colocar os dedos em sua boceta.

Pensar nisso me faz pular do sofá, porque se eu não der o fora e afastar esses pensamentos agora, vou pirar.

Se eu descobrir que alguém que conheço já tentou transar com Penny, eu o mato com minhas próprias mãos.

De alguma forma, acabo subindo as escadas, dando de cara com Penny gritando pela mãe na sala. Quando ela volta para a cozinha, ela parece confusa, com as bochechas e o nariz vermelhos. Ela parou de chorar, mas a prova de seu desgosto é visível.

— Você viu minha mãe?

— Não. Ainda bem.

Ela revira os olhos verdes-esmeralda.

— Você continua sendo um idiota.

— Sempre. — Puxo um banquinho na ilha central. — Ela deve ter saído com o cara que é o novo brinquedo dela para comprar uma roupa para ir ao funeral de seu marido morto.

— Ela disse que às seis horas iríamos jantar e comer bolo. — Ela desbloqueia o celular que está no balcão para verificar a hora. — São quase sete.

Eu rio, incapaz de me conter.

— Você realmente acreditou nela? Você é uma garota ingênua, Penny.

— Você não tem nada para fazer? Mais relacionamentos para destruir? — Penny desliza o dedo pelo bolo de dois andares sobre o balcão e depois de pegar uma boa colherada de glacê azul-petróleo, ela enfia o dedo na boca. Eu a observo de queixo caído e ela responde ao meu olhar boquiaberto com uma careta. — O que é?

A garota pode não ter curvas ou muita bunda, mas seus lábios carnudos compensam. Aposto que eles ficariam bem pra caralho em volta do meu pau.

— Nada — retruco, com um sorriso largo.

Ela suga o que restou de glacê em seu dedo e me observa, com o cenho franzido.

— Por que você ainda está sentado aqui? Esta noite não é sua noite para fazer chover fogo e roubar as almas dos residentes indefesos de Skull Creek?

Pegando um dedo cheio de glacê para mim, deslizo meu dedo na boca e o chupo.

— Não. Eu não vou.

Penny relaxa os ombros, surpresa.

— Você está brincando, né? Isso não é... Super a sua praia?

— Esse ano não. — Estico as pernas e cruzo os tornozelos. — Parece que você vai ter que me aturar por perto, aniversariante.

Eu realmente não estou sentindo a *vibe* da festa esta noite. A maioria não estaria, considerando que é a noite anterior ao funeral do próprio pai. Na verdade, estou surpreso, porque eu nem gostava do cara. Acho que quanto mais perto chega de, finalmente, deixá-lo descansar, mais tudo isso se torna real. Ele não vai voltar. Mamãe não vai voltar. Aos dezoito anos, sou órfão. Tenho familiares ainda vivos, mas nenhum de quem sou próximo. Duvido que algum dia veja algum deles novamente, a menos que eles venham bater aqui para pedir esmola. Nesse caso, vou, indelicadamente, mandar todos irem se foder.

— Prefiro morrer mil vezes do que passar mais um aniversário presa a você. — Penny desbloqueia o celular novamente, provavelmente verificando a hora.

— Nesse caso, você vai passar sozinha, porque acho que sua mamãe querida te esqueceu. — Encho outro dedo na camada inferior do bolo, novamente.

Por um breve momento, vejo a tristeza nublar seus olhos.

— Ela só está atrasada. Mas mesmo que tenha me dado um bolo, eu, definitivamente, não vou passar mais um aniversário com você. Estou saindo.

Com o dedo no ar, a caminho da boca, eu paro, apoiando meu pulso no balcão.

— Como assim você está saindo? Aonde você vai?

Ela levanta o queixo.

— A qualquer lugar em que você não esteja.

— Se pretende ir à festa, você está procurando encrenca.

— Posso saber por quê?

— Simples: você não foi convidada.

Penny ri.

— Alguém chega a ser convidado para essas coisas?

— Não. Mas algumas pessoas *não são convidadas* e você era caloura quando a turma do ensino médio assumiu. Quando *eu* assumi.

— Você? Ou Lilith? — Penny começa a se afastar, mas estendo o braço e a impeço de seguir adiante, puxando-a contra mim. De jeito nenhum vou deixá-la ir àquela festa. Ela não vai destruir tudo pelo qual lutei.

— Eu. Lilith pode mandar no jogo, mas eu controlo os jogadores.

Para minha surpresa, Penny não discute comigo. Ela paira de pé sobre mim, me olhando de cima, que ainda estou sentado na banqueta.

— Bem, Blaise — ela enuncia meu nome com uma confiança recém-descoberta que faz meu pau estremecer. — Não vou fazer o jogo de ninguém. Eu sou um lobo solitário fazendo minhas próprias coisas. E esta noite, vou fazer o que eu quero.

Quem diabos é essa garota? Desde quando ela me diz o que vai fazer?

— Não, você não é. Você vai ficar em casa.

— Ah, mas não vou mesmo! — Desta vez, ela se solta, mas eu me levanto e pairo sobre ela.

— Você precisa abrir mão deste sonho de se encaixar nesse grupo.

Suas costas retesam e sua boca se abre em choque.

— Isso é sério? — Ela solta um suspiro inconsciente. — Antes de qualquer coisa, eu nunca disse que iria à festa. Em segundo lugar, se acha que eu iria porque sonho em me encaixar, então você não me conhece.

Dou um passo para mais perto, diminuindo a distância entre nós.

— Eu te conheço melhor do que você imagina. — Coloco a mão em seu rosto enquanto mordo o canto do meu lábio, e limpo o glacê que está começando a secar em sua boca. — Você finge ser uma garota doce e inocente, mas tem um lado selvagem implorando para ser liberado.

Sua língua se projeta para fora, lambendo o açúcar conforme enfio o dedo em sua boca. A princípio, ela se debate, mas seguro sua nuca e a obrigo a chupar meu dedo; seus olhos cintilam quando ela aceita o desafio. Posso ouvir os pensamentos correndo desenfreados dentro de sua cabeça. *Até onde ele irá se eu não o impedir? Ele vai me beijar? Eu vou permitir?*

A tentação sempre foi meu ponto fraco. Já sei as respostas para todas as perguntas que ela, provavelmente, está se fazendo. Vou até onde ela me permite porque seu corpo é a minha fraqueza. Vou devorar sua boca e deixá-la sem fôlego. E ela vai permitir. Penny nunca vai me dizer não. Não importa o quanto ela me odeie, somos a criptonita um do outro.

Deslizo meu dedo para fora de sua boca e observo seus lábios conforme ela lambe o glacê deles. Uma parte continua melada, então esfrego o dedo em seu lábio superior e chupo com vontade.

— Mmm... Doce. — Penny ofega diante da tensão entre nós. Eu sei que ela sente isso tanto quanto eu.

Que se dane. É uma raridade que Penny me permita chegar tão perto assim. Posso muito bem tirar proveito do momento.

Agarro seu rosto, cravando os dedos em suas bochechas, e a puxo para um beijo forçado, porém excitante. A princípio, ela resiste e tenta afastar a cabeça, empurrando meus ombros, mas sem força evidente.

Enlaço sua cintura e a puxo para mais perto. Penny baixa completamente a guarda, se entregando ao beijo. Nossos narizes se chocam, corações batendo em sincronia, as línguas se entrelaçando.

Tudo se intensifica quando chupo seu lábio inferior por entre os dentes. Penny envolve meu pescoço com os braços. Ela tem um gosto tão doce... Gosto de açúcar e pecado. Essa coisa entre nós é fogo puro. Perigoso. Abrasador. O tipo de coisa que você não ousa chegar perto, porque vai se queimar. Mas a sensação é excitante demais para ser ignorada.

Não sei exatamente quando ela começou a beijar tão bem. Eu me recuso a deixar a mente vagar para onde e como ela poderia ter aprendido. Arrasto a mão pela sua barriga, levantando sua camiseta, roçando a pele nua. Penny estremece ao meu toque e agarra um punhado do meu cabelo.

Minha boca se move para seu pescoço e ela inclina a cabeça, então vou trilhando um caminho até sua clavícula chupando, beijando e mordendo a pele delicada.

— Nós deveríamos parar — ela murmura.

Eu a silencio com a minha boca. Minha cabeça está girando. Espalmo seu seio com uma mão e aperto.

— Não tem como parar isso.

— O que está acontecendo aqui, pelo amor de Deus? — diz uma voz às nossas costas. Mas não qualquer voz.

Penny recua, tensa, o rosto mortalmente pálida.

— Mãe! Eu... Umm, não é nada. Eu só...

— Você só, o quê? Pensou que talvez pudesse atrair Blaise agindo como uma puta? — Ela se aproxima, jogando a bolsa na mesa da cozinha.

Acho engraçado ver Penny se atrapalhando com as palavras.

— Não. Não é isso que você está pensando. Era só...

Pressiono um dedo em seus lábios, silenciando-a.

— Você não tem que se explicar para ela... já é bem crescidinha. — Eu me viro para encarar a vadia da minha madrasta. — Não é, Ana?

As sobrancelhas de Ana se erguem e ela engole em seco, sufocando as palavras odiosas que sei que ela quer cuspir em mim.

— Você tem razão. Penelope tem dezoito anos agora. — Ela cruza as mãos na frente do corpo sem deixar que suas emoções levem a melhor. — Ela se jogou em cima de você?

— Mãe! Pare. Você pode, por favor, deixar isso para lá? — É como se Penny estivesse preocupada que eu fosse puxar seu tapete e fazê-la parecer a prostituta que sua mãe pensa que ela é.

— Não. — Eu me viro para olhar para Penny. — Ela não se jogou em cima de mim. Eu a beijei porque ela estava triste por passar o aniversário em casa... Sozinha. Porque é onde ela vai ficar esta noite, em casa.

Eu me viro de volta para Ana, ainda com um olhar de desprezo.

— Mas, aparentemente, ela não está sozinha, porque aqui está você... Aproveitem o bolo, vocês duas. — Satisfeito comigo mesmo, saio da cozinha. Na melhor das hipóteses, Penny irá aprender a se defender de vez em quando. Ela precisa aprender de algum jeito.

Acho que deixei bem claro que ela não irá a lugar nenhum esta noite. Ela é burra demais se estiver pensando em ir à festa. Consigo até imaginar o que Lilith planejou para esta noite. Só mais dois dias e Penny irá embora de vez. Tudo o que preciso é mantê-la inteira pelas próximas 48 horas, para que possa mandá-la de volta para o lugar onde pertence.

Entro em meu quarto e fecho a porta, então me dirijo ao armário, respiro fundo e pego uma caixa de sapatos cheia de fotos. Eu tinha uma incumbência para o funeral amanhã e, embora esteja adiando, o tempo está se esgotando.

CAPÍTULO II

Penelope

Estou morta de vergonha, ainda mais com minha mãe me encarando como se eu fosse uma completa estranha. O desgosto em seu rosto é nítido. Seus olhos se concentram em mim quando ela se dirige a passos lentos até onde estou parada.

— Como você ousa? Você volta aqui para passar uma semana e pensa que pode se jogar em seu irmão... Para quê? Dinheiro? Tenho uma novidade para você, Penelope. Ele não tem nenhum.

Constrangida, dou um passo para trás. Nunca tive medo da minha mãe antes, mas ela se tornou cada vez mais implacável com o passar dos anos e, para ser sincera, ela me assusta agora. Seu desespero por dinheiro não existe mais, já que agora ela tem milhões, mas estou preocupada que o dinheiro a tenha mudado – dado a ela o poder que ela sempre desejou.

— Não é isso, mãe. Você sabe que dinheiro não significa nada para mim.

— Então o que você está fazendo? — ela grita, bem na minha cara. Limpo as gotículas de saliva que salpicaram minhas bochechas.

— Blaise disse que ele me beijou — rebato, mesmo que com a voz vacilante. Eu sei que ela está se alimentando do meu medo.

— E você deixou? Ele é seu irmão!

Algo estala dentro de mim e anos de emoções reprimidas sobem à superfície quando esbravejo:

— Ele não é meu irmão! Ele é filho do Richard e seu enteado. Ele não é nada meu. Nada!

— Como ousa falar comigo nesse tom? — Ela ergue a mão e esbofeteia meu rosto antes que eu possa impedi-la. — Você vai me respeitar, Penelope.

Cubro minha bochecha com a mão, lutando contra as lágrimas. Não vou desmoronar diante desta mulher horrível.

— Te odeio. Eu te odeio mais do que odeio Richard, e mais do que odeio Blaise. Detesto toda essa família e gostaria de nunca ter me mudado com você para cá. Eu deveria ter ficado com papai desde o início.

— Seu pai era um péssimo exemplo de homem. Não conseguiu nem mesmo manter a família unida. Mas, ainda assim, você lambe o chão que ele pisa.

Ela é pura maldade. Se eu não tinha certeza antes, agora tenho.

— Meu pai é um bom homem. Ele trabalha duro pelo dinheiro que tem e me ama, ao contrário de você. Tenho certeza de que você me odeia tanto quanto eu te odeio.

— Você é uma garota tão boba. Acha que o amor do seu pai vai colocar um teto sobre sua cabeça e comprar coisas boas para você? Você tem o mundo na palma de suas mãos, Penelope. Tem noção disso? Você tem alguma ideia de como sua vida poderia ser se você simplesmente a aceitasse? Não. Você não sabe, porque está focada em contos de fadas e 'felizes para sempre'. Vou te dar um pequeno conselho... Eles não existem, então pare de almejá-los.

Não tenho ideia do que ela está falando. Contos de fadas e finais felizes? Ela realmente pirou.

— Isso tudo pode ser nosso.

— Eu não quero um centavo do dinheiro daquele homem. Guarde para você mesma, Deus sabe que você precisa.

Minha mãe revira os olhos, se afastando de mim. Ela começa a andar de um lado ao outro, mordiscando a unha recém-pintada do polegar.

— Por algum motivo, meu marido amava você. Ele te enxergava como se você fosse um anjo enviado dos céus, e ficou perturbado com a ideia de te perder. Ele te amava como se você fosse sua própria filha, provavelmente até mais do que amava o filho legítimo.

— Mãe — murmuro, chamando sua atenção —, Richard não me amava. Ele era obcecado por mim. Ele era um homem pervertido com algum fetiche doentio.

— Ele não era obcecado. Qual é o seu problema? — Eleva o tom de voz. — Você era filha dele. Ele queria cuidar de você.

— Você está errada. — Saio da cozinha, ainda cobrindo a bochecha com a mão. Richard não queria cuidar de mim. Ele queria me possuir, assim como seu filho.

HERDEIRO *Diabólico* 91

Que maravilha de jantar com bolo de aniversário... Não sei por que ainda tenho tantas esperanças. Ela não mudou e nunca mudará.

Lágrimas escorrem livremente conforme desço as escadas. Quando chego ao final dela, estou soluçando. Tento me controlar, mas não consigo evitar que meu coração se parta um pouco mais a cada vez que vejo minha mãe. Ela nem sempre foi assim. Foi só quando meu pai foi demitido e nós perdemos nossa casa que ela chegou ao fundo do poço. Às vezes, acho que preferia que ela tivesse sido assim durante toda a minha vida, para não ter que viver com as lembranças de como ela costumava ser.

Felizmente, Blaise está em seu quarto, então não terá a chance de caçoar de mim por ser fraca e emocionalmente instável. Entro no quarto em que estou hospedada e me jogo na cama. Deitada de bruços, tento me acalmar, mas quanto mais tento, mais furiosa fico.

As pessoas nesta cidade são horríveis. Todos me tratam como se eu fosse um fardo e um desperdício, até mesmo minha própria mãe. Fui humilhada e relegada ao esquecimento vezes demais.

Quanto mais tempo passo deitada ali na cama, mais irritada eu fico. Ficar presa em meus pensamentos não melhorou em nada o meu péssimo humor. Passei dois anos longe e voltei apenas para ser tratada do mesmo jeito como era nos dois primeiros anos do ensino médio.

No momento, não sei com quem estou mais furiosa: com Blaise ou comigo mesma. Por que diabos deixei que ele me beijasse daquela forma? Foi como se nunca tivéssemos nos beijado antes. Foi natural e apaixonado, e fez meu estômago se revirar. Naquele momento, eu teria me entregado de corpo e alma, sem reclamar. Não posso baixar a guarda assim de novo. Minha mãe e o pai dele eram casados, ainda que ele esteja morto. Por mais que tente negar que somos uma família, nós meio que somos. Acho que só finjo que não, para não me sentir tão enojada pelo que fizemos – pelo que ainda estamos fazendo.

Nunca entenderei por que Blaise é tão cruel comigo em um minuto e parece me desejar tanto no minuto seguinte. Será por ser fácil demais? Pela conveniência de estarmos na mesma casa? Eu sei que homens são idiotas, mas cobiçar alguém que você detesta é ultrapassar limites que tenho certeza de que Blaise tem muito bem estabelecidos.

Ele poderia ter qualquer garota que quisesse, mas, ainda assim, enfia a mão dentro da minha calça e a língua na minha boca. Já o ouvi me desmerecendo quando ele não fazia ideia de que eu estava por perto. Em uma noite, no segundo ano, escutei Chase comentando que iria me foder até me rasgar no meio – nojento. Então Blaise fez questão de dizer que eu era magricela, fraca e sem-graça.

Pensar nisso só me me deixa com mais raiva.

Eu vou àquela festa hoje à noite, aconteça o que acontecer. E daí que *não fui convidada*? Acabei de me convidar e está na hora de Penelope Briar se divertir um pouco.

Afasto o cobertor de cima de mim e pulo da cama. De alguma forma, preciso entrar no quarto de Blaise e encontrar seu estoque de máscaras. Ele tem uma sacola cheia delas que ele sempre leva e deixa na entrada da festa, porque a regra é usar uma. E, bem, eu não tenho. A que eu possuía se queimou no incêndio.

Acredito que terei que bancar a legal por alguns minutos. É a única forma de conseguir o que preciso.

Em vez de passar pelo banheiro compartilhado, saio do meu quarto e bato na porta do dele.

— Blaise? Tem um minuto?

Ele não responde, então bato novamente.

Ainda nada.

Pressiono o rosto à porta, tentando ouvir o que ele pode estar fazendo, mas está silencioso. Giro a maçaneta e, para minha surpresa, está destrancada.

— Blaise — chamo, baixinho, abrindo a porta bem devagar.

Eu olho para a esquerda e o vejo sentado no chão com as costas apoiadas na lateral da cama.

— Blaise?

Chego mais perto, na ponta dos pés, e reparo que está de fones. Há fotos espalhadas à frente de onde ele está sentado, mas não é isso que me faz estacar na metade do caminho. É a foto que está na mão dele... uma foto minha. Eu a enviei para minha mãe no ano passado, depois de fazer uma viagem ao jardim botânico. Eu estava parada na frente de uma fonte de água com as mãos erguidas. Mas por que Blaise tem isso? E mais importante: por que ele está olhando para ela?

Eu deveria ir embora. Se ele me flagrar aqui, ainda mais com a minha foto em mãos, ele vai surtar.

Lanço um olhar ao redor do quarto na esperança de ver a sacola. Mesmo que Blaise não vá à festa, tenho certeza de que alguém vai levar todas as máscaras sobressalentes.

— Que porra você está fazendo? — exclama Blaise, chamando minha atenção. Ele tira os fones e os larga no chão antes de começar a juntar todas as fotos e jogá-las de volta em uma caixa de sapatos.

— Eu, hmm... Queria falar com você sobre uma coisa.

— Cacete! Você não sabe bater?

— Eu bati. Você não atendeu e estava aberta.

— Que porra é essa? — Blaise se levanta de um salto e vem até mim.

Dou uma conferida nas minhas roupas, tentando descobrir sobre o que ele está falando.

— O que foi?

Ele roça o dorso de sua mão sobre a minha bochecha, com a expressão severa.

— Quem fez isso? Ela bateu em você?

— Ah. Sim... Mas estou bem. Ela estava muito irritada hoje.

— Fique aqui — esbraveja antes de esbarrar em mim para sair do quarto.

Eu o agarro pelo braço.

— Não. Por favor, não diga nada. Isso só vai piorar as coisas.

Blaise segura a cabeça entre as mãos e começa a andar pelo quarto como um animal enjaulado.

— Quem diabos essa mulher pensa que é?

Não tenho ideia do motivo para ele estar tão incomodado por ela ter me estapeado. Não é como se fosse a primeira vez. Dois anos atrás, ele a viu fazer a mesma coisa e ficou lá, inabalável. Na verdade, acho que o ouvi rir enquanto se afastava.

— Você mesmo disse: ela é uma vadia.

Ele continua a andar por todo o cômodo, encarando os próprios pés.

— Ela não vai se livrar dessa.

— Por que você se importa?

Parando subitamente, seu olhar encontra o meu.

— Por que eu me importo? — ele me remeda. — Porque sua mãe parece pensar que pode machucar quem quiser para conseguir o que quer. É por isso.

Tentando entender melhor, decido caçoar ainda mais:

— E você está com raiva porque ela me machucou? Você nem gosta de mim, Blaise.

Ele respira fundo e se acalma um pouco.

— Tem razão. Eu não gosto. Então, por que você veio aqui?

Passos lentos me levam até sua cama e seu olhar me acompanha o tempo todo até eu me sentar. Nunca cheguei nem perto da cama de Blaise. Agora que penso nisso, só estive em seu quarto uma vez em todos os anos em que o conheço. Apesar de não fazer diferença para mim, opto por perguntar sobre a herança, porque é um assunto sobre o qual dá para conversarmos.

— Por que ele deixaria tudo para ela? Você não é filho dele?

Ele me lança um olhar de soslaio e fecha a cara.

— Por que você está perguntando sobre o testamento do meu pai?

— Não. — Balanço a cabeça em negativa, para afastar qualquer suspeita de que estou atrás do dinheiro do pai dele. — Não é isso. Não quero nada dele ou dela. É só que a minha mãe tocou no assunto e estou curiosa para saber por que ele não deixou nada para você.

Blaise caminha até a cômoda e meu olhar o segue.

— Ei! — Eu me levanto da cama, passo por ele e pego meu creme. — Você disse que não estava contigo. — Arqueio uma sobrancelha. — Por que isso está aqui? — É quando sinto o cheiro. Não o que exala da embalagem... É mais forte. Eu olho para as mãos macias de Blaise e seguro uma delas, levando-a até meu nariz. Inalando profundamente, zombo: — Para quê você usaria creme de jasmim?

Quando ele morde o canto do lábio com um sorrisinho irônico, solto sua mão e limpo a minha na minha calça de moletom.

— Ah, meu Deus, Blaise. Você não fez isso.

— Claro que sim. Você pode me inspecionar em busca de provas.

— Você não tem vaselina ou lubrificante para isso? — Ah, minha nossa, agora realmente estou falando com ele sobre lubrificante? Esfrego meu rosto vermelho com as mãos, apesar de achar que não sou a única confusa por aqui. — Não responda.

Blaise abre uma gaveta e minhas bochechas aquecem ainda mais. Lá dentro há guardanapos, cremes, preservativos e praticamente tudo que um cara precisa para gozar com ou sem uma garota. Eu olho mais de perto. Aquilo é um vibrador?

— Ah, meu Deus. — Fecho a gaveta com força, me perguntando quantas garotas usaram aquele vibrador comunitário.

— Por que você está tão corada, Penny? Não é como se você não se aliviasse de vez em quando. É natural. Normal.

— Eu sei. — Eu me viro para que ele não veja que agora estou ainda mais vermelha. Odeio que minhas emoções fiquem estampadas em meu rosto para todo mundo ver.

— Uau. Espere aí um pouquinho… — Blaise me gira pelo ombro. — Você se dá prazer, não é?

Não digo nada. Se eu mentir, ele vai perceber. Posso muito bem não testemunhar contra mim mesma. E, de qualquer forma, eu não deveria me importar com o que ele pensa.

— Puta merda. — Ele ri. — Você nunca fez, não é? Nunca acariciou seu clitóris ou enfiou um dedo dentro de você mesma, só para ver como é?

Eu preciso de ar.

— Não fique envergonhada. Basta responder à pergunta.

— Por que você está perguntando se sabe a resposta?

— Eu só quero ouvir você dizer.

— Você é doente, sabia disso? Você nem precisa do meu creme ou da sua mão. Você sente prazer humilhando as pessoas e jogando seus defeitos na cara delas.

— Tudo bem. Deixa para lá. Já tenho minha resposta. Mas você deveria tentar algum dia. Ouvi dizer que algumas garotas preferem chegar ao orgasmo por conta própria.

— Tá certo. Você vai parar de falar sobre isso? Eu estava perguntando sobre o testamento do seu pai. — Abro o creme, coloco um pouco em minha mão, sento na cama e esfrego uma mão na outra.

— Certo. O testamento. Na verdade, estou surpreso por ele não ter deixado tudo para você. Afinal, você era o showzinho favorito dele.

Meu estômago revira com suas palavras. Blaise sabia sobre a obsessão de seu pai, mesmo que minha mãe não tenha reparado. Ou talvez ela sempre tenha sabido, mas preferiu não dar a mínima para continuar tendo acesso ao dinheiro do marido.

— Posso fazer outra pergunta?

O celular de Blaise alerta a chegada de uma mensagem, e ele pega o aparelho sobre a cama. Segundos depois, ele vai até o armário aberto e retira de lá uma sacola. As máscaras!

— Você vai perguntar de qualquer forma.

Meu olhar está fixo nele conforme abre a sacola e confere o conteúdo antes de fechar. Quase esqueci a pergunta agora que encontrei o motivo pelo qual vim aqui.

— Para onde você vai quando o testamento entrar em vigor?

Blaise leva a sacola até a porta e a deixa no chão.

— Deixa eu te ensinar uma coisa valiosa, Pequena Penny. Você não pode acreditar em tudo que ouve.

Sem nem prestar atenção ao que ele diz, aceno em direção à bolsa.

— Achei que você não ia para a festa.

— E não vou. Chase está vindo buscar essa merda. O que significa que, a menos que você queira vê-lo, é melhor ir se esconder em seu quarto pelo resto da noite.

— Eu, definitivamente, não quero vê-lo. — Embora não vá ficar no meu quarto e nem direi isso a ele. Preciso pegar uma máscara antes que Chase chegue. Se eu aparecer na festa sem uma, todo mundo saberá que estou lá e prefiro ser uma estranha na festa do que uma zé-ninguém.

— Ele chega em cinco minutos. Você já acabou? Porque tenho mais o que fazer — diz Blaise, de repente irritado com a minha presença em seu quarto.

— Acho que minha mãe foi embora de novo. É meu aniversário e vou passar mais um sozinha.

— Você devia ter feito alguns amigos enquanto morava em Skull Creek, hein?

Idiota.

— Eu tentei. Você não deixava ninguém ser meu amigo, exceto Emery.

— Sim. E eu deveria ter mantido aquela vadia longe também.

Tentando apelar para sua simpatia, uso a cartada de passar mais um aniversário sozinha.

— Você come o bolo comigo, por favor? Eu sei que é bobagem, mas comer meu bolo de aniversário sozinha é superdeprimente.

— Não — responde, de pronto, chutando algumas roupas pelo chão.

— Por favorzinho? — Junto as mãos em oração, fazendo um beicinho com o lábio inferior. Ele está ficando pau da vida comigo e, com certeza, não quer perder dez minutos de seu precioso tempo comendo bolo com alguém como eu, mas não vou desistir.

— Puta merda, Penny. Isso é sério?

— Muito sério.

— Eu nem gosto de você.

— Eu também não gosto de você. Mas não dá para escolher quando só se tem uma opção.

Respirando fundo, ele pega a sacola do chão.

— Está bem. Mas nada de conversa-fiada; eu odeio essa merda. — Abre a porta com um chute.

Com um sorriso satisfeito e meu creme em mãos, sigo logo atrás pela escada e cozinha.

— Você pode colocar isso para o Chase pegar na entrada. Prefiro não vê-lo quando ele vier buscar.

— Você sabe que esta não é mais a sua casa e que meus amigos são mais bem-vindos aqui do que você, certo?

— Anotado. — Eu me sento no banquinho em frente à ilha central.

Blaise caminha pelo pequeno corredor até o vestíbulo e eu fico, oficialmente, orgulhosa de mim mesma por minha pequena tática de manipulação.

— Você vai cortar isso ou quer que a gente coma com mãos? — Ele é tão sarcástico, mas essa característica, neste momento, é realmente atraente. Na última vez em que estivemos nesta cozinha, não conseguimos afastar as mãos um do outro. Foi intenso, e eu odeio querer que aconteça de novo.

Não faça isso, Penelope. Não. Faça. Isso.

— Por que você está agindo de forma tão estranha? — pergunta Blaise, abrindo a gaveta da cozinha em busca de uma faca grande.

— Eu só estava pensando. — Eu me levanto e empurro o banquinho de volta para o balcão. — Deixei meu leitor digital no meu carro. Você se importa de colocar uma fatia em um prato para mim? Eu já volto.

— Tanto faz. — Ele balança a faca no ar. — Anda logo. Só estou fazendo isso porque sei como é passar aniversários sozinho.

Meu coração dói quando paro de andar em direção ao lavabo. Tirando o fato de sua mãe ter sumido e a morte recente do pai, achei que sua infância tinha sido perfeita. Sem mencionar que Blaise nunca disse de bom-grado nada que pudesse dar a alguém uma razão para acreditar que ele sofreu qualquer abuso ou que não viveu esta vida perfeita.

— Você sabe?

— Meus pais também eram uns babacas, Penny. — Corta uma fatia do bolo e mais outra.

— É. Acho que sim. — Sigo com meu plano de conseguir uma máscara. Por um segundo, eu e Blaise compartilhamos algo em comum no que diz respeito à nossa infância. Quase como se estivéssemos conectados em um nível mais profundo que vai muito além dos comentários irônicos, das brincadeiras sem-graça e do menosprezo.

Abro a porta do vestíbulo e a fecho em seguida, acendendo a luz para acabar logo com isso. Vasculho a sacola, às pressas, contabilizando pelo menos umas trinta máscaras ali dentro. Não dou a mínima para a escolha, já que só preciso de uma. Pego uma preta com marcas de arranhões metalizados na estrutura.

Essa vai servir.

Eu a enfio debaixo da camisa e saio pela garagem. O sol já se pôs quase completamente e há uma quietude estranha no ar. Mesmo sendo meu aniversário, este dia do ano sempre me pareceu terrível. A escuridão à espreita, as pessoas sempre planejando o caos e a destruição.

Emery está vivendo a vida que sempre quis, se encaixando em vez de ser excluída. Eu me sinto mal por ter ido embora da forma como fiz e por não ter falado com ela por dois anos. Estava muito envergonhada do que tinha feito com Blaise e minha mente ainda se encontrava atormentada pelas lembranças do incêndio. Independentemente disso, ela ainda é minha amiga e eu sei, no fundo, que ela ficaria do meu lado ao invés do de Lilith. Já passamos por muita coisa, compartilhamos muitos segredos.

Abro a porta do passageiro e me inclino para esconder a máscara sob o assento. Quando eu me levanto, sinto o corpo inteiro arrepiar.

Não estou sozinha.

— Vejam só se não é a aniversariante — diz Chase, às minhas costas. Nem preciso olhar para ter certeza, pois eu reconheceria aquela voz em qualquer lugar. É suave, mas com um toque de sarcasmo.

Recuando alguns passos, fecho a porta e me viro.

— Blaise está lá dentro.

— Eu sei. Ele está naquela casa grande, a dez metros de distância. — Seus dedos roçam a pele ainda sensível da minha bochecha. Ele para em minha orelha e enfia uma mecha de cabelo atrás dela. — Ele deixou você vir até aqui sozinha? Estou surpreso, mas também muito satisfeito.

— Não me toque. — Dou um tapa em sua mão.

Ele recua com um sorriso zombeteiro.

— Opa. Alguém aprendeu a se defender. Onde estava essa braveza toda há dois anos? Quero dizer, não estou reclamando... Fico feliz por tudo o que aconteceu... Foi bem gostoso.

Meu estômago revira só de pensar no assunto. Foi um dos meus maiores momentos de fraqueza. Eu comi na palma da mão de Chase naquela noite. Fui iludida por elogios e pela atenção, me agarrando a cada palavra dele.

— Nem me lembre. Quase esqueci como seu pau era pequeno antes de você tentar me queimar viva. — Tento passar, mas ele me agarra pela cintura, me levantando até que nossos peitos estão pressionados.

— Cale a boca, caralho! Antes de qualquer coisa, não fiz porra nenhuma. Pare de espalhar mentiras ou você pode acabar em outro celeiro — sussurra em tom ameaçador. — Talvez, desta vez, eu decida te foder mesmo.

— Me solte. — Eu me debato em seus braços, tentando me libertar.

— Não foi isso que você disse naquela noite, dois anos atrás. Você estava praticamente implorando por isso. — Ele olha por cima do meu ombro e, devagar, afrouxa o agarre, mudando o tom na mesma hora. — Eu já falei, Penelope. Você não faz meu tipo. Nossa, é difícil entender isso?

Eu me viro e vejo Blaise, que larga a sacola e vem em nossa direção.

— Entre em casa, Penny.

Sem discutir, saio enquanto ainda tenho chance. Se Blaise acredita mesmo em Chase, ele é um idiota.

Mesmo que acredite, eu sei a verdade.

Chase acaricia minha bochecha, com adoração em seus olhos.

— *Ignore Lilith, Penelope. Ela está com ciúmes porque Blaise colocou essa armadura protetora em volta de você. Sem mencionar que você é gostosa pra caralho.*

— É. Até parece — ironizo. — E, armadura protetora? Está mais para um círculo de fogo. Blaise quer que minha vida seja um inferno para que eu vá embora daqui para sempre. Ele me odeia.

— Sabe o que eu acho? — Chase coloca uma mecha de cabelo atrás da minha orelha. — Acho que, secretamente, ele gosta de você.

— Sem chance. Confie em mim, ele me odeia. Está vendo isso? — Aponto para a cicatriz na lateral da minha testa. — Ele me empurrou há dois anos.

Meu corpo estremece quando Chase pressiona os lábios na cicatriz em minha testa.

— Eu vou te dizer uma coisa, linda. Cuide de mim e eu cuidarei de você. O que acha disso?

Recuando, tento enxergar sua expressão sob a luz do luar.

— Como eu poderia, possivelmente, te ajudar?

A ponta de seu dedo percorre meu lábio inferior conforme ele me encara com os olhos semicerrados.

— *Eu consigo imaginar algumas coisas que você poderia fazer por mim.*

Eca. Eu vou vomitar. Tento passar, sabendo exatamente o que ele quer dizer.

— Não vou transar com você, Chase.

Antes que possa chegar à porta, ele me agarra pela cintura e me puxa contra o seu corpo, arfando em minha nuca.

— Acho que você não tem muita escolha, aniversariante. Veja bem, eles vão te trancar aqui, de qualquer forma. — *Enfia a mão no bolso e tira alguma coisa.* — Mas eu tenho a chave.

Eles vão me trancar aqui? Tento me afastar, mas não sou páreo para a força de seu agarre.

— Socorro! — *grito.* — Alguém me tira daqui!

— Ninguém pode te ouvir. Somos só eu e você agora. Então, o que você acha?

Engulo em seco, o nó obstruindo a garganta. Lágrimas brotam em meus olhos e eu me viro em seus braços. Não quero fazer isso, mas parece que não tenho escolha.

— Eu só quero ir para casa.

Não digo mais nada enquanto Chase me obriga a ajoelhar. Eu não luto contra o inevitável. De uma forma ou de outra, ele vai conseguir o que quer.

O som de seu zíper deslizando para baixo é enervante, soando como as portas de uma cela de prisão se fechando. É como o som do último prego sendo colocado em um caixão. Mas não é nada comparado ao gosto das lágrimas em minha língua conforme pingam em seu pau e eu as chupo. Uma por uma.

Chase nunca me entregou a chave. Ele me empurrou para o feno, com meu rosto todo melado com a sua porra. Em seguida, saiu, fechou o cadeado e sumiu – assim como todo mundo.

Foi naquele momento que eu soube que havia estragado tudo. O arrependimento tomou conta de mim por dias. Eu deveria ter me esforçado mais para fugir. Chase nunca contou a ninguém e nem eu. Tenho certeza de que Blaise o teria matado por ter me dado qualquer tipo de atenção.

CAPÍTULO 12

Blaise

Penny mal entra em casa e já estou agarrando Chase pelo colarinho da camisa polo bem-passada. Erguendo-o para nivelar nossos olhares, digo, entredentes:

— Toque nela de novo e você vai se arrepender.

Chase sorri como se isso fosse algum tipo de piada.

— Ela só ficará aqui durante mais alguns dias. Deixa eu me divertir um pouco com ela.

— Nossa ideia de diversão não é a mesma. Se quer fazer brincadeiras de mau gosto, vá em frente. Mas se encostar um dedo sequer nela, vou quebrar todos os ossos da sua mão. Estamos entendidos?

Ele dá de ombros e inclina a cabeça para o lado.

— Aquela boceta apertada pode valer alguns ossos quebrados. Talvez eu me arrisque.

Meus dentes rangem com tanta força que sinto o molar estalar. Eu viro a cabeça, cuspo no chão e cerro o punho, pronto para arrebentar seu maxilar.

— Blaise! — grita Penny da frente da garagem, atraindo minha atenção. — O que você está fazendo?

Chase zomba dela.

— É, Blaise... o que você está fazendo?

Eu o encaro e lhe dou um empurrão.

— Pegue o que veio pegar e dê o fora daqui.

— Mais alguns dias, amigo, e tudo poderá voltar ao normal — grita Chase, quando viro as costas e me afasto.

É isso que vamos ver.

Se ele pensa que vou esquecer a maneira como está tentando tirar vantagem dela, está muito enganado. Só porque deixei esse tipo de merda rolar antes, não significa que esqueci. Chase vem tentando ficar com Penny desde o segundo ano. Não por gostar dela, e, sim, para cumprir a fantasia de estar com uma virgenzinha tímida, aquela que ninguém ousa tocar porque sou capaz de matá-los. O que ele não sabe é que Penny já perdeu a virgindade. Eu a roubei dela há dois anos.

A garota está parada diante da porta fechada da garagem com os braços cruzados e o semblante fechado.

— O que foi isso tudo?

— O que foi que ele te disse? — Continuo andando até pressionar o peito ao dela, imprensando-a contra a porta da garagem e enjaulando sua cabeça entre os braços. Quando ela não responde, insisto: — O que ele disse para você, Penny?

Ela me encara com seus olhos inocentes.

— Eu não dei em cima dele, se é o que está pensando. Não suporto esse idiota.

— Eu acredito em você, mas quero saber do que ele estava falando quando disse que você estava implorando dois anos atrás.

Penny engole em seco.

— Você ouviu isso?

Contenho a vontade de gritar com ela. Eu preciso de todas as respostas, então preciso manter a calma.

— Sim. Agora me diga o que ele quis dizer.

— Será que você poderia — murmura, gesticulando nervosamente —... me dar espaço? E então vou te dizer. — Eu recuo um passo e ela se afasta da porta da garagem.

— Pronto. Agora, fale.

Penny fica em silêncio por alguns segundos antes de falar:

— Você se lembra da noite do incêndio?

Dou de ombros.

— Da maior parte, sim.

Ela começa a mastigar a unha do polegar, nervosa, e quero arrancá-lo de sua boca e obrigá-la a continuar.

— Foi Chase quem me largou no celeiro enquanto os outros estavam do lado de fora. Achei que eles só iam me trancar e ir embora. Eu não tinha ideia de que vocês planejavam incendiar o lugar.

Aceno minha mão no ar.

— Eu sei de tudo isso. Você pode dizer logo essa merda?

HERDEIRO *Diabólico*

— Certo. — Ela para e me encara. — Chase me arrastou para o celeiro e todos saíram, deixando-o para que ele me trancasse lá dentro. Ele me obrigou a... Eu fiz um boquete nele no celeiro. No começo, ele disse que me ajudaria se eu fizesse aquilo, mas quando não obedeci, ele me obrigou a ajoelhar... e fiquei sem escolha.

Não. Balanço a cabeça, com dificuldade em acreditar no que ela está dizendo.

— Você está mentindo.

— Não preciso nem dizer que ele não me ajudou. Em vez disso, roubou minha dignidade.

— Que porra é essa? — vocifero, empurrando-a pelos ombros até que ela esteja de costas contra a parede da garagem. — Chase? É sério? Você está mentindo. Só pode estar. — Eu me curvo e apoio as mãos nos joelhos. Eu vou vomitar. Isso não está acontecendo.

— Por que você está tão bravo? — ela pergunta, em um sussurro.

— Por que estou tão bravo?

Eu me levanto de novo, aprumando a postura antes de avançar em sua direção. Mantenho as mãos cerradas ao lado do corpo, tocando sua testa com os lábios.

— Porque ele te forçou a... — Eu nem consigo dizer isso. — Porque ninguém tem permissão para tocar em você além de mim.

Não consigo pensar direito. Pensar no que ele fez me deixa louco e saber que isso realmente aconteceu me dá vontade de matar alguém.

Recuo um passo, olhando bem no fundo de seus olhos e me perdendo ali da mesma forma como estou perdido em meus pensamentos.

— Ele está morto para mim, Penny. Eu te prometo isso.

Eu tenho que me afastar antes que ela pense que minha raiva é direcionada a ela. Não tenho ideia de para onde estou indo, mas tenho que ir a algum lugar.

CAPÍTULO 13

Penelope

A reação explosiva de Blaise me fez questionar tudo o que já pensei sobre ele. Será que ele está tentando me manter isolada dos alunos da Skull Creek High só porque é cruel? Ou porque está com ciúmes? Eu me sinto louca por pensar nisso e odeio que essa possibilidade me dê um friozinho na barriga.

Blaise me querendo só para ele? É um absurdo. Nunca, nem mesmo uma vez sequer, ele me deu motivo para pensar que sente algo além de ódio puro. Desde a primeira cicatriz aos quatorze anos, quando ele me empurrou no meu quarto, até a segunda, aos dezesseis, quando incendiou meu mundo. E agora, ele está me dilacerando e deixando marcas para a vida toda, ainda que não sejam visíveis.

Talvez em outra vida as coisas pudessem ter sido diferentes. Nesta, nossos astros não se alinharam. Mesmo que eu quisesse ser amiga dele, ou talvez mais, não seria possível.

Nada disso importa. Eu continuo dizendo isso porque é verdade. Devo esta noite a mim mesma e depois vou embora daqui, no dia seguinte ao funeral. Blaise voltará às aulas após o tempo concedido para o período do luto. A vida dele voltará ao normal, e a minha também.

Eu me recuso a ir embora desta cidade novamente como a garota que sempre é motivo de riso, ainda que eu seja a única a saber disso. Não serei a garota que os caras pensam que podem foder com os dedos sem que ela diga que parem. Ou a garota que foi informada de que não poderia ir a uma festa estúpida e, por isso, ficou em casa sozinha em seu aniversário. Não. Eu vou àquela maldita festa e pretendo me divertir muito.

Roubei a caminhonete de Richard e deixei meu carro estacionado em casa. Blaise, no mínimo, deve estar pensando que estou de mau humor no meu quarto. Como o pai dele tinha outros veículos em seu celeiro, achei mais seguro pegar um do que dirigir o meu. Ainda mais depois que os pneus foram cortados alguns dias atrás e a pessoa que fez isso sabe qual modelo dirijo. Não tenho certeza de que não foi Blaise, mas não posso arriscar.

Está escuro como breu e há uma brisa fria no ar. Encontrei um dos velhos moletons da minha mãe, de quando ela usava roupas casuais, e um gorro preto na garagem. Meu visual não é nem um pouco atraente, e estou parecendo uma morta-viva com meu traje todo preto e a máscara. Mas esse é o ponto, ser discreta.

Desço a pista dupla e fico espremida em uma fila de carros, me movendo a um ritmo lento pelo terreno irregular. O baixo que sai do som do carro atrás de mim é tão alto que faz o painel tremer.

A primeira e única vez que vim a uma dessas festas foi bem intensa. E não me refiro apenas às consequências no fim da noite. Estava cheio de carros, pessoas, barris de cerveja e latas vazias.

Inúmeras brigas rolaram, bêbados vomitavam, garotas dançavam de topless enquanto os caras as secavam, boquiabertos, e havia até mesmo um casal transando ao ar livre.

Parando atrás de outra caminhonete, desligo o motor. Meu corpo inteiro é consumido pelo medo quando a realidade me atinge. Isso está realmente acontecendo, eu vou a esta festa sozinha. Uma fracassada. Uma convidada indesejada.

A melhor parte desta noite? Não preciso ser Penelope Briar.

Envio uma mensagem rápida a Emery avisando que estou aqui.

> Emery: Máscara rosa-neon e moletom da Skull Creek High. Vamos nos divertir, garota! É seu aniversário!

Alguém toca uma buzina ao longe e levo um susto.

— Se mexe, filho da puta! — grita um cara, alguns carros atrás. Tem alguém parado no caminho, *ele não estava gritando comigo*. Respiro fundo e abro a porta.

As pessoas passam e ninguém sequer me olha duas vezes conforme percorro o caminho até a multidão que rodeia a enorme fogueira. As árvores estão todas iluminadas com luzes de neon, como da última vez.

Sinto o calor do fogo assim que me aproximo, e o suor brota por baixo das minhas roupas. Esfrego a cicatriz oculta pela manga do moletom, lembrando a mim mesma de que estou segura. *As chamas estão contidas e não me tocarão.*

Dando uma olhada ao redor, tento encontrar Emery, mas parece uma tarefa quase impossível no meio de tanta gente. Alguém cutuca meu ombro, olha para o meu rosto e, por um segundo, eu congelo, até me lembrar de que esta noite posso ser quem eu quiser.

Ouço uma risada familiar à direita, localizando Emery entre dois caras com quem ela parece estar flertando. Um deles pressiona a mão em sua barriga, enquanto o outro diz algo que a deixa toda dengosa. Ela está usando a máscara que descreveu, um moletom preto e branco da Skull Creek, calça jeans e o cabelo preso em um rabo de cavalo alto. Mesmo de máscara, ela fica linda.

Conforme me aproximo, acabo atraindo sua atenção. Ela não sabe que sou eu — ou talvez saiba, já que inclina a cabeça para o lado e levanta a máscara. Dou um leve aceno para que ela me reconheça.

Emery diz algo para os caras, então se despede e vem até mim. Olhando de um lado ao outro, ela segura o meu braço e me puxa para uma área onde tem menos gente.

— Não acredito que você realmente veio.

— Você não contou a ninguém que eu vinha, né? — insisto no assunto.

— Pen — diz ela —, é claro que não. Você é minha melhor amiga, lembra?

Mas será que sou mesmo? Não falo com ela há dois anos. Senti falta dela, mas não parece mais que somos melhores amigas.

— É. Somos.

— Quer uma bebida? — Ela aponta para o barril ao lado de uma fileira de árvores.

— Só uma, talvez.

— Ótimo, porque você parece estar tensa demais.

Enfio as mãos no bolso frontal do moletom.

— Mas não parece surreal? Estar aqui?

— Não mais. Já estive em tantas festas nesta cidade que esta não é diferente. Além do fato de que você tem que adivinhar quem é quem.

— Graças a Deus por isso.

Há um breve momento de silêncio doloroso entre nós. Esse tipo de silêncio nunca aconteceu com a gente.

— Em, sinto muito por tudo. Não fui uma boa amiga pra você.

Emery ri, e fico grata por ela não estar com raiva.

— Você está falando sobre quando você sumiu e me deixou aqui sem motivo algum?

— Eu tive motivos para ir embora. Eu só... Não posso falar sobre eles.

Colocando as duas mãos em meus ombros, Emery olha para mim através da abertura da máscara.

— Pen, você pode me contar qualquer coisa.

— Posso? Porque parece que você e Lilith são bem chegadas agora. Você sabe o quanto aquela garota me odeia.

— Lilith odeia todo mundo. Além disso, eu também era alvo das zoadas deles.

Eu não deveria estar falando sobre isso, mas posso confiar em Emery.

— Lembra do incêndio no celeiro, que aconteceu há dois anos na noite em que viemos para cá?

— Sim. Ouvi falar um pouco sobre isso. O que é que tem?

Dando um passo para trás, puxo a manga do moletom e mostro a cicatriz. É horrível. Se eu tivesse recebido os cuidados médicos adequados, não pareceria tão ruim. Mostrar a Emery, mostrar a qualquer um, apenas traz de volta a dor dentro de mim.

— Eu estava dentro do celeiro quando ele pegou fogo.

Emery levanta a máscara até o topo da cabeça, com os olhos arregalados.

— Você o quê...?

— Lilith, Chase, Blaise e alguns outros... me trancaram lá dentro e atearam fogo.

— Não. — Ela balança a cabeça. — Eles não fariam isso.

— Eles fizeram, Em. Na manhã seguinte, eu fui embora. — Não digo que a verdadeira razão pela qual fui embora foi porque transei com Blaise antes de descobrir que ele havia começado o incêndio. Eu só soube depois e, então, já era tarde demais.

— Você realmente não deveria espalhar boatos como esse a menos que tenha provas, sabia? Sinceramente, não acho que eles tentariam matar você. Claro, eles pregam peças e sacaneiam as pessoas, mas não são assassinos.

Meu coração dói por ela estar do lado deles ao invés do meu.

— Por que eu mentiria sobre isso?

— Não acho que esteja mentindo, mas também não acho que você saiba de todos os fatos.

Ela está defendendo eles?

— Olha só — ela continua —, vou pegar uma bebida pra gente e depois podemos dar uma volta. Parece que temos muito o que colocar em dia.

Ela se afasta e me deixa ali sozinha, até que sinto a presença de alguém atrás de mim.

— Você parece perdida, garotinha.

Eu me viro e deparo com um homem com uma máscara escura cinza-chumbo e a cabeça coberta pelo capuz. Sua voz não é familiar, mas algo nele, sim.

— Perdida, não. Só estou observando a fogueira.

— De tão longe? — Ele segura minha mão e começa a andar. — Dá pra se aquecer melhor se chegar mais perto.

Eu o deixo me levar, me sentindo estranha com a situação, mas de um jeito bom. É revigorante ser outra pessoa nesta cidade.

Nós nos sentamos em uns troncos caídos a cerca de um metro e meio do fogo. Posso sentir o calor emanando das chamas, mas, ironicamente, eu me sinto segura. Talvez seja por causa do cara ao lado, com a mão apoiada no meu joelho.

— Você planeja revelar sua identidade ou vai me fazer adivinhar?

Mordo o canto do meu lábio, embora ele não possa ver.

— Vou te deixar adivinhar, mas acho que você não vai conseguir.

— Aaah, estou vendo que você gosta de jogar. Tudo bem, então. Você estuda na Skull Creek High?

Balanço a cabeça em negativa.

— Uma intrusa. Eu gosto disso... Você mora aqui?

— Espere. Não tenho direito a uma pergunta?

O mascarado dá um aperto em meu joelho e ri.

— Vá em frente.

— Você estuda na Skull Creek?

— Sim. Fui transferido no ano passado de uma cidade menor que essa no Arizona.

Dou um suspiro pesado de alívio. *Ele não me conhece*. Não estou interessada em conhecer nenhum cara aqui, mas ter um amigo em uma festa cheia de pessoas que te odeiam não é tão ruim.

— Último ano? — sondo.

Ele toma um gole de sua cerveja e a coloca de volta no colo, com a outra mão ainda no meu joelho.

— É a minha vez, mas, sim. Último ano antes de a vida adulta começar.
— Não necessariamente. Você ainda tem a faculdade.
— Só se eu puder pagar.
— Então somos dois. Eu adoraria ir para uma universidade... Tenho as notas e tudo, mas minha bolsa cobre apenas dois anos em uma faculdade pública.
— Ei, é melhor do que nada. — Bebe o resto da cerveja e depois joga o copo na fogueira. — Quer dar uma volta? Ficar longe do barulho?

Um *flash* da última vez que dei uma volta aqui passa pela minha mente na mesma hora. Fui recebida por um grupo de alunos que me levaram para longe e me torturaram.

— Talvez possamos apenas andar perto dos carros. Não sou fã da floresta.

Ele ri.
— Medo do grande lobo mau.
— Tipo isso.

Nós dois nos levantamos e fico surpresa quando ele segura minha mão.
— Então, você planeja contar... — Suas palavras se interrompem e sou pega de surpresa quando a mão dele se solta da minha e seu corpo vai tropeçando para frente até que ele está caído no chão.
— Ah, meu Deus. Você está bem?

Eu me ajoelho ao seu lado, mas sou empurrada para o lado pelo cara que fez isso. Ele é alto e está vestindo uma camiseta de manga curta e uma máscara de caveira.

— Pare com isso! — grito quando o cara começa a esmurrar o rosto mascarado do meu novo amigo. A máscara voa para o lado e, tenho um vislumbre da fisionomia dele.

Cubro a boca com a mão. Meu estômago embrulha e mal consigo respirar. Dou alguns passos para trás enquanto o cara continua espancando o outro.

Quando alguns caras chegam para tentar separá-los, eu percebo que tenho que sair daqui e encontrar Emery.

Vou retrocedendo, assistindo em choque, na esperança de que alguém interfira e acabe com aquilo, mas ninguém se mexe. Eu me viro e sigo apressada até o barril onde Emery está.

Espero que o pobre rapaz esteja bem. Ele parecia legal, mas pelo jeito jeito alguém tinha contas a acertar.

Emery ergue um copo e eu me junto a ela.

— Você viu aquilo? — pergunto, olhando por cima do ombro para onde a multidão está reunida ao redor do cara deitado ali, quase sem vida.

— Não. Mas ouvi dizer que é Paxton Norwell, o novo quarterback. Danny estava me contando que os amigos dele vão levá-lo ao hospital.

Puta merda! Eu não estava esperando isso. Não sobre o lance de ser levado ao hospital, porque era o mais óbvio dada a surra que levou. Mas o quarterback estava dando em cima de mim?

— Vamos lá. — Emery gesticula em direção à trilha. — Vamos beber, caminhar e conversar.

Hesitante, fico para trás quando ela começa a andar.

— Não sei, não. Tem outro lugar onde possamos caminhar?

— É só uma floresta. Tem gente em todo lugar, você vai ficar bem. — Ela entrega minha bebida, mas só seguro o copo, já que é quase impossível beber pela abertura da máscara. Como todos conseguem, é um mistério.

Indo contra o meu instinto, caminho ao lado dela pela trilha onde tudo começou. Esta área mais se parece a um labirinto, mas estou familiarizada por ter morado aqui. Às vezes, eu simplesmente saía para passear sozinha para clarear a cabeça. Algumas vezes, Emery me acompanhava.

Estamos nos distanciando e muito da música estridente. Há algumas pessoas aleatórias por aqui; umas conversando, outras fumando maconha e mais um punhado se beijando.

Na verdade, essa noite está sendo boa, com exceção da briga que acabei de testemunhar. Sinto que Emery e eu estamos a caminho de recuperar nossa amizade. Além disso, estou cercada de pessoas e ninguém me reconheceu ainda.

— Obrigada por isso, Em. Estou feliz por ter decidido vir.

— É, eu também. Então, me conte por que você realmente se mandou de Skull Creek.

Ergo a máscara e a deixo no topo da cabeça, tomando um longo gole da cerveja. Nem tenho certeza se quero me aprofundar nessa conversa agora. Estar de volta a esta trilha, caminhando em direção ao celeiro, já é terrível o suficiente.

— Tudo se tornou demais. Eu tive que fugir.

— Você teve que fugir de tudo? Ou teve que fugir de Blaise?

Dou uma olhada desconfiada para Emery.

— Por que você disse isso?

— Ah, não sei. Talvez porque você tivesse uma quedinha por ele.

— Não tinha, não — afirmo. — Eu e Blaise nos odiamos.

— É comigo que você está falando, Pen. Você não está enganando ninguém. Eu vi o jeito que você olhava para ele.

Será que ela também viu o jeito que ele olhava para mim? Porque nós só trocávamos olhares indesejados.

CAPÍTULO 14

Penelope

Antes que eu me dê conta, estamos na velha casa da fazenda onde passei aquela noite. Localizada nos fundos da propriedade, fica bem em frente ao antigo celeiro ainda coberto de escombros.

O ruído de folhas secas sendo pisoteadas pode ser ouvido à distância, o que me coloca em estado de alerta.

— Acho que alguém está vindo — digo a Emery.

No entanto, não ouço vozes. Na verdade, está estranhamente silencioso. Prendendo a respiração, aguço os ouvidos.

Nada.

— Deve ser um monte de esquilos.

Ela está certa. É só o meu nervosismo tomando conta de mim.

— Quer entrar? — Ela olha para mim com um sorriso diabólico.

— Na casa? De jeito nenhum.

— Ah, qual é. Viva um pouco, medrosa! — ela grita por cima do ombro, acelerando o passo.

Ouço mais folhas sendo esmagadas atrás de mim. Eu me viro para dar uma olhada, mas está escuro como breu e não consigo enxergar nada. Todo o meu corpo estremece, o terror tomando conta. Apalpo o bolso frontal do moletom, me certificando de que o celular ainda está lá. Viemos para cá sem ter como nos defender se algo de ruim acontecer.

E se algum *serial killer* vier aqui e cortar meu corpo em pedacinhos?

Pego o celular e ligo a lanterna, então começo a correr para alcançar Emery que já está na frente da casa.

— Me espera! — grito. Ela entra e deixa a porta aberta para mim. — Droga — murmuro, acelerando a corrida.

Chego à varanda caindo aos pedaços, e o piso de tábuas range alto.

— Em! — chamo em um grito meio sussurrado, enfiando a cabeça pelo vão da porta.

Ela não responde, o que me obriga a entrar, iluminando o local com a lanterna do telefone conforme as lembranças me inundam de uma só vez.

— Isso não tem graça. Nós deveríamos sair daqui.

Há boatos de que um fazendeiro matou a esposa aqui e a propriedade foi deixada para o filho, mas ninguém mora na casa há anos.

Na última vez em que estive aqui, eu estava tão confusa que esse fato não me perturbou. Eu também estava envolvida pelos braços fortes de Blaise e me sentia intocável. Mas agora, estou com medo.

— Emery! — chamo, novamente, dando mais alguns passos para dentro.

Fico em silêncio quando alguém me agarra por trás, cobrindo minha boca com a mão.

— Você realmente deveria ter mais cuidado, sabia?

Chase.

Ele me levanta e eu perco o equilíbrio. Em seguida, me carrega para algum lugar mais dentro da casa.

— Me coloca no chão — digo, mas minhas palavras são abafadas.

— Nem pensar, aniversariante. Nunca se esqueça, estamos sempre dois passos à sua frente e um passo à frente de Blaise.

O que isso significa? Que Blaise está sempre um passo à minha frente? Ele está aqui? Tento olhar em volta, mas não consigo ver nada e também não ouço mais ninguém. Onde Emery está?

Chase para de andar, me dando uma chance de apoiar os pés no chão, mas não adianta muito porque ainda mantém o agarre firme ao meu redor.

Ele afasta a mão da minha boca e segura minha cintura.

— Você realmente achou que não te descobriríamos aqui?

— Acho que imaginei que você e seu bando fossem um monte de idiotas.

Chase ri debochadamente.

— Bom, estou feliz por você ter vindo, porque ainda não tive a chance de sentir o quão apertada é a sua boceta em volta do meu pau.

Meu estômago embrulha quando Chase desliza a mão pelo meu sutiã, segurando meu seio.

— Pare com isso. — Minha voz falha. — Eu vou gritar. — É uma última tentativa, mas nós dois sabemos que ninguém vai se importar.

Ele não para. Em vez disso, começa a beliscar meu mamilo.

— São pequenos, mas tenho certeza de que consigo deslizar meu pau entre eles e gozar no seu rosto inteiro.

— Você é nojento.

— E você é burra pra caralho — diz Lilith, surgindo do nada e sem máscara. — Precisamos andar logo com essa merda. Eu tenho cerveja para beber e amigos com quem quero estar. Ao contrário desta vadia, que não tem nenhum.

Engulo em seco, o nó subindo pela garganta. Meu coração quase pula pela boca diante do pavor que toma conta de mim. Eu não deveria ter vindo aqui. Muito menos me afastado do local da festa.

— Vou contar a todo mundo o que vocês fizeram. Todo mundo vai saber que vocês tentaram me matar.

Chase ri e desta vez, não é uma risada sarcástica ou forçada. Ele realmente achou graça das minhas palavras.

— Porra, ela é louca. Talvez seja por isso que ninguém gosta dela.

— Eu não sou louca. Eu sei que foram vocês. Eu tenho...

Lilith me silencia ao cobrir minha boca com a mão. Pressionando os dedos nas minhas bochechas.

— Qual é a sensação? — Ela afunda as unhas com mais força, perfurando a pele. — Você se lembra de quando arranhou meu rosto? Ainda tenho uma pequena cicatriz no meu queixo por causa dessa merda.

Eu me lembro. Mas ela mereceu. Tudo de ruim que acontece com Lilith é justificado.

— Tire as roupas dela — Lilith ordena a Chase.

Ele não se mexe, ainda me contendo por trás.

— Agora! — Lilith ralha.

Chase me levanta e começa a me carregar para uma área que deduzo ser a sala de estar.

— Por favor, Chase. Eu faço qualquer coisa.

Assim como naquela noite, estou à sua mercê.

— Qualquer coisa?

Fecho os olhos e balanço a cabeça.

— Sim.

Ele continua andando, me segurando com brutalidade à medida que saímos da vista de Lilith.

— Eu vou soltar, mas juro por Deus que se você correr, vou te pegar e te fazer pagar. — Ele me coloca de pé e agarra meu braço, me imprensando à lareira.

— Como você e Lilith sabiam que eu estava aqui?

— Você acha que este era o seu plano, mas era nosso desde o início. Trazer você para cá, nos divertir um pouco...

— Blaise vai descobrir. Ele vai matar todos vocês.

E lá vem aquela risada de novo.

— Ah, Blaise. Seu protetor todo-poderoso. Eu sei que os dois se odeiam, mas, na verdade, você deveria agradecê-lo. Se não fosse por ele, você, provavelmente, teria sido estuprada por toda a turma do último ano.

Engulo a bile que sobe pela garganta.

— Lembre-se disso quando estiver tirando minha roupa, porque vou contar tudo a ele.

O telefone de Chase começa a vibrar e ele enfia a mão livre no bolso.

Essa é a minha chance.

Quando ele baixa a guarda, dou uma joelhada certeira em suas bolas.

— Aaargh! Sua puta de merda! — ele urra de dor, largando o celular no chão enquanto segura a virilha.

Sem perder tempo, eu me viro e saio correndo da casa, mas sou impedida por alguém parado na porta, com os braços abertos. Está escuro demais para enxergar qualquer coisa, mas reconheço a máscara. E é quando me dou conta... É uma das máscaras que não reconheci naquela noite.

— Pegue ela! — grita Chase, cambaleando de volta com as bolas doloridas. No escuro, sinto a respiração venenosa de Chase atingir meu pescoço. — Vadia do caralho. — Ele agarra meu cabelo e me puxa para trás. Eu tropeço e caio de costas, deixando cair meu celular.

Gritando, tento me levantar, mas não adianta.

— Sai de cima de mim! — berro, tateando o chão para tentar encontrar o telefone. A lanterna ainda está acesa, refletindo no teto.

— Tire a roupa dela — Lilith ordena, pairando sobre nós.

Chase começa a puxar meu moletom, e mesmo lutando contra isso, não é o suficiente. Ele consegue arrancá-lo pela minha cabeça enquanto Lilith abaixa minha calça, meu rosto encharcado pelas lágrimas.

Eu só queria me divertir esta noite. Queria provar a mim mesma que não sou uma pessoa influenciável. Mas estava errada. Não tenho força física. Minha mente é fraca. Eu sou inútil. Um desperdício de espaço, como Blaise disse uma vez.

Chase passa a língua pela minha bochecha, lambendo minhas lágrimas. Eu viro a cabeça e rosno em desgosto.

— Hmm, salgadinhas. Assim como você.

— Vá se foder! — grito, deitada como uma tábua, deixando-os fazer o queriam desde o início.

— Coloque ela contra a parede da sala de estar — Lilith ordena a Chase, apontando a lanterna para mim.

Lágrimas deslizam enquanto balanço a cabeça negativamente.

— Por favor — imploro a ele.

Onde está Emery? Eu quero gritar a plenos pulmões, torcendo para que ela me ouça, para que alguém me ajude.

— Anda logo, porra! — vocifera Lilith.

Estou deitada apenas de sutiã e calcinha, mais vulnerável do que jamais estive e disposta a fazer qualquer coisa para me salvar.

— Vocês todos vão se arrepender disso — digo com a voz embargada pelo ódio. — Vocês pagarão por esta noite e por terem ateado fogo ao celeiro.

— Nós não começamos o maldito incêndio! — Chase sibila, prendendo meu pulso com força contra o chão. — Não sei por que você continua dizendo isso. Sim, nós te trancamos lá dentro, mas não incedeamos nada, porra!

— Por que vocês estão fazendo isso? — Choro, incapaz de conter as lágrimas profusas. — Por que zombavam de mim, dia após dia? O que fiz para merecer isso?

— Foi Blaise. — dispara Lilith. — Foi ele que começou tudo no primeiro ano. Ele praticamente nos entregou você em uma bandeja de prata e nos disse para tornar sua vida um inferno. Então, nós o fizemos. E aí, ele pensou que poderia acabar com a brincadeira, mas era divertido demais. — A vadia sorri. — Você facilitava demais as coisas, e acabou se tornando o nosso brinquedinho favorito, Penelope.

Sempre soube que Blaise era o mandante de tudo. No entanto, meu coração sangra, porque, mesmo assim, quis acreditar que ele não era uma pessoa terrível. Mas ele é.

Lilith começa a ficar impaciente, andando de um lado ao outro.

— Leve ela de volta para a sala de estar. Coloque essa vaca contra a parede e eu mesma tirarei as malditas fotos.

Contra a parede? Do que ela está falando?

Chase tenta me fazer levantar e eu esperneio.

— Pare de lutar contra o inevitável.

— Emery! — grito, com todas as forças.

— Economize seu fôlego, querida. Ninguém vai te salvar.

Isso me atinge como um tapa na cara. Ele tem razão. Ninguém vai me ajudar aqui. Nesta cidade, eu só tenho a mim mesma.

Chase me coloca em cima do ombro e eu esmurro suas costas, me contorcendo, lutando. Porém não é o suficiente.

Ele dá um tapa violento na minha bunda e ri.

— Continue tentando. Eu gosto quando resistem.

— Eu nunca vou parar de resistir! — grito.

Chase me coloca de pé no chão e me imprensa contra a parede. Quando olho para cima noto dois grilhões de metal. Ele segura uma das minhas mãos e posiciona para me prender.

— Tire o resto da roupa dela — diz Lilith, se juntando a nós. Mas ela não está sozinha. — Olha só quem decidiu se juntar a nós! — comemora, cumprimentando o recém-chegado. Mal consigo disntinguir quem seja, mas pelo físico é um homem.

A outra pessoa que estava usando a máscara misteriosa naquela noite, se posta ao lado.

— Pegue o celular — Lilith instrui. — Você vai tirar as fotos. — Ela está sempre latindo ordens como a porra de uma rainha sentada em um trono.

— Soltem ela. — Ouço alguém dizer. Não é uma voz desconhecida para mim. Embora não possa vê-lo, o timbre é ameaçador.

— Blaise! — grito. — Por favor, me ajude.

Chase congela, olhando para o amigo quando ele entra na sala. Ele está usando uma máscara. De caveira. Blaise não para até se postar diante de Chase. Com o punho erguido, ele golpeia a lateral da cabeça de Chase, que cambaleia para o lado, mas logo apruma a postura com o sorriso de escárnio. Blaise o esmurra mais uma vez, em um movimento muito parecido ao que presenciei uma hora atrás.

Na verdade, era a mesma máscara. *Não. Foi Blaise quem atacou o quarterback?*

Ah, meu Deus. Será que foi porque ele estava conversando comigo?

— Você tem sorte de eu não te matar aqui e agora — Blaise esbraveja, entre murros no rosto de Chase.

— Vamos. Precisamos ir — diz o outro com a máscara familiar.

Aquela voz.

Não pode ser.

— Não — retruca Lilith. — Blaise não dá as ordens aqui. Eu dou. — Lilith desliga a lanterna do celular. — Nós tínhamos um acordo.

Minha cabeça está girando em uma espiral de confusão. Não tenho ideia do que está acontecendo enquanto estou aqui, de pé. Apesar de as mãos ainda estarem livres, assim como as pernas, estou paralisada e não consigo me mover.

— Blaise — Lilith cantarola. — Você está dando para trás comigo?

Com Chase inconsciente no chão, Blaise se levanta e vai até Lilith.

— Foda-se o acordo.

Aproveitando esta oportunidade para conseguir ao menos uma resposta para as dezenas de perguntas que invadem minha cabeça, vou em direção à pessoa desconhecida, embora tenha certeza de sua identidade desde que ouvi sua voz. Ela recua alguns passos, e quando um feixe da luz do luar se infiltra pela janela, consigo distinguir sua camisa. Estendendo a mão, arranco sua máscara.

— Não.

— Pen, eu posso explicar — diz Emery, com remorso. Mas não vai funcionar. Já fui muito traída nessa vida, mas nada doeu tanto como isso.

Não é nem sobre esta noite. Eu passei dois anos fora e fui embora sem me despedir. Emery tem todos os motivos para estar com raiva de mim. Agora sei que ela estava lá. A prova está na máscara usada. Há cerca de dois anos, minha melhor amiga colocou essa mesma máscara e ficou do lado de fora do celeiro à medida que meus inimigos me torturavam. É sobre o incêndio e os gritos de socorro sem resposta, enquanto ela permitiu que me trancassem lá dentro.

— Durante todo esse tempo... Você era parte disso.

Não consigo pensar direito. Estou enjoada e prestes a desmaiar.

— Todos vocês. — Giro, olhando de Blaise para o corpo inerte de Chase, para Lilith, e então para Emery. — Todos vocês me odeiam tanto a ponto de decidirem tirar fotos minhas nua, para quê? Mostrar a todos os alunos? Alunos que já me odeiam por causa de vocês? Vocês me trancaram em um celeiro e atearam fogo... para me matar? Esse era o plano de vocês?

Emery cai de joelhos, em lágrimas, enquanto Lilith apenas fica lá, com um sorriso no rosto. Ela é insensível, então não espero que se sinta mal pelo que fez.

— Tire a máscara — digo ao outro sujeito não identificado.

Quando ele não o faz, eu mesma arranco de seu rosto.

Outro soco no estômago.

— Wade?

Blaise vem até mim e segura meu braço, mas eu me afasto de seu toque.

— Não! — grito para ele. Eu tento dizer algo mais, mas as palavras ficam presas na garganta.

Eu preciso sair daqui.

CAPÍTULO 15

Blaise

— Penny, espera! — Corro atrás dela, que dá a volta pelo meu carro e segue para as trilhas.

— Me deixe em paz! — ela grita, desacelerando os passos.

Estendo a mão para agarrá-la, mas ela desvia para a direita. Eu tento novamente, mas ela muda o rumo outra vez.

— Caramba! Você poderia parar e me ouvir? Me dê a mão. — Estendo a minha em uma oferta de ajuda.

— Você espera que eu segure a mão de alguém que me humillhou por anos? Sem chances.

— Só me escuta, porra.

Penny respira com dificuldade e desacelera ainda mais, porém tropeça ao tentar passar por cima de um tronco caído. Tento segurá-la, mas não consigo impedir sua queda.

— Por que eu deveria? — Ela funga e depois chora a ponto de soluçar. — Volte para seus amigos. Você não tem um acordo com eles?

Eu me agacho ao lado dela, que cobre o rosto com as mãos.

— Não é o que você está pensando. — Tiro minha máscara e o moletom, cobrindo seus ombros nus e trêmulos.

Com uma risada de escárnio, ela me encara.

— Todo mundo fica dizendo isso, mas acho que já sei o suficiente.

Porra. Como chegamos a esse ponto? Enfio os dedos entre o meu cabelo, tentando pensar no que posso dizer ou fazer a seguir para sair dessa confusão.

— Você tem razão. Eu tenho um acordo com Lilith. Eu fico fora do caminho dela. Mas você está errada. Eles não são meus amigos. Não mais.

— Pare de falar. — Penny tenta se levantar, mas seu corpo está fraco e os joelhos fraquejam, e, dessa vez, ela desmorona em meus braços. Ela tenta me afastar, mas eu a seguro com força. — Nada do que você disser vai me fazer perdoá-lo. Todos esses anos... Todos esses anos você infernizou a minha vida. Parabéns. Você conseguiu.

— No começo, era essa a intenção. Mas já passou pela sua cabeça que nunca tentei te machucar? Que talvez eu só estivesse tentando te proteger?

— Me proteger? — zomba. — Que conversa-fiada.

— É verdade. Depois do incêndio, tudo mudou.

— Ah! Você quer dizer depois de ter tentado me cozinhar viva? Nossa, obrigada por me proteger.

Não posso contar a verdade a ela. Mesmo que ela nunca acredite, eu tentei. Talvez eu não possa protegê-la de Lilith ou Chase, mas posso protegê-la da verdade.

Ouço vozes, então testo para ver se ela consegue se levantar.

— Só me deixe aqui. Deixe que eles me peguem. Eu nem me importo mais.

Lanço um olhar por cima do ombro ao notar que eles se aproximam.

— Preciso que você espere aqui.

Ela não diz nada, mas como está abalada e sem forças, não terá como ir longe. Em seguida, eu me levanto e a deixo sentada ali, com meu moletom cobrindo seu corpo seminu.

A caminho de volta para a casa, encontro com Lilith e Emery.

— Traidor! — Lilith diz, tentando passar por mim.

— Fica queitinha aqui. — Agarro seu braço e puxo seu corpo junto ao meu. — Se você tocar nela ou disser uma maldita palavra a alguém, vou colocar a culpa toda em você. Toda — declaro.

— Você não ousaria.

— Quer pagar para ver? Ela já acha que foi você, então não será nem um pouco difícil. — Eu olho para Emery. — E você também. Ela se lembra mais do que vocês pensam. Se as duas sequer olharem torto para ela, acabou para vocês. Agora, se mandem daqui por outra trilha, porque essa está ocupada.

Lilith se solta do meu agarre e Emery me obedece, saindo dali. É nítido que a garota não foi feita para os joguinhos de Lilith, e não faz a menor ideia de onde se meteu ao se aliar a essa cadela nociva.

— Certo — diz Lilith. — Novo acordo. Você nunca mais pronuncia meu nome associado a essa merda e eu farei o mesmo. — Ela estende a mão, mas eu espero.

— E Penny?

Ela sorri com a mão ainda estendida.

— A ratinha pode voltar correndo para o lugar de onde veio, daí vou deixá-la em paz.

— Tire Chase da casa. Sem policiais. Sem ambulância.

— Mande Wade fazer isso.

— Wade não vai ajudar. — Ela não faz ideia, mas Wade esteve do meu lado o tempo todo. Penny também não sabe, mas vai saber.

— Ai, que seja. Vamos só fazer logo este acordo para que eu possa ficar bêbada. Essa noite está virando uma verdadeira chatice.

Selamos o acordo com um aperto de mãos e ela se manda. Um aperto de mão que não significa nada porque é isso que se ganha quando se faz um acordo com o diabo.

Eu volto para o lugar onde deixei Penny, torcendo para que ela ainda esteja lá. Quando não a vejo, começo a entrar em pânico. Porra, ela vai voltar à festa seminua!

Começo a correr pela trilha, mas paro quando ouço sua voz:

— Estou aqui — murmura, apoiada contra uma árvore.

Sua expressão é vazia. Acho que falar qualquer coisa com ela agora será inútil. Eu a carrego no colo, embalando o corpo enfraquecido em meus braços, e volto para o local onde deixei meu carro perto da casa.

Quando seus olhos se fecham, fico aliviado. Ela deve estar exausta por causa de todos os acontecimentos da noite.

É exatamente por isso que eu não queria que ela voltasse para esta cidade. Ela deveria ter ficado em Portland. Por isso ela tem que me odiar. É por isso que não posso amá-la como quero.

CAPÍTULO 16

Penelope

Abro os olhos e demoro um minuto para perceber que não estou em meu quarto. Está escuro e a única luz provém da porta aberta do banheiro. Estou usando uma das camisetas de Blaise e uma de suas cuecas boxer.

Espere um minuto. Estou no quarto de Blaise.

Eu me levanto e o vejo na mesma hora, sentado em uma cadeira ao lado da cama. Sua cabeça está pendendo para um lado, recostada ao ombro, os braços cruzados sobre o peito nu e os pés apoiados na cama, enfiado abaixo da minha perna.

Tudo me atinge de uma vez só. Parte de mim se agarra à possibilidade de ter sido um pesadelo apenas, mas sei que não foi. Tudo aquilo aconteceu. Chase e Lilith tiraram minhas roupas, Emery participou da merda toda e Blaise me resgatou.

Ele realmente fez isso? Ainda estou hesitante em acreditar que era isso que ele estava fazendo.

Blaise começa a se remexer na cadeira. Ele parece bem desconfortável e quase me sinto mal por ele estar ali enquanto estou deitada nesta cama imensa.

Ele levanta a cabeça e percebe que estou acordada.

— Ei — murmura. — Que horas são?

Dou de ombros.

— Não faço ideia.

Tateando em sua mesa de cabeceira, ele pega o celular.

— Quatro da manhã. Volte a dormir, Penny. — Recosta a cabeça ao ombro de novo e fecha os olhos, mas apenas por um momento.

Quando nota que ainda estou sentada, ele olha para mim outra vez.

— Durma um pouco. A gente conversa sobre isso mais tarde.

— Eu preciso saber de tudo.

Seus ombros cedem e ele coloca os pés no chão.

— É sério? Às quatro da manhã, porra?

Todas as perguntas se atropelam na minha mente de uma vez, mas começo com a que mais pesa para mim:

— Qual era o seu acordo com Lilith?

Blaise se inclina para frente, apoiando os cotovelos nos joelhos, e cobre o rosto com as mãos, esfregando com irritação. Em seguida, rosna baixinho e se levanta.

— Chega pra lá.

— Você quer vir para a cama?

— É a *minha* cama.

Eu me arrasto para o canto oposto, o mais longe possível. Estar tão perto de Blaise é perigoso, especialmente por ele não estar agindo como um babaca comigo agora e não estar usando nada além de uma boxer preta.

Blaise se senta, entrelaça as mãos à nuca e cruza os tornozelos.

— Lilith tem uma coisa para usar contra mim. Nós fizemos um acordo de que ela ficaria de boca fechada se eu ficasse fora do caminho dela.

— O que isso significa?

— Significa que ela tem algo contra mim. Deixe isso para lá.

Eu me deito de lado, de frente para ele.

— Está bem. Quando Emery começou a fazer parte disso?

— Não faço ideia. Eu nem sabia que ela estava lá na noite do incêndio, então acho que foi nessa época. Quem vai saber? Emery faria qualquer coisa por Lilith. Ela quer ser Lilith.

Faz sentido. Emery sempre sonhou em ser popular. Eu me sinto uma idiota por não ter notado isso antes. Ela puxou o meu tapete só para se enturmar.

— Você disse que estava me protegendo. Por quê? Eu quero toda a verdade.

Blaise se deita de lado também, agora de frente para mim, me encarando com um olhar mais suave. Neste momento, não estou com medo ou à beira das lágrimas. Eu me sinto... contente. Eu não deveria. Eu deveria saber que é melhor não baixar a guarda nesta cidade.

— Eu prometi ao meu pai que cuidaria de você.

— Quando? Por quê?

— No dia em que você partiu. Foi quando tudo mudou. Não se tratava mais de tornar sua vida um inferno, mas, sim, em te manter segura. E você não está em segurança aqui.

Quem é ele para tentar ditar minha vida dessa maneira? *Eu sou uma boba.* Cá estava eu pensando que, talvez por um momento, ele estivesse me protegendo porque se importava comigo. Mesmo tendo falhado miseravelmente em suas tentativas de me manter segura.

— Foi por isso que você trocou meus pneus?

— Não. Quero dizer, sim, mas eu também precisava que você tivesse meios para dar o fora desta cidade.

— Porque você estava me protegendo devido a uma promessa que fez ao seu pai? — Estou me esforçando para entender isso. Foi tudo por causa de uma promessa? Eu odeio que saber isso me magoa. E eu aqui pensando que ele não queria essas pessoas perto de mim porque *não* queria que eu me machucasse. Agora, eu sei que ele não podia deixar que eu me machucasse por obrigação.

— Eu simplesmente não sei mais no que devo acreditar. Sinto que todos nesta cidade estão mentindo para mim.

— Odeio ter que dizer isso a você, Penny, mas estão mesmo.

Pergunto, baixinho:

— Você também?

Blaise chega mais perto até que estamos compartilhando o mesmo travesseiro.

— Principalmente eu.

Eu odeio sua honestidade. Eu gostaria que ele continuasse mentindo para mim e me dissesse que é o único em quem posso confiar. Ainda assim, eu não acreditaria, mas faria com que eu me odiasse menos pelos sentimentos que estão me dominando.

— Porque não podia suportar a ideia de mais alguém machucar você, e se você ficasse nesta cidade, era o que aconteceria.

— Tenho uma novidade para você, Blaise: posso me machucar em qualquer lugar. Ryan me machucou ao me trair.

Blaise me encara com os olhos semicerrados.

— Foda-se o Ryan. Ele não merece você. — Ele levanta o cobertor e se enfia embaixo dele, para junto de mim.

Então estende a mão e começa a roçar os dedos pelos meus braços nus.

— Ninguém merece.

Meu corpo inteiro se arrepia. Talvez seja a falta de sono ou a surra emocional que levei, mas agora é bom ser tocada.

Ainda há tantas perguntas sem resposta... Quem realmente começou o incêndio? Blaise não negou, mas por que ele atearia fogo e depois me tiraria de lá, principalmente depois de ter prometido me proteger?

Nada faz sentido. Mas, neste momento, não quero tentar entender tudo isso. Tudo em que consigo me concentrar é na mão de Blaise roçando minha barriga por baixo da camiseta, enquanto um formigamento sobe pelas minhas coxas. Seus olhos focam nos meus como se ele estivesse lendo meus pensamentos em um pedaço de papel.

— Não quero mais te machucar, Penny.

— Então não machuque — murmuro, com a voz trêmula.

Ele desliza para mais perto e eu fico paralisada no lugar. Eu deveria me afastar, fugir daqui e nunca mais permitir que ele chegue assim tão perto, mas não faço nada. Ignorando todas as bandeiras vermelhas e razões para fugir, eu fico.

— Blaise. — Seu nome é um sussurro saindo da minha língua.

Dedos quentes percorrem a borda da minha calcinha, seu olhar fixo ao meu. Ele apenas fica lá, me observando, mergulhando ainda mais a mão. Eu respiro fundo, torcendo para que ele não perceba o que está fazendo comigo.

Com um dedo, ele separa meus grandes lábios, desliza até meu clitóris e meu corpo estremece quando ele começa a esfregar em círculos. Um sentimento avassalador toma conta de mim e é quase demais para aguentar. Eu quero que ele pare antes que eu goze, mas também quero que continue porque é bom demais.

Fecho os olhos, torcendo para que ele não esteja me observando desmoronar ante seu toque.

— Abra os olhos — ordena.

Eu obedeço, mas questiono:

— Por quê?

— Porque quero vê-los quando eu fizer você gozar.

Sua voz rouca por si só me leva a um frenesi. Inconscientemente, levanto uma perna para dar melhor acesso. Será que ele está me julgando de alguma forma? Por eu ser fraca e ceder ao desejo?

— Não seja tímida. Não é como se esta fosse a primeira vez que toco sua boceta.

Estremeço com a palavra.

— Eu não sou tímida. — Não é mentira, eu não sou tímida. Sou apenas muito inexperiente e tenho medo de fazer algo errado. Como fazer um som inadequado para o momento... E se eu uivar? Ou latir? Ah, meu Deus, isso é possível?

Pare de pensar demais, Penelope!

Blaise desliza para mais perto, assumindo o controle por completo quando me empurra de costas.

— O que você está fazendo? — pergunto no segundo em que ele cobre sua cabeça com o cobertor e desaparece ali embaixo. Ele tira minha calcinha e a mão grande se instala entre minhas pernas, me obrigando a abri-las.

Uma mão escorrega entre minhas pernas, afastando-as.

— Ai, caramba — grunho ao sentir sua língua lamber meu ponto sensível.

Quando Blaise tirou minha virgindade, acho que não tive a experiência completa. Foi doloroso e surreal. Eu estava muito focada em tudo o que acontecia ao nosso redor enquanto os bombeiros apagavam o fogo do celeiro.

Alguns dias atrás, quando ele me tocou, eu senti tudo. Deus, foi incrível. Um tesão que nunca experimentei. Durou apenas alguns segundos, mas eu não queria que acabasse. Agora, quero atingir o clímax novamente. Eu quero mergulhar em um orgasmo alucinante, e depois quero repetir do início, porque o prazer é viciante.

Blaise desliza um dedo para dentro de mim e minhas costas arqueiam para fora do colchão. Ele não consegue me ver, o que torna tudo ainda mais satisfatório. Nenhum olhar atento em minha boca aberta e os olhos vidrados.

Outro dedo se junta ao que já está lá e ele começa a bombeá-los dentro de mim conforme a língua me atormenta. Eu coloco a mão em sua cabeça através do cobertor.

— Blaise — choramingo, prestes a perder o controle.

— Não lute contra isso, querida. Apenas sinta.

Apenas sinta.

Okay, eu consigo fazer isso. Minha frequência cardíaca aumenta e a cabeça fica turva.

— Aaahh... — gemo, balançando meus quadris, acompanhando os movimentos.

Ele aprofunda ainda mais os dedos, atingindo um ponto que tira minha bunda da cama. Empurro sua cabeça para baixo, querendo mais de sua boca em meu clitóris. Quando ele começa a chupar com força, todos os meus músculos internos se contraem. Cada célula do meu corpo recebe uma descarga elétrica e eu vejo estrelas.

— Blaise. — Agarro sua cabeça através do cobertor, praticamente fodendo seu rosto.

Meu corpo fica dormente, afugentando a sensação de formigamento que tomou conta.

— Hmm... Penny. Você é gostosa demais. — Ele chupa e lambe enquanto eu gozo.

Umedeço meus lábios, me sentindo desidratada. Blaise descobre a cabeça e se arrasta pelo meu corpo. Em seguida, me beija e sinto meu próprio gosto em sua língua. É doce. Como água com açúcar.

Blaise abre uma gaveta da mesa de cabeceira e pega alguma coisa. Quando tenho um vislumbre do preservativo, arregalo os olhos.

— Sim ou não? — ele pergunta.

Mordendo meu lábio inferior, eu assinto.

Ele tira a cueca, rasga a embalagem com os dentes e cospe a embalagem ao lado da cama. Segundos depois, está colocando a camisinha.

Seu corpo pressionado ao meu me faz ansiar viver este momento para sempre. Tudo parece certo, mesmo que seja tão errado. A dolorosa verdade de que nunca seremos nada além do que somos dói muito. Lágrimas surgem nos cantos dos meus olhos. Esse momento é nosso, mas ele não é meu. E nunca será.

Eu gostaria que ele fosse? Acho que sim.

— Pronta? — sonda, antes de posicionar a cabeça de seu pau na minha entrada.

Aceno afirmativamente outra vez, e ele me penetra com cuidado. Seu rosto paira sobre o meu e a paixão entre nós se transforma em algo terrivelmente belo. Nossos olhares se conectam à medida que ele arremete até o fim.

A apreensão desaparece quando enlaço seu pescoço e atraio sua boca à minha em um beijo arrebatador. Pouco depois, seus lábios se acomodam na curva do meu pescoço, seu pau deslizando para fora e dentro de mim.

Ofego diante do ritmo que se instala, indo cada vez mais fundo. Blaise não é nem um pouco pequeno. Não que eu tenha muito com o que comparar, mas vi o tamanho do seu membro grosso e cheio de veias. A sensação é como se ele estivesse me abrindo ao meio.

Inclino a cabeça para o lado e ele trilha beijos até minha orelha, mordiscando o lóbulo.

Com um grunhido rouco, ele diz:

— Você é tão apertada. — Então ergue a cabeça e me encara conforme me fode com vontade. — Quem mais enfiou o pau dentro de você?

— Só você — admiro, ofegando.

Satisfeito com a minha resposta, ele arremete com mais força.

— Vamos manter assim — murmura, aproximando a boca da minha.

Ele finca os punhos ao lado do meu corpo e morde o lábio inferior enquanto se move. O som de nossas peles úmidas se esfregando só intensifica a sensação de seus impulsos enérgicos. Minha cabeça se choca à cabeceira da cama, então busco apoio com o braço para cima, para tentar conter o movimento.

Quando um gemido abafado me escapa, ele desacelera por um momento.

— Você está bem?

Concordo com um aceno, e ele continua estocando com vigor.

Estou mais do que bem. Apesar de sentir um pingo de culpa por saber que é errado, quero fazer isso de novo e de novo, até que minhas entranhas não aguentem mais. E uma vez recuperada, quero fazer novamente.

Blaise desliza uma mão entre nós, e se apoia com a outra no colchão. Ele esfrega meu clitóris com o polegar, fazendo com que uma sensação alucinante se alastre. Seus lábios quentes pousam nos meus novamente em um beijo molhado e desenfreado. Nossos corpos se conectam magneticamente e sangue é bombeado rapidamente de cima a baixo.

— Caralho, Penny. — Sua voz é rouca, e os estão olhos arregalados e cheios de luxúria. — Eu vou gozar.

Puta merda. Acho que eu também. Todo o meu corpo estremece diante do choque que irradia por dentro. Isso é... Tudo.

Ele arremete de novo e ambos gozamos ao mesmo tempo. Seu corpo desaba suavemente sobre o meu, os dois ofegando por ar.

Não quero me levantar daqui. Nunca mais. É uma loucura como em um minuto odeio esse cara, e no seguinte sinto que poderia amá-lo. Não é normal. Eu não sou normal. Ele já fez tantas coisas horríveis, e eu me apego a esses raros momentos em que Blaise me faz sentir viva. Até agora, ele é o único que consegue esse efeito. Todos os outros anseiam em acabar comigo – inclusive ele, em um dia normal.

Depois de alguns minutos, Blaise olha para mim. Fico à espera de algo cruel que fará com que eu me arrependa deste momento para sempre, mas, para minha surpresa, ele pousa os lábios levemente sobre os meus.

— Volte a dormir por mais um tempinho. Teremos um dia cheio.

CAPÍTULO 17

Blaise

Hoje, nos despedimos de Richard Hale. Um homem de poucas palavras, mas que não precisava delas. Sua postura e semblante usuais diziam tudo. Ele não era um bom homem. Aprendi isso aos seis anos quando reparei no primeiro olho roxo da minha mãe. Com o passar dos anos, novos hematomas surgiram, assim com os gritos que ecoavam até o meu quarto à noite.

Tudo se confirmou quando pensei que Richard e Penny estavam transando. No dia em que roubei o diário dela, eu queria saber a verdade. Lilith o encontrou na parte de trás do meu carro e compartilhou os segredos guardados ali dentro com toda a escola. Não era para isso ter acontecido.

Mas então, eu sabia. Penny não fez nada de errado. Ele, sim.

Seu precioso anjinho, que todos pensavam que ele via como uma filha amorosa. Em vez disso, ele acompanhava a transição da garota intocada para o auge da feminilidade. Com tesão por ela ser uma jovem virgem sob o seu teto, ele ficava de pé ao lado da cama dela à noite, se masturbando enquanto observava a bela adormecida.

Um leão pronto para atacar e tirar sua inocência. Isso só aconteceria por cima do meu cadáver. Eu caí em suas graças. Eu me tornei o filho obediente, que fazia o que ele pedia enquanto planejava meu próprio futuro. Penny e eu merecíamos tudo que ele possuía, não a vadia da minha madrasta. Fomos nós que suportamos anos de desgraça. E, um dia, quando encontrar minha mãe, vou compartilhar a herança com ela também. E eu vou encontrá-la. Um dia.

Penny se junta a mim na cozinha, usando um vestido preto de mangas compridas e sapatilhas pretas. Seu cabelo está solto. As olheiras marcadas e os olhos marejados mostram seu desespero óbvio. Normal, depois de tudo que enfrentou.

Depois de todo o inferno pelo qual a fiz passar, ela ainda olha para mim como se eu fosse seu salvador. Eu não mereço isso, mas, com certeza, não vou recusar. Eu nunca poderia recusá-la.

— Penny! — *grito, a plenos pulmões, correndo até o celeiro em chamas. O medo varre meu corpo como uma onda, prestes a me lançar no fundo do poço.*

Frenética, Lilith corre em minha direção.

— Nós não fizemos isso. Juro. Foi só uma brincadeira estúpida. Eu não sei como...

— Cale a boca. — *É melhor ela estar bem. Ela tem que estar.* — Se alguma coisa acontecer com ela, eu juro por Deus que vou queimar as casas de todos vocês, porra!

Sirenes soam à distância e todo o meu corpo entorpece quando atravesso a porta do celeiro.

— Penny! Me responde! — *Minha camisa fica presa em um pedaço de madeira e eu rasgo o tecido com força. Com as mãos estendidas à frente, atravesso a nuvem de fumaça.*

Merda. Levo um susto do caralho quando uma grande viga cai diretamente na minha frente, por pouco não me acertando.

— Penny! — *Tento novamente.*

Ela tosse. Ela está viva.

— Blaise. — *Eu a ouço ofegar entre os acessos de tosse.* — Me ajude!

Então a vejo. Deitada e toda encolhida no canto, ao lado dos fardos de feno. Um deles já em chamas, reparo que se não a tirar dali, ela não sobreviverá.

— Levante-se! — *grito.*

— Não consigo. Meu braço... Meu braço está algemado a esta viga. — *Ela tenta se libertar inutilmente.*

— Porra! — *Corro até ela.*

Eles estão mortos para mim.

Cada um deles.

Meus olhos percorrem o celeiro, mal conseguindo enxergar através da nuvem de fumaça e detritos caindo, mas vejo um machado pendurado do outro lado.

— Fique aqui. — *Péssima escolha de palavras. Não preciso ver seus olhos para saber que ela os revirou para mim.*

— Aaaah! — *grita, com imensa dor.* — Meu braço! Me ajuda! — *O terrível som de seu desespero me coloca em pânico total.*

Saltando sobre as vigas caídas enquanto as chamas se alastram, pego o machado e volto correndo até ela.

— Meu Deus, Penny. — *Tiro a camiseta e bato com ela no braço de Penny à* medida que o fogo escala os fardos de feno. Eu chuto o mais próximo para longe e envolvo seu braço ferido.

Em seguida, ergo o machado.

— Fique parada — instruo, antes de acertar a corrente presa à viga. Ela puxa o braço para trás e se levanta, até que outro ataque de tosse a obriga a se agachar.

— Eu... eu não consigo. Meu braço dói muito.

Em um movimento rápido, eu a agarro e a jogo por cima do meu ombro e não paro de correr até sair do celeiro, e mesmo quando já estamos fora, continuo correndo. Avisto as luzes piscantes se aproximando e começo a seguir em direção a elas.

— Não — Penny choraminga. — Sem ambulância. Sem policiais. Me tire daqui.

— Mas seu braço...

— Eu vou ficar bem. Por favor. Não quero mais atenção.

Eu me viro em busca do meu carro, porém não o vejo no lugar onde deixei.

— Merda, Lilith. — Ela deve tê-lo pegado e dado o fora daqui quando ouviu as sirenes.

Penny dá um tapinha nas minhas costas.

— Blaise, olha. Alguém fez isso.

Meu olhar se fixa em uma lata de gasolina ao lado de uma árvore. E não é uma lata de gasolina comum largada ao acaso, pois a mesma está enrolada por uma fita adesiva prateada.

— Deixe os policiais lidarem com isso. — Acelero os meus passos o mais rápido possível, tossindo toda a fumaça que inalei. Meu peito dói, o corpo parece ter sido espancado, mas não paro e vou direto até a velha casa da fazenda.

Ela estará segura aqui.

Com Penny em meus braços, piso na varanda e varro toda a propriedade com o olhar. Luzes piscam por toda parte. Os bombeiros correm para desenrolar suas mangueiras enquanto mais sirenes soam à distância. Um brilho alaranjado ilumina o céu noturno, a fumaça escondendo as nuvens escuras que se aproximam.

— Precisamos nos esconder — Penny diz em meio a uma tosse.

Eu concordo com um aceno e abro a porta da frente com um chute. Está escuro como breu ali dentro, mas as chamas do incêndio iluminam de leve o cômodo através das janelas.

Eu fecho a porta com um toque de calcanhar.

— Como está seu braço? — pergunto, observando seu rosto manchado de fuligem.

— Na verdade, não está doendo. Acho que meu corpo está em choque demais para sentir a dor.

— Ótimo. — Eu a coloco de pé e a seguro pela cintura. — Você acha que consegue andar?

Ela assente com a cabeça e dá alguns passos até a janela.

— Que bagunça esta noite acabou se tornando...

— É. — Eu me posto às suas costas, observando os bombeiros combaterem as chamas.

Com os braços cruzados, ela faz o mesmo.

— Acho que pensei que seria bom me sentir normal por uma noite. Pelo visto não deu muito certo. Estou ocupada demais me destacando para me encaixar.

Penny nunca falou assim antes. Ou talvez tenha falado, mas nunca prestei atenção. Quando ela entrou na minha vida, eu queria odiá-la. Eu queria que ela soubesse o quanto a odiava. Queria que sentisse a ira da minha aversão, sem que fosse abafada pela provocação dos outros. Ela estava fora dos limites para todos os outros, mesmo que alguns – ou seja, Lilith – não se importassem com essa regra. Esta noite é a prova disso.

Isso é tudo minha culpa. Infernizei a vida dela, e para quê? Por alguns cumprimentos dos caras enquanto eu torturava minha meia-irmã tímida. Valeu a pena? Não neste momento. Não quando pela primeira vez, eu a vejo. Eu realmente a vejo.

Uma garota perdida chorando por um mundo que virou as costas para ela. Um braço com uma queimadura que não chega nem perto da dor que ela sente por dentro.

De repente, sinto uma necessidade extrema de proteger essa garota, mesmo que a pessoa de quem ela mais precise se proteger seja eu.

Roço os lábios contra sua cabeça, sentindo o cheiro da fumaça que exala dos fios finos.

— Pequena Penny — murmuro, virando-a para mim. Ela ergue o olhar e depara com o meu. Um olhar desolado, intenso e tentador.

Sem pensar duas vezes, eu me abaixo e pressiono os lábios aos dela. Quando ela se afasta, seguro sua nuca e a puxo para um beijo casto. Nossos olhares se encontram e lágrimas escorrem pelo rosto sujo conforme algo estremece em meu peito. Eu nunca senti nada assim antes.

— Blaise, eu... — Suas palavras se perdem ao fechar os olhos. Meus lábios se abrem ligeiramente e eu separo os dela com a ponta da língua. — Nunca beijei um garoto antes — ela conclui, suspirando, antes de se entregar ao beijo.

Eu sei que é verdade, porque estou de olho nela desde que chegou à cidade. Eu observei cada um de seus movimentos, ditei a forma como ela vivia e me certifiquei de que todos soubessem que essa garota estava fora de alcance. Nenhum amigo poderia se aproximar, exceto Emery. Nenhum namorado. Eu destruiria qualquer cara que sequer esbarrasse nela. E sem beijos – até agora, neste momento.

O que ela está fazendo comigo? O que é essa sensação terrível na boca do estômago? Nossas cabeças se inclinam e meu coração dispara. Por um momento, penso que devo parar agora, mas quando ela relaxa e desliza a língua na minha boca, tenho certeza de que nada pode impedir isso.

Penny coloca a mão no meu ombro e eu a seguro pela cintura, nivelando seu corpo com o meu. Todos os meus pensamentos desaparecem em uma névoa. Eu só consigo focar no calor que há entre nós, nessa necessidade insaciável de estar mais perto dela do que de qualquer outra pessoa no mundo. Para marcá-la, reivindicá-la e mantê-la comigo para sempre.

Então eu o faço.

No calor do momento, deito Penny no chão e me aposso do que estava fadado a ser meu: ela. Cada pedacinho dela.

— Você está bem? — Penny pergunta, me afastando da memória.

— Sim. Só estou pensando.

— Bem, é bom ver que vocês dois não estão se agarrando esta manhã. — A voz de Ana me irrita como unhas arranhando um quadro-negro.

— Fico feliz em ver que você está vestida como a esposa obediente para o funeral de seu marido. Falando nisso, o novo namorado está chegando?

Ignorando meu comentário sarcástico, Ana volta sua atenção para Penny.

— Eu realmente gostaria que você considerasse ficar mais tempo. Para sempre, talvez.

Lanço um olhar irritado para Ana, deixando claro que ela tem que parar com essa merda. Penny não vai ficar aqui.

— Sem chance. Vou ao enterro, como prometi, mas vou embora logo pela manhã. — Penny sai da cozinha, me deixando a sós com Ana.

— O que eu te disse? Ela não vai ficar nem um minuto a mais do que combinamos.

— E assim que tudo isso for meu — comenta, gesticulando com as mãos para a sala — ela vai querer ficar.

Estalando a língua no céu da boca, eu a fuzilo com o olhar.

— O testamento ainda não foi lido, Ana. Talvez você deva parar de planejar seu futuro.

Seus olhos se arregalam de surpresa.

— Ele não precisa ser lido. Richard me disse que deixou tudo para mim e que você não herdou nada.

— Continue dizendo isso a si mesma. Tenho certeza de que você vai encontrar outro homem para acabar com a vida dele antes de arrancar todo o seu dinheiro. Talvez na próxima vez você realmente tenha sucesso.

— Independentemente do que você pensa, eu amei muito Richard.

Coloco a xícara cheia de café na mesa, e a encaro com as mãos espalmadas na bancada.

— Ele, com certeza, não acreditava nisso. Caso contrário, não teria mentido pra você.

— Do que você está falando?

Acho que é hora de dizer a verdade, e vou adorar vê-la cair de joelhos em agonia.

— Tenho más notícias, Ana. Richard mentiu. Isso aqui é tudo meu. Mas não se preocupe, você vai ganhar uns vinte mil. Aproveite essa quantia enquanto durar. — Eu e meu pai não somente discutimos isso há muito tempo, como também recebi uma ligação do advogado na semana passada, explicando os termos do testamento.

Seu rosto empalidece como se ela tivesse visto um fantasma.

— Você está mentindo.

— Não.

— Ele não faria isso. A menos que você tenha distorcido a verdade. Você o manipulou e o controlou, e agora, está fazendo o mesmo com a minha filha.

— Cale a sua boca, não se atreva a falar comigo sobre manipulação. Foi você quem destruiu seu relacionamento com sua filha anos atrás.

— Eu amo Penelope.

— Você só ama a si mesma — disparo, quase rosnando. Contorno o balcão e endireito as mangas de seu vestido. — Agora, vá para o funeral. Faça um showzinho dramático para a cidade e depois dê o fora da minha casa.

— Do que ele está falando, mãe? — Penny pergunta da entrada.

— Penelope? Há quanto tempo você está parada aí? — pergunta Ana, atravessando a cozinha e parando diante da filha. — Blaise e eu estamos apenas tendo mais uma de nossas divergências entre mãe e filho. — Dá uma risada nervosa. — Você sabe como nós somos. — Guiando-a pelo cotovelo, Ana tenta levá-la até a saída. — Vamos lá. Não queremos nos atrasar.

Penny se solta da mãe e entra na cozinha, com o olhar fixo ao meu.

— O que você quis dizer quando afirmou que esta é a sua casa? Pensei que Richard a tivesse deixado para minha mãe.

A leitura do testamento está marcada para amanhã à noite, mas é melhor que Penny veja sua mãe na ruína antes de ir embora.

Decido contar a ela toda a história antes que Ana comece a vomitar suas próprias mentiras.

— Ele deixou tudo para mim. Sua mãe deduziu que tudo seria dela porque meu pai disse isso há dois anos. Muita coisa mudou nesse meio-tempo. Muitas verdades foram reveladas. — Olho para Ana, ciente de que ela sabe exatamente do que estou falando. — Acho que você não é a única que sabe guardar segredos.

A atitude da mulher se desfaz como se ela tivesse acabado de ser chamada de pobretona na frente da cidade inteira, embora só eu e Penny estejamos aqui.

— Ele está mentindo. — Ela me avalia em busca de respostas. — Você está mentindo!

— Tudo isso não é só meu, Penny. É nosso. Fiz um acordo com meu pai de que cuidaria de você e que a manteria segura, garantindo que tenha tudo de que precisa.

— E quanto a mim? — Ana parece mortificada, e estou adorando cada minuto disso.

— Você pode arrumar suas coisas e dar o fora assim que Penny partir.

— Mas eu sou sua madrasta. É claro que você vai me ajudar.

Penny sai furiosa da cozinha, deixando sua mãe em lágrimas e eu com um sorriso enorme.

— Pare de reclamar. Você ainda receberá seus vinte mil e manterá o segredo. Aceite isso e vá embora.

Esse será o valor que ela receberá. Míseros vinte mil que ela vai gastar em vinte e quatro horas. Foi um belo dedo do meio do meu pai para sua gloriosa esposa.

Ana se afasta, provavelmente em negação e se recusando a acreditar que meu pai a eliminou do testamento.

Penny pode não aceitar nada do dinheiro que vou oferecer a ela, mas pelo menos sabe a verdade – que sua mãe é uma vadia sem valor.

CAPÍTULO 18

Penelope

Decidi ir dirigindo por conta própria para o funeral. Ir com minha mãe não é uma opção e realmente acho que Blaise precisa de um espaço que terei prazer em dar a ele.

Mais uma vez, baixei a guarda e abri meu coração – ou melhor, abri as pernas –, e, logo depois, me lembrei porque sempre sinto um poço de arrependimento após nossas aventuras sexuais.

Ele poderia ter me contado a verdade. Durante todo esse tempo ele sabia que era o único herdeiro da propriedade de seu pai. Fui levada a crer que era tudo da minha mãe, assim como ela pensou. Não estou chateada porque ele ficará com tudo, e, sim, por não ter me contado. Ele fez essa promessa absurda a Richard de que cuidaria de mim... Como planeja fazer isso? Me dilacerando um pouco mais, colocando um curativo em meu coração partido e torcendo para que fique tudo bem?

Eu quero gritar e arrancar meu cabelo ao mesmo tempo.

As mentiras e os segredos nunca cessam? Quando isso vai acabar?

Como se o fato de descobrir que duas pessoas em quem eu confiava me traíram – Emery e Wade – não fosse suficiente, agora descubro que estou hospedada na casa de Blaise, comendo sua comida, e que minha mãe está sem um tostão.

Eu deveria me preocupar por ela ter ficado sem nada, mas não dou a mínima. Depois de anos sendo uma aproveitadora, ela, por fim, está colhendo o que plantou. Nada.

Agora com a cabeça mais arejada, estou pronta para ir ao funeral, para dizer adeus ao homem que teria sido um pedófilo se eu permitisse. Depois, posso dar o fora dessa cidade e ir embora para sempre. Mas não até conseguir a resposta à minha última pergunta.

Não é surpresa que o lugar esteja deserto. A vida de Richard se resumia a negócios. Ele não tinha muitos amigos, e tenho certeza de que os que possuía nunca gostaram dele, para início de conversa. Dizer que ele não era sociável é um eufemismo.

Pelo que posso ver, todos que estão reunidos ao redor da minha mãe são amigos dela, abraçando-a enquanto ela chora lágrimas falsas de tristeza. O nível de falsidade me deixa nauseada.

Seja uma pessoa verdadeira. Seja você. Assuma seus erros. Tente com mais afinco na próxima vez.

É assim que deve ser.

Mas então, novamente, eu vivi minha vida sob essas premissas e veja onde isso me levou. Tenho amigos tão falsos quanto as lágrimas da minha mãe. Um cara que pode fazer algo tão pequeno quanto piscar um olho e me colocar de joelhos.

Uma suave música zen toca baixinho nos alto-falantes à medida que uma apresentação de slides é exibida em uma tela imensa na sala aberta à minha frente. A maioria das fotos mostra Blaise e Richard, mas há algumas da minha mãe. Uma foto em específico atrai meu olhar. É a mesma que Blaise observava na noite passada. É nisso que ele estava trabalhando? Digitalizando fotos para a apresentação de slides?

— Penelope, querida. — Uma das amigas de minha mãe, do clube do livro, me envolve em seus braços. — Sinto muito pela sua perda.

Eu não.

— Obrigada — murmuro, dando um passo para trás. Não sou muito fã de receber carinho de estranhos, principalmente daqueles que se comportam como minha mãe.

Ignorando minha mãe, entro na sala onde o caixão de Richard está. O cheiro deste lugar me dá náuseas. Sempre tentei evitar funerais, mas este parece quase necessário. Nunca tive a chance de dizer ao homem o que sentia por ele. Fui embora quando ele ainda era saudável, e ele morreu enquanto eu estava fora.

Eu me sento em silêncio conforme outras pessoas chegam. A apresentação é interrompida quando o pastor entra e se posta ao lado do esquife, dando início ao sermão sobre a vida e a morte.

Quinze minutos depois, sinto suor escorrer pelo corpo, porém ele encerra a cerimônia fúnebre com uma oração final. Todos são dispensados para um almoço ao qual não pretendo ir.

Felizmente, foi curto, amável e direto ao ponto, porque a sala está começando a me sufocar. Preciso dizer minhas últimas palavras e dar o fora daqui. Minha mãe já está fora da sala, provavelmente bebendo champanhe e fofocando sobre o que todo mundo está vestindo.

Há algumas pessoas reunidas ao redor do cadáver embalsamado, então fico um pouco mais para trás.

Uma senhora idosa contrai os lábios em um sorriso tenso e é afastada por um homem de meia-idade. Não tenho certeza de quem são, mas imagino que sejam a mãe e talvez um irmão dele. Duas pessoas que, no mínimo, foram expulsas de sua vida por não se encaixarem em seu estilo de vida luxuoso. Eu me pergunto se é assim que Blaise será, agora que pode ser considerado um milionário.

Com apenas algumas outras pessoas na sala, eu me aproximo do caixão aberto.

Ali jaz Richard. Um homem rico, bonito e com um coração de pedra.

Suas mãos estão cuidadosamente cruzadas sobre o peito imóvel. Agarrada à lateral de madeira, digo:

— A vida não é justa, Richard. Você trabalha duro para construir um império, negligencia seu filho, se casa com uma golpista e não pode nem levar nada disso contigo. Você não deixou boas lembranças ou um legado. Deixou muito dinheiro para trás. A raíz de todo o mal. Desde o primeiro dia em que te vi, quando você me abraçou com força e sussurrou no meu ouvido que eu era "a garota mais linda que já viu", eu sabia que nunca seria capaz de baixar a guarda. Então veio seu filho. O diabo encarnado. Com vocês dois, não tive a menor chance. Um me odiava, o outro me favorecia. Você era um homem doente, e não me refiro ao câncer que destruiu seu corpo. Estou falando sobre os pensamentos depravados que habitavam sua cabeça. As fantasias de me possuir, uma criança. Não lamento sua morte. Só lamento que seu filho tenha que se esforçar muito para não ser como você.

Blaise ainda tem chances de se tornar uma boa pessoa. E também não deveria ter que levar a vida cumprindo a promessa que fez ao pai. As chances são de que ele morrerá tentando viver de acordo com isso. Não sou sua responsabilidade.

Fui àquela festa ontem à noite para provar a mim mesma que podia. Saí de lá debilitada e emocionalmente instável, com menos amigos do que quando cheguei. Não provei nada, além do fato de que ainda sou uma pessoa influenciável.

Minha cabeça, no entanto, é forte e sabe o que quer. Meu coração é puro e tenho boas intenções. Mas quando se trata de revidar, eu me acovardo.

Talvez seja hora de revidar, olho por olho. Não apenas por mim, mas por Blaise. Para que ele possa viver sua vida sem ter que me vigiar.

— Isso foi esclarecedor — digo a Richard. — Agora, queime no inferno. — Mando um beijinho para ele, me sentindo orgulhosa por ter conseguido colocar tudo isso para fora, então me viro e dou de cara com Blaise.

Com os ombros aprumados, está mais do que diabolicamente sexy em seu terno preto com o cabelo castanho desgrenhado.

— Tudo o que você disse é verdade.

— Bisbilhotando minha conversa com um fantasma? Legal, Blaise. — Tento contorná-lo, mas ele se posta na minha frente.

— Imagino que você esteja indo embora agora.

— Estou. Não é isso que você quer? Não é esse o seu jeito de *me proteger*? — recito suas palavras.

Não conto a ele meu plano, porque ainda nem sei qual é. De uma forma ou de outra, porém, vou ressurgir das cinzas como uma fênix.

— Sim. Mas também quero que você aceite um dinheiro assim que o testamento estiver em vigor. Use-o para comprar uma casa, para a faculdade... Qualquer coisa que precisar.

— Meu quarto — digo, de pronto. — Quero que volte a ser como era.

Ele levanta uma sobrancelha.

— Seu quarto?

— Foi o que eu disse, não foi?

— Mas você vai embora amanhã. Por que você quer seu quarto de volta do jeito que estava?

Cruzo os braços e, pela primeira vez em muito tempo, sinto que tenho algum controle sobre minha vida.

— Nunca se sabe quando posso voltar para uma visita.

Wade entra na sala, desviando minha atenção de Blaise. Só de vê-lo, dói. Eu realmente pensei que ele era um cara bacana.

— Tenho que ir. — Abaixo a cabeça, evitando contato visual com Wade.

— Espere, Penelope. — Ele estende a mão, mas não me toca. — Nunca tive a chance de explicar por que estava na casa da fazenda.

— Me poupe.

— Eu estava ajudando Blaise — alega, quando me aproximo das portas para sair da sala.

Eu me viro e meu olhar intercala entre os dois.

— É verdade — Blaise me diz.

— Blaise me ligou e disse que precisava de ajuda assim que soube que você estava na festa. Sabíamos que não ia acabar bem — Wade continua.

Um sorriso se alastra em meu rosto. Ele estava apenas tentando ajudar. Wade é um dos mocinhos.

— Obrigada — agradeço.

Eu me viro para sair, mas quando olho por cima do ombro para Blaise, vejo algo esclarecedor. Meu coração acelera conforme lhe dedico um sorriso.

Adeus, Blaise.

Ao atravessar a pequena multidão reunida em torno de minha mãe – onde ela fala sobre abrir uma padaria local – começo a rir. A mulher não sabe nem sabe assar uma pizza congelada.

Um recepcionista abre a porta para mim e eu saio, respirando profundamente o ar fresco. Eu me sinto renovada, como se tivesse renascido no corpo de alguém que tem dentro de si a vontade e gana para lutar.

Estou andando pelo estacionamento, me sentindo no topo do mundo – provavelmente a única pessoa no mundo que sai de um funeral com um sorriso no rosto –, e avisto minha inimiga. Com minha nova inimiga ao lado.

Pego as chaves do meu carro na bolsa.

— Vocês duas têm muita cara de pau de vir até aqui.

— Você ainda está na cidade? Uau, pensei que voltaria correndo para Portland. Ficar pelada na nossa frente não foi o suficiente para nos livrarmos de você? — Lilith vomita a observação idiota.

— Quer saber, Lilith? Sua hora está chegando e é melhor tomar cuidado, porra.

Eu me viro para Emery, que apenas me encara com um olhar incerto. Apertando minhas chaves, ergo o punho e dou um belo soco no seu nariz.

— Isso é por você ser uma vadia. Parece que alguém não vai conseguir comparecer ao funeral, no final das contas.

Sangue escorre por seu rosto enquanto ela cobre o nariz com a mão.

— Como você pôde fazer isso?

Eu rio.

— Como pude? Como diabos você pôde fazer tudo aquilo comigo?

Lilith para na minha frente, com um sorriso de escárnio no rosto.

— A única vadia que consigo ver aqui é a que está parada na minha frente.

— Você tem razão. Eu sou uma vadia. Você me transformou em uma. É melhor levar sua melhor amiga para o hospital, acho que o nariz pode estar quebrado.

Emery grita ao ver o sangue pingando em seu vestido branco. *Quem se veste de branco para um funeral?* Garota burra.

Balanço a mão, aliviando a cãibra nos dedos, e sigo para o meu carro. Não foi a última vez que aquelas duas me viram. Eu vou voltar para Portland, mas não por muito tempo. Quando retornar a Skull Creek, será com força total.

CAPÍTULO 19

Penelope

Dois meses depois...

Já se passaram dois meses desde liguei o foda-se para Skull Creek e deixei aquela cidade nojenta. Inclusive, ainda não sei quem pôs em ação o plano para tentar me cozinhar naquele celeiro, há pouco mais de dois anos, mas ainda não desisti de descobrir.

Esse é o problema com pessoas de merda em lugares de merda – você sempre quer subjugá-los ainda mais do que já estão, ainda que elas próprias não saibam que estão no fundo do poço. Tenho toda a intenção de mostrar isso a elas enquanto enfio seus rostos na terra e cravo o calcanhar na parte de trás de seus crânios. E estou falando das garotas que buscaram minha ruína – Lilith e Emery.

E não vamos nos esquecer de Chase. Ele, definitivamente, vai sentir o gostinho da terra quando eu o arrastar para o fundo do poço também. Depois, tem Blaise, o grande ponto de interrogação. Ele está do meu lado ou foi mais um de seus jogos sádicos?

Apesar disso, estou voltando com força total, e eles não vão perceber, mas, primeiro, tenho que fazer uma parada antes de sair de Portland.

Estaciono meu carro novinho em folha – que Blaise comprou para mim com o dinheiro do meu querido padrasto – e desço, andando pela calçada apressadamente. Eu nem preciso bater para que a porta se abra.

— Penelope? O que você está fazendo aqui? — Ryan pergunta enquanto olha por cima do ombro para checar se Erica não o está ouvindo falar comigo. Eu sei que ela está aqui, pois o carro dela está estacionado na frente. — Eu pensei que você disse...

— Sim. Eu disse que não queria falar com você nunca mais. — Dou de ombros. — Mas mudei de ideia. Na verdade, tem uma última coisa que preciso te dar. — Ergo o punho cerrado e esmurro seu nariz. — Talvez da próxima vez você se lembre disso antes de foder uma vagabunda pelas costas da sua namorada.

Ryan segura o nariz, com os olhos arregalados.

— Sua vadia!

Erica chega por trás e eu simplesmente a encaro.

— Você pode ficar com o pau pequeno dele, Erica. Eu não queria mesmo.

Eu recuo e me afasto, sacudindo a mão, porém satisfeita. Depositei minha confiança nele por mais de um ano e permiti que ele roubasse minha felicidade.

Assim que me acomodo ao volante, dou um sorriso largo. Em seguida, saio cantando pneu diante da casa de Ryan, para que ele sempre se lembre de mim. Engulam essa, filhos da puta!

Passei os últimos dois meses, desde que voltei, me reconstruindo. Eu me concentrei no que me faz feliz, em vez de tentar agradar a todos. Eu cavei fundo e me forcei a sentir coisas que nunca quis, mas, no final, encontrei o que tenho procurado por toda a minha vida – eu.

Blaise telefonou… e muito. Durante semanas, ele ligava diariamente, várias vezes ao dia. Mas nunca deixava recado e nunca atendi ou retornei suas ligações. No mês passado, dez mil apareceram na minha conta bancária. Deixei lá por um tempo, então outros dez mil apareceram duas semanas depois. O dinheiro continuou sendo depositado. Meu antigo 'eu' teria sido orgulhoso demais em aceitar qualquer coisa de alguém daquela família, mas Blaise estava certo. Eu também mereço parte da herança, então ficarei com ela.

Uma chamada soa pelo alto-falante do carro, e toco em aceitar ao ver o nome do meu pai piscando na tela.

— Oi, pai.

— Ei, querida. Sabe, não é tarde demais para desistir e voltar.

Dou um sorriso diante da suavidade em sua voz. Ir embora não é fácil, e tenho feito muito isso desde que saí de Skull Creek. No final, tudo se resume à minha reputação. Eu não deveria me importar com o que os outros pensam, mas depois de ser a garota fraca que fugiu por tanto tempo, estou pronta para voltar e mostrar minha força.

— Eu sei, pai. Isso vai ser bom, eu prometo. E devo aparecer para uma visitinha em alguns meses.

— Se sua mãe te incomodar por não ficar com ela, apenas diga a ela para me ligar.

Eu dou risada.

— Pode deixar, pai.

É engraçado porque ele é o homem mais gentil do mundo, então a ideia de ele dar uma bronca naquela senhora terrível é muito difícil de imaginar.

Meu pai não sabe o que aconteceu durante minha curta estadia para o funeral de Richard. Na verdade, ele não sabe muito sobre minha vida em Skull Creek. Ele sabe que meu relacionamento com minha mãe é difícil e deixei claro que não ficarei com ela em seu novo apartamento na cidade. Ela também ligou inúmeras vezes – eu falei com ela uma vez, apenas para mandar parar de me ligar e que quando eu estivesse pronta, eu ligaria de volta. Não odeio minha mãe. Eu deveria, mas não odeio. Uma parte minha torce para que um dia possamos nos dar bem outra vez, mas esse dia não é hoje.

— Estou prestes a pegar a interestadual. Eu ligo quando chegar.

— Tudo bem. Dirija com cuidado e lembre-se de que estou a apenas algumas horas de distância. E... Penelope?

— Sim, pai?

— Talvez eu tenha colocado algumas coisas no porta-malas do seu carro, para proteção.

— Ah, meu Deus, pai. O que você colocou aqui?

— Digamos apenas que é um kit de emergência: água, cabos de ligação, sinalizadores, spray de pimenta e uma arma de choque.

Eu sorrio com sua preocupação, mas estremeço com o pensamento de ter que usar os dois últimos itens.

— Obrigada, pai. Eu te amo.

— Também te amo, querida.

Nós encerramos a chamada e eu ligo a seta para a esquerda, pegando a movimentada rodovia interestadual.

Skull Creek, aqui vou eu.

Minhas palmas das mãos estão suadas e o coração está acelerado. Estou presa a cinco quilômetros da minha saída entre um maldito caminhão e um trailer com um homem de sessenta anos que fica piscando para mim pelo espelho retrovisor. Ele tem um dogue alemão no banco do passageiro, que está com um fio de baba pendurado de sua boca no painel.

Estou meio tentada a buzinar, mas sei que não vai adiantar nada. Amanhã é meu primeiro dia de aula e eu queria muito ter uma boa-noite de sono, mas já passa da meia-noite. Eu poderia ter começado um dia depois, mas já estou entrando atrasada no ano letivo. Pelo menos assim, estou começando o primeiro dia do segundo semestre, então não ficarei tão em falta com as matérias.

Eu olho no espelho retrovisor novamente e, com certeza, o cara de barba comprida levanta as sobrancelhas e pisca novamente. Nossa, nojento!

— Qual é! — Esmurro o volante e endireito as costas contra o assento, tentando controlar a ansiedade.

Não é o engarrafamento que está me deixando nervosa, isso é apenas um bônus ao meu ataque de pânico iminente. O que realmente me deixa com os nervos à flor da pele é o fato de que estarei andando pelos corredores da Skull Creek High como aluna do último ano amanhã cedo. Eu não tenho amigos aqui. Nem um sequer, mas está tudo bem. Não estou vindo para cá para fazer amigos.

As luzes de freio do carro à minha frente se apagam e eu respiro aliviada quando começamos a nos mover lentamente.

Segundos depois, estamos ganhando velocidade e quanto mais perto chego do hotel, mais reflito que ficaria melhor sentada naquele engarrafamento pelo resto do ano letivo. É bem louco pensar que às vezes queremos muito uma coisa, e quando a conseguimos, já nem temos mais tanta certeza daquilo.

Não. Eu quero isso. Mais que qualquer coisa.

Eu poderia ter ficado em Portland e levado uma vida discreta. Poderia manter meus amigos, que eram realmente incríveis, terminar o ensino médio e ir para a faculdade com outra turma de alunos que desconhecem o meu passado. Eles veriam as cicatrizes, mas não saberiam como as consegui.

Mas não. Em vez disso, estou voltando porque ganhei o direito de andar por esses corredores de cabeça erguida. Ver as expressões de todos eles será impagável.

CAPÍTULO 20

Blaise

— Cara, você consegue acreditar nessa merda entre Lilith e Chase? Quem diria que ele começaria a transar com ela assim que se recuperasse da surra que você deu nele… — Wade divaga, conforme seguimos pelo corredor até o refeitório.

— O que me surpreende é que você esteja surpreso. Vamos lá, cara. Estamos falando de Lilith e Chase. — Esbarro no ombro de Paxton Norwell, o aluno novo que espanquei alguns meses atrás. Ele não sabe que fui eu, mas, com certeza, eu não o esqueci. Na verdade, tornei a vida dele um inferno desde então.

— Olha por onde anda, filho da puta — ele resmunga, mas continua andando.

Calma. Contenha-se. Ele ainda está se recuperando de sua última surra.

Eu me viro, pronto para dar outra surra nele, mas Wade agarra meu braço.

— Ele não vale a pena, cara.

— Com certeza, não.

Eu me viro lentamente. Não tenho certeza do por que esse cara me incomoda, mas não gosto dele. Nem um pouco. Ele entrou em nossa escola sob essa fachada de bonitão, tentando cair nas graças de todos – e funcionou, por um minuto –, mas vejo através dessa barreira.

— Um dia desses eu vou perder a cabeça de verdade com aquele idiota.

E não só com ele, mas com Chase também. Dei uma surra neles e os babacas ainda têm coragem de me olhar nos olhos quando nos cruzamos nos corredores. Chase passou algumas noites no hospital se recuperando de sua "queda acidental". Aparentemente, ele teve uma concussão grave e algum sangramento no cérebro. Se eu dou a mínima? Não.

— Idiota? — Wade ri. — Ele é o retrato da perfeição. Notas perfeitas, atleta destaque... Inclusive, acho que nunca o vi sem um sorriso no rosto, a menos que esteja olhando para você. Não vou dizer que você não merece, já que quebrou três costelas dele.

Entramos no refeitório e a multidão parada na entrada se afasta.

— Mas ele não sabe disso. Ninguém sabe, então vamos manter assim. A última coisa de que preciso é ser expulso faltando pouco tempo para sair deste buraco de merda.

Não me arrependo do que fiz. Ele estava se aproximando de Penny, e eu perdi a cabeça. A forma como ele deixou a mão no joelho dela fez meu corpo pegar fogo. Ele era novo e não conhecia as regras, mas, mesmo assim, a tocou.

Não que isso importe. Penny está de volta a Portland, que é o lugar dela. Ela está segura lá e eu gostaria que nunca tivesse voltado, para começar. Sua visita deveria ter sido tranquila, mas, em vez disso, ela se machucou ainda mais. Desde que ela se foi, houve uma divisão que nunca tinha existido. Nessa escola, tem o meu lado e tem o deles – Lilith e Chase.

— Você teve alguma notícia dela? — pergunta Wade, como se estivesse lendo minha mente.

Nós vamos para o início da fila, cortando pelo menos vinte outros alunos. E ninguém se atreve a dizer uma palavra.

— Não comece, porra, estou de bom humor hoje.

— Bom humor, né? Eu só tive que impedir você de atacar Paxton agora há pouco — diz Wade, sorrindo.

— Não ouvi falar dela e nem quero. Agora deixe isso para lá.

É mentira. Todas as manhãs acordo pensando nela, querendo saber se está bem, torcendo para que tenha encontrado algum tipo de paz fora desta cidade. Eu tenho depositado dinheiro em sua conta já faz um tempo. Ela merece... Porra, ela merece muito mais, mas isso é o mínimo que posso fazer. É melhor cortarmos todos os laços e nunca mais nos falarmos. Se mantivermos contato, vou querer mais, e não tem como ela voltar. Os alunos aqui são implacáveis e sempre estão de olho nela. No que diz respeito a mim e ela, sou fodido demais e ela é absolutamente perfeita.

Afastando os pensamentos a respeito da garota que preciso esquecer, pego minha bandeja de almoço. Minha sensação de alegria desaparece lentamente e uma nuvem carregada paira sobre mim novamente. Que ótimo dia, hein? E tudo porque ele tinha que trazer o assunto à tona novamente.

Com a bandeja em mãos, caminho ao lado de Wade até nossa mesa. Nosso grupo consiste principalmente de caras do time de futebol, além de Paxton. Eu me certifiquei de que ele seja considerado tão contagioso quanto Penny já foi. Desde a divisão, Chase tentou convencê-lo a unir forças com o lado deles, mas Paxton não quer nada com esses sociopatas, e eu não o culpo. Parece que ele prefere ser solitário do que pisar daquele lado do campo.

Também há algumas líderes de torcida e seus amigos que se sentam conosco. Uma delas está com os olhos fixos em mim. O nome dela é Roxanne e ela não é uma garota feia, de forma alguma, mas não faz meu tipo. Eu nem tenho mais certeza se tenho um tipo, para dizer a verdade.

— Ei, Blaise. — Dá uma piscadela enquanto chupa uma colher de iogurte.

Eu inclino a cabeça para ela com um meio-sorriso.

— E aí?

Essa garota tem sido pegajosa pra caralho ultimamente. Eu a recusei quando ela tentou chupar meu pau em uma festa e tenho certeza de que agora ela me vê como um desafio. Ela precisa esquecer essa merda, porque essa porra não vai rolar.

Eu me sento ao lado de Ryder, um zagueiro corpulento. Ele é o comediante do grupo, sempre contando piadas e tentando fazer todo mundo rir.

— Você não quer se sentar ao meu lado? — Roxanne pergunta assim que coloco minha bandeja na mesa.

— Na verdade, não — rebato, ciente de que isso foi frio e insensível. Dar sinais sutis para essa garota não funciona, então tenho que deixar bem claro.

Roxanne revira os olhos e volta a chupar a colher como se fosse um trabalho de tempo integral.

Wade se senta ao meu lado e eu mordo meu hambúrguer gigante.

— Qual é o plano para a festa de Emery na sexta à noite? — Ryder pergunta, rompendo a tensão na mesa entre mim e Roxanne. — Nós vamos ou fazemos a nosso própria festa?

Emery ainda está grudada em Lilith e não vejo isso mudando tão cedo. Ela vai dar uma grande festa de volta às aulas neste fim de semana e, embora eles não sejam mais nossos amigos, nós iremos.

— Ah, estaremos lá e faremos barulho. Eu adoraria ver aquela vadia tentar nos expulsar — comendo, de boca cheia. — Eu tenho podres o suficiente sobre aqueles três fracassados para garantir que eles nunca consigam ganhar esta guerra que travaram.

A questão é que eles têm podres sobre mim também. Bem, Lilith, pelo menos. Mas nós temos um acordo: ela fica fora do meu caminho e eu fico fora do dela.

— Nós poderíamos ir juntos — Roxanne entra na conversa, recebendo um olhar irritado da minha parte.

— Cara... — Wade engole em seco, com os olhos arregalados voltados para a esquerda. — Não é possível.

Eu sigo seu olhar para uma mesa três fileiras adiante, e meu coração despenca para o meu estômago.

— Isso é... — ele continua divagando entre frases incompletas. — Não pode ser.

Eu olho fixamente para a morena estonteante. Fico paralisado, tentando entender o fato de ela estar aqui. Penny, minha Penny, está em Skull Creek High. Tenho certeza de que meu coração parou de bater por completo. Engulo em seco, com o rosto, provavelmente, tão branco quanto as nuvens pairando no céu.

Wade me cutuca.

— O que você vai fazer?

Confiro que ela está sentada com alguém – Paxton. Em um piscar de olhos, arrasto minha cadeira para trás, atraindo a atenção de todos no refeitório. Todos os olhares me acompanham enquanto diminuo a distância entre mim e Penny, com passos trovejantes.

Ela me encara com os olhos suaves e arregalados conforme agarro seu antebraço e a levanto para fora do assento.

Paxton rosna na mesma hora.

— Que merda é essa, cara?

— Cale a boca, porra — resmungo e coloco Penny de pé.

Ela não diz uma palavra à medida que a conduzo para fora do refeitório. Sussurros podem ser ouvidos ao nosso redor, mas não presto atenção a eles. Até mesmo a Sra. Jost fica de braços cruzados, sem demonstrar qualquer preocupação.

Assim que saímos, eu a viro e pressiono seus ombros contra a parede de tijolos, quase rasgando um pôster com informações sobre o Baile do Dia dos Namorados no mês que vem.

— Que porra você está fazendo aqui?

Ela não deveria estar aqui. Ela nunca deveria voltar.

— Surpresa. — Dá um sorriso desprovido de emoção.

— Isso é algum tipo de piada, Penny? Você não é aluna daqui, então devolva sua bandeja, diga adeus ao seu novo amigo, Paxton, e dê o fora de Skull Creek.

Seus lábios se curvam em um sorriso sarcástico, e ela cruza os braços.

— Acho que você não está feliz em me ver — zomba, com um sorrisinho condescendente.

Não tive um segundo sequer para organizar meus pensamentos. Ela está bem na minha frente, mas ainda me recuso a acreditar que seja real.

— Feliz em ver você? Não, não estou. Você não deveria estar aqui.

— Por quê? Porque *não é seguro*? Não se preocupe, Blaise, eu sei cuidar de mim mesma.

— Você provou repetidas vezes que não consegue cuidar de si mesma e eu já tenho problemas demais para ainda ter que ficar de olho em você, então seja lá o que planejou, acabou. Vá para casa.

— Eu não vou embora. Pela primeira vez, estou realmente animada por estar de volta a esta cidade.

Não ouço nada do que ela diz, escaneando seu corpo da cabeça aos pés. Ela parece diferente.

— Você está usando maquiagem? — Desde quando ela se importa com sua aparência? Penny nunca usava maquiagem. Seu cabelo está cacheado, ela está usando... — Que porra é essa? — Puxo sua camiseta curta que mal cobre o umbigo, tentando esconder a pele nua.

— Se chama blusa e, por acaso, eu gosto dela. E, sim, estou usando maquiagem porque me faz sentir bonita. Isso é um problema?

— Hmm, sim. Isso é um problema. Você estava bem do jeito que estava, agora vá lavar essa merda.

Penny solta uma risada que me pega desprevenido.

— Não — rebate, sem rodeios.

— Como é que é?

— Eu disse não. Eu não vou tirar, não vou trocar de roupa e... — Ela tira uma identidade estudantil do bolso traseiro. — Sou aluna aqui, então, se não se importa, eu gostaria de terminar meu almoço. Tem um cara legal lá que se ofereceu para me deixar sentar com ele, já que você e seu bando o expulsaram de qualquer grupo de alunos. Acho que seremos bons amigos. — Ela pisca e tenta passar por mim, mas eu a enjaulo contra a parede.

Um fogo violento se alastra por mim, à beira de uma explosão total, mas eu me seguro.

— Fique longe dele — esbravejo, entredentes. — E como assim você é aluna aqui? Não é possível que você seja tão estúpida.

Seus olhos se arregalam e ela inclina a cabeça para o lado.

— Uau. Então agora eu sou estúpida? Devo dizer que pensei que você ficaria um pouco mais feliz em me ver.

Não posso dizer a ela que no momento em que a vi no refeitório, meu coração parou. Fiquei hipnotizado por sua beleza e, por um segundo, contemplei como seria a vida com ela aqui – como minha namorada –, mas esse sentimento diminuiu rapidamente quando me lembrei do que sua vida se tornaria.

— Você não pode ficar aqui, Penny. Não é seguro pra você.

Ela dá um sorriso arrogante e vira a cabeça para o lado.

— Não vou a lugar nenhum.

Quem diabos é essa garota? Ela, com certeza, não é a minha meia-irmã influenciável.

Um pensamento estala em minha mente de que talvez ela tenha voltado para ver se há alguma coisa entre nós. Não é totalmente improvável... Sempre houve algo lá no fundo, mesmo que nós dois tenhamos lutado contra isso. Independente disso, tudo o que fiz foi para manter essa garota segura e não vou deixar que tenha sido em vão. Não posso deixá-la ver o efeito que tem sobre mim.

— Olha só. Se isso é sobre nós...

— Blaise — diz ela, levantando a mão para me impedir —, sei que seu ego é grande e tudo mais, mas não voltei por você, se é isso que está pensando.

A verdade me atinge com força, mas é melhor assim. Será mais fácil tirá-la daqui.

— Tudo bem. — Aceno lentamente. — Você parece bastante inflexível sobre isso, então me diga por quê. Por que voltou?

Os olhos de Penny suavizam e ela baixa o olhar. Olhando para o espaço vazio entre nós, eu a vejo inteira – a garota tímida de quinze anos, depois a garota de dezesseis anos que só queria se enturmar e, finalmente, a garota assustada que voltou dois meses atrás, esperando que ninguém se lembraria, mas que todos se lembravam.

— Não posso deixá-los ganhar, Blaise. — Sua voz é sombria, uma mistura repleta de mágoa e fúria.

Sinto uma pontada no peito e odeio que a emoção esteja se agitando dentro de mim novamente. Essa é outra razão pela qual essa garota precisa voltar para Portland. Ela me faz sentir coisas e eu odeio isso.

— Eles? Ou eu? — É uma pergunta válida, considerando que infernizei sua vida tanto quanto Lilith, Emery e Chase.

Ela olha para mim e seu coração acelera. Sei disso porque posso ver o tecido fino vibrando contra seu peito.

— Ainda não me decidi.

— Eles são imbatíveis. As coisas mudaram desde que você foi embora, Penny.

— Como assim?

— Não tenho mais o poder de antes. — É chato dizer isso. Inclusive, me mata, mas é verdade.

Sempre estive no topo na Skull Creek High, e Chase estava bem ao meu lado. Os alunos o temiam, pois ele é maluco, e me obedeciam porque eu o tinha como aliado. Não perdi completamente o controle, mas não tenho mais poder sobre Chase e Lilith. Eu sei de algumas merdas que podem arruinar a reputação deles, mas não é nada comparado ao dano que eles podem causar. Era o suficiente para manter um jogo equilibrado, mas agora que Penny está de volta, todas as apostas estão canceladas.

— Ah, qual é — ela debocha. — Vida longa a Blaise Hale. Você é o rei dessa escola, desde quando desistiu desse título?

— Eu não desisti. Chase e Lilith o tiraram de mim. Eles estão juntos agora, mais poderosos que nunca.

— Então o impeça, mas, desta vez, não use seu poder para me machucar. Vamos trabalhar juntos para derrubá-los.

Não era minha intenção, mas a risada acaba escapando.

— Trabalhar juntos? Eu e você? Boa piada, irmãzinha.

— Primeiro de tudo — diz ela, levantando um dedo —, não me chame de "irmã". — Ela abaixa o braço e apruma os ombros, sacudindo as sobrancelhas. — Em segundo lugar, por que diabos não?

— Hmm, que tal pelo fato de que nós deveríamos nos odiar? Sem falar que, em um piscar de olhos, dois meses atrás, você se foi. Hoje, eu virei para o lado e você estava de volta.

— Você sabia que eu ia embora. Naquela época, eu mal podia esperar para sair desse inferno o mais rápido possível.

— Então você mudou o cabelo, comprou umas roupas novas, usa maquiagem e agora quer estar aqui? Você deve ter perdido alguns neurônios desde que partiu.

Penny desliza por debaixo do meu braço.

— E eu vejo que você ainda gosta de se divertir às minhas custas.

Ela cruza os braços sob os seios, empurrando os seios quase expostos com o decote em U da blusa. Lanço um olhar ao redor, me certificando de que nenhum garoto com tesão do ensino médio esteja por perto antes de fazê-la descruzar os braços para que seus peitos voltem ao lugar.

— Sabia que aqui há um código de vestimenta escolar?

— Por que você está tão preocupado com a minha aparência? Não foi você que uma vez me chamou de "básica"? — cita, fazendo o sinal de aspas no ar.

Ela está certa, eu chamei. Talvez eu gostasse dela assim. Mantinha todos os olhares afastados, para que somente eu pudesse fantasiar sobre o que estava por baixo daquelas roupas.

— Você ainda é — minto, entredentes.

Não posso baixar a guarda com essa garota. Se eu for legal, ela realmente vai ficar. Eu preciso que ela vá embora. Não tem como aprovar esse plano dela e não há a menor chance de eu unir forças com ela para tentar derrubar Chase e Lilith, pois vamos perder. Ela vai perder.

— Bem — ela murmura. — Foi um bom reencontro, mas preciso comer antes que o sinal toque. Te vejo por aí, Blaise.

— Espere um pouco. — Agarro seu braço antes que ela se afaste. — Ache outra mesa.

Seus lábios se contraem e um brilho travesso cintila em seus olhos.

— Não. — Ela puxa o braço e sai trotando com passos insolentes, me dando as costas de seu corpo ampulheta.

— Porra — murmuro, passando os dedos pelo meu cabelo.

Isto é ruim. Isso é realmente muito ruim.

CAPÍTULO 21

Penelope

Inspira. Expira.

Ele mudou. Eu esperava que ele ainda fosse o mesmo idiota porque isso tornaria tudo muito mais fácil. Não quero estar apaixonada por Blaise. Na verdade, a vida era muito mais fácil quando eu o odiava. Eu ainda sinto isso, aquela química inegável. A maneira como nossos corpos aquecem juntos, corações e pulsos aceleram. O pulso latejante em seu pescoço era tão visível quanto as batidas em meu peito, mas ele prefere que eu o odeie do que o ame.

Não foi tão ruim assim. Na verdade, foi uma tortura. Eu não esperava que tantas emoções me atingissem de uma só vez. Ver Blaise doeu mais hoje do que deixá-lo dois meses atrás. Como é possível sentir falta de alguém quando se está tão perto? Se eu pudesse me apegar àquele que me confortou na noite do incêndio, eu o faria. Ele não aparece com frequência, mas quando aparece, quero guardá-lo e mantê-lo para sempre.

Enquanto atravesso as portas do refeitório, abro as anotações em meu celular e confiro minha listinha.

Lista de Vingança
Encontre suas fraquezas e exponha-as.

Lilith: DESCOBRIR TODOS OS SEUS PODRES!

Emery: Registros escolares? Certeza de que ela está colando nas aulas.

Chase: Procure outras garotas que possam ter sido vítimas de agressão sexual.

Blaise? Descubra seu papel no incêndio.

Estou olhando para o meu celular quando me choco contra alguém.
— Penelope. Achei mesmo que fosse você.
Eu olho para cima e vejo Wade, com a bandeja do almoço na mão e um sorriso no rosto. Ele parece o mesmo, mas com o cabelo mais comprido.
— Ei, Wade!
— Está de visita ou estudando aqui de novo? Porque se você disser que é aluna, vou precisar me preparar antes de falar com Blaise novamente. Ele vai ficar puto.
— Na verdade, eu e Blaise acabamos de conversar. Ele não está nem um pouco bravo. Na verdade — puxo o braço de Wade, torcendo para conseguir conversar com ele antes de Blaise —, tenho um plano que pode beneficiar a todos nós. Venha sentar comigo e eu vou te contar.
— Umm... — Wade esfrega o queixo com o polegar e olha para algo atrás de mim. Não preciso me virar para saber que Blaise está parado ali.
— Não dê ouvidos a ela — Blaise comenta, às minhas costas. Seu hálito quente toca minha nuca e envia arrepios pelo meu corpo.
Wade levanta as mãos.
— Me parece um problema de família do qual não quero fazer parte. — Ele joga o almoço no lixo ao nosso lado, coloca a bandeja em cima da lixeira e sai do refeitório.
Eu me viro e resmungo:
— Sabe, Wade é meu amigo também. Eu sei que você promulgou esta regra de que ninguém podia ser legal comigo no passado, mas isso acaba agora.
— Você tem razão. Você pode ter amigos, lá em Portland. — Ele agarra meus ombros e me conduz pela porta, de volta ao corredor. — Faça um favor a si mesma e volte para lá.
Eu me livro de seu domínio e mantenho o sorriso no rosto conforme atravesso o refeitório, ignorando os alunos que estão prestando pouca ou nenhuma atenção em mim. Na verdade, é uma boa mudança em relação aos insultos e olhares maldosos que recebi em meus anos passados aqui.
Paxton ainda está sentado no mesmo lugar, então ocupo o lugar vazio

ao lado dele. Dois meses atrás, na festa, Paxton e eu conversamos. Nenhum dos dois sabia quem o outro era. Foi uma boa conversa com um estranho que não sabia do meu passado nesta cidade. Eu o vi sentado sozinho na hora do almoço e me convidei para sua mesa. Acontece que ele é a minha versão masculina, no aspecto de que é proibido fazer amizade com ele.

Aqui estou eu, quebrando as regras no meu primeiro dia.

— Ei. Eu já estava terminando e você só deu uma garfada na sua comida — diz Paxton, empilhando o resto na bandeja.

— Sim, sinto muito por isso. Você perceberá rapidamente que não sou muito querida por aqui. Não te culpo se me der as costas e fingir que não existo.

Paxton ri.

— Escute, nós não temos amigos aqui, graças aos idiotas que mandam nesta escola. Parece que todo mundo tem medo deles. Se você estiver disposta a arcar com as consequências, aceitarei toda a companhia que conseguir.

Pego minha maçã e a seguro por um momento.

— Eles não me assustam. Não mais. — Coloco a fruta na mesa e estendo a mão a Paxton. — Sou Penelope Briar. Sua nova amiga.

Paxton sorri e aceita o cumprimento. Seu toque é macio e caloroso, e posso dizer que nunca fez nenhum trabalho manual, além de manusear uma bola de futebol.

— Paxton Norwell. O garoto novo, excluído e a pessoa que mais odeia Blaise Hale.

— Acho que vamos nos dar muito bem. — Retribuo o sorriso.

Eu pego minha maçã de volta e dou uma mordida. Com a boca cheia, peço desculpas novamente a Paxton:

— Lamento que tenha testemunhado aquele encontro com Blaise. Eu e ele temos uma longa história.

Paxton desliza a cadeira para trás com a bandeja na mão.

— Nunca se desculpe por aquele babaca. Ele tornou minha vida um inferno e se não fosse pelo fato de que nosso ódio é tão explícito e de que eu seria o primeiro suspeito, provavelmente eu o mataria.

— Ah, você ficaria surpreso com quantos suspeitos existiriam. Inclusive eu.

Paxton ri.

— Bem, acho melhor ficarmos juntos se quisermos sobreviver ao resto do ano letivo.

— Eu gosto do jeito que você pensa.

É uma loucura como me sinto confortável com Paxton. Ele é incrivelmente bonito com seu cabelo loiro, olhos azuis e corpo musculoso. Normalmente, eu não não me aproximaria de um cara com sua estatura, mas temos muito em comum. É bom ter alguém do meu lado que se identifica como 'excluído' porque alguém lhe deu esse título.

Eu abro minha garrafa d'água, tomo um gole e coloco de volta na mesa com a tampa ainda na mão.

— Na verdade, estou realmente surpresa por você ter sido banido tão facilmente. Quarterback do time de futebol e tudo...

— Em uma escola governada por corruptos, não importa se você é rico ou pobre, inteligente ou burro, atleta ou artista. Eles não dão a mínima.

Há tanta verdade nessa afirmação que me deixa enjoada.

— Talvez seja hora de mudar isso. — Tomo outro gole e coloco a tampa de volta na garrafa.

— Agora, sim, estamos conversando. — Ele aponta para a minha comida. — Você acabou? — Assinto e ele pega minha bandeja e a coloca em cima da dele.

Eu me levanto e sorrio com sua generosidade.

— Obrigada.

— Sem problemas. — Inclina a cabeça em direção à saída. — É melhor eu ir para a aula, meu professor do quinto período é um verdadeiro defensor da pontualidade. Te vejo por aí?

— Com certeza.

Eu observo Paxton sair. Uma vez que ele se vai, meu olhar se desvia para a esquerda, onde Blaise está recostado e com o pé apoiado contra a parede dos fundos, com um palito preso entre o polegar e o indicador enquanto o mastiga, me observando.

O calor se expande em minha barriga, minhas bochechas coram e espero não estar exibindo minha luxúria para que todos possam ver.

Nós dois ficamos parados, nos encarando, sem vacilar. A conversa dos alunos ressoa em meus ouvidos, mas não ouço as palavras. Tudo o que ouço é a respiração pesada de Blaise do outro lado do refeitório, seus olhos me secando como se eu fosse sua bebida favorita. Meu coração bate contra o peito, o ar parece pesado e sufocante, e eu me apoio à cadeira atrás de mim quando sinto uma leve tontura.

Eu deveria ter superado ele. Eu nunca estive sob o domínio dele –

bem, na verdade estive, mas isso não pode acontecer de novo. Não vou cair no feitiço de Blaise. Ele é uma distração, e não vim aqui por ele. Mas, caramba, se eu disser que não quero explorar o que está por baixo daquelas roupas, só para ver se alguma coisa mudou, estarei mentindo. Ou talvez apenas para ver se seu toque ainda inflama cada célula do meu corpo. Eu faria qualquer coisa para descobrir isso agora.

Quando ele tira o pé da parede e cospe o palito no chão, o canto do seu lábio se curva em sorriso de escárnio. Ele revira os olhos e se afasta.

Meu coração despenca. Posso estar pronta para revidar, mas ainda sou burra demais por pensar que ele olharia para mim do jeito que olho para ele.

Eu tive sorte em não ter nenhum dos meus três principais inimigos em minhas aulas até agora. Essa sorte acabou e vejam só, dois dos três estão aqui na última aula do dia – Lilith e Emery. O bom é que Paxton também está presente, então me sento ao lado dele.

Desde que cheguei, houve sussurros, comentários sarcásticos e olhares indesejados. Todo mundo parece ainda seguir a regra de "sem conversa, sem toque" que Blaise instituiu ao meu respeito. Ele diz que não tem o mesmo poder nesta escola, mas, definitivamente, tem. Ele pode não ter tanto quanto Chase e Lilith, mas não estou surpresa. Lilith sempre foi igual a Blaise, a única diferença é que Chase agora está do lado dela, o que faz dos dois um par de bolas de demolição.

Lilith se levanta de seu assento na mesa do meio e Emery segue seu exemplo. Seus olhos se fixam nos meus enquanto caminha em minha direção. Eu deixo escapar um resmungo baixo quando ela larga os livros sobre a mesa à minha direita.

— Ora, ora, se não é a cadela que vomitou ameaças antes de deixar a cidade. Você está aqui para cumpri-las ou planeja me deixar pisar em você enquanto estiver caída de novo?

Paxton sai em minha defesa:

— Cai fora, Lilith.

Eu coloco a mão em seu livro, interrompendo-o. Não preciso e nem quero ninguém travando minhas batalhas. Não mais.

— Vejo que você ainda tem aquela cicatriz bonitinha no queixo. Diz para mim, ela coça quando estou perto?

Lilith me encara como se o ar tivesse acabado de ser drenado de sua cabeça.

— Por que coçaria?

— Porque eu sou a razão de ela existir.

— Se está insinuando que me irrita, então você está certa. — Ela olha em volta antes de se inclinar e sussurrar: — E você? Essa coisa hedionda em seu braço coça quando estou perto?

Se isso não foi uma admissão total de culpa, então não sei o que é. *Eu sabia que ela estava por trás do incêndio!* Agora, só preciso de provas, para poder denunciá-la por tentativa de homicídio. Posso não ir à polícia, mas, certamente, farei com que toda a escola saiba.

Eu afundo na minha cadeira, sem dizer mais nada, e abro meu caderno, focada na frente da sala de aula.

— Você não sabe que ninguém gosta de você? — ela continua. — Por que você está aqui?

Emery se senta em silêncio ao lado dela e nem olha em minha direção. Não consigo nem começar a processar meus pensamentos sobre aquela garota. Uma parte minha acha que a odeio ainda mais do que Lilith. Pelo menos Lilith foi sincera sobre sua aversão por mim, e nunca fingiu ser minha amiga. Emery, por outro lado, puxou o meu tapete. Todo sofrimento que já senti não me preparou para o jeito que ela me fez sentir. Uma traição sem chance de perdão.

O Sr. Grady está fechando a porta quando ela se abre de supetão, quase o golpeando. Quando vejo que é Blaise, meus olhos se fecham por um segundo e solto um suspiro profundo. *Isso vai ser interessante.*

Não é que esteja infeliz em vê-lo. Eu sei que vou vê-lo muito, principalmente porque ficarei na casa dele. O hotel era só por uma noite. Eu queria que minha entrada triunfal fosse aqui na escola, assim ele ficaria sabendo que não estou de brincadeira e que pretendo ficar. Isso também tirou dele a oportunidade de me amarrar e me impedir de vir para a escola.

Entrelaço as mãos no meu colo e giro os polegares a cada passo que ele dá. Há quatro assentos vagos, mas ele ignora todos eles.

— Você está no meu lugar — informa, com os olhos frios cavando minha alma.

Ele não está falando com Paxton, está falando comigo.

Eu aponto para um assento vago bem à minha frente.

— Se sente ali.

Lilith ri, então se vira para Emery e começa a sussurrar. Todos na sala estão nos observando, e estou me esforçando muito para me controlar.

— Este é o meu assento desde o início do ano letivo. — Ele enfia um dedo na mesa onde seu nome está gravado no tampo de plástico.

— Mas é uma nova classe. — Minhas sobrancelhas se arqueiam. — Semestre novo.

— Sim, espertinha. Mas é aqui que sempre me sento nas aulas do Sr. Grady, então se manda.

Endireito as costas e pego meu lápis, pressionando-o contra o papel como se estivesse pronta para começar a fazer anotações.

— Eu não vou me levantar.

— Então eu mesmo vou te tirar daí.

— Você não ousaria — eu o desafio, o que é realmente estúpido, porque sei que Blaise adora um desafio.

Ele ri, diabolicamente, antes de pegar meus livros e jogá-los na mesa às suas costas.

Lanço um olhar além dele e vejo que o Sr. Grady está cabisbaixo, fingindo não ver nada. Ele realmente vai deixá-lo sair impune disso? Parece que o dinheiro paga qualquer coisa. Respirando fundo, eu pressiono, fazendo-o recuar.

— Você odeia Lilith e Paxton. Por que iria querer se sentar ao lado deles?

Blaise apoia as palmas das mãos na mesa e se inclina para frente, sua respiração se arrastando pelo meu pescoço.

— Mantenha seus amigos por perto e seus inimigos mais perto ainda. Agora, levante-se.

Se eu fizer o que me mandam, estarei abrindo mão da minha afirmação de que não sou mais um capacho. Se eu não me levantar, ele ficará ali durante toda a aula ou, possivelmente, vai me levantar e me colocar em outro assento.

Quem está passando vergonha é ele, então vamos lá.

Eu olho diretamente em seus olhos, defendendo minha posição.

— Você está na minha frente.

Quando desafiamos um ao outro, é briga de cachorro grande e alguém sairá perdendo. Infelizmente, como Blaise está em uma missão para recuperar o poder que Chase roubou dele, recuar só daria a seus inimigos mais vantagem. No entanto, também faz o mesmo por mim. Não tenho certeza de para quem estou tentando provar – se para mim, para ele ou para elas. Independente disso, continuo sentada com minha bunda suando coberta pelo jeans. Parece, literalmente, que todo o meu corpo está pegando fogo. Toda a atenção está em mim e ouço os sons abafados dos alunos fazendo apostas sobre quem vai ganhar.

Os segundos se tornam minutos antes de Blaise finalmente ceder:

— Está bem. Paxton, levante-se.

Respiro aliviada por isso ter acabado, embora me sinta mal por Paxton. Eu sei exatamente como ele se sente enquanto reúne seus livros, lança um olhar sinistro para Blaise e se dirige para a segunda fileira na minha frente.

Antes de se sentar, Paxton estende a mão para pegar e me entregar os meus livros, mas Blaise se adianta.

— Escute aqui, idiota — ouço Blaise dizer baixinho —, fique longe da minha irmã ou você está morto.

A humilhação me come por dentro. Ele não apenas ameaçou Paxton, mas também se referiu a mim como sua 'irmã'. Depois de tudo que passamos, de tudo que fizemos, ele ainda pensa em mim como a filha da viúva de seu pai.

Tudo mudou para mim, mas continua o mesmo para ele.

CAPÍTULO 22

Blaise

Ela sente que a estou observando e sei disso porque ela continua mordendo o lábio. Ela faz isso quando está nervosa. Ou isso ou enrolar o cabelo com o dedo. Quando sua timidez ataca, mas quer disfarçar, ela cruza os braços sobre o peito. Eu conheço todas as peculiaridades de Penny. Ela pode fingir que voltou para a cidade como uma garota diferente, pronta para enfrentar a cidade inteira, mas eu vejo além disso. Sei que é tudo uma fachada, porque não tem um aluno na escola que não use a mesma máscara todos os dias. Eles estão só patinando e tentando sobreviver aos anos tortuosos do ensino médio.

Penny pode achar que sua visita ao funeral de meu pai foi uma perda de tempo, e talvez tenha sido, para ela, mas para mim foi uma curva de aprendizado. Eu vi a verdade. Acreditar em falácias por tanto tempo foi revelador. Eu chamei Chase de meu amigo e tomaria um tiro pelo filho da puta. O problema é que eu seria baleado porque ele me empurraria primeiro.

— Você é um verdadeiro idiota, sabia disso? — Penny sussurra, sem nem mesmo se preocupar em levantar a cabeça ao fazer anotações da aula do Sr. Grady.

Dou de ombros.

— Sim. Eu sei.

— Será que realmente seria pedir demais que você apenas fosse legal com ele? Ele é um cara legal.

Começo a rir com vontade, e recebo um olhar de reprimenda do professor. Com os antebraços ladeando meu livro aberto, olho para Penny.

— Você nem o conhece.

— Ainda não, mas vou.

Eu fecho a cara, rangendo a mandíbula. Ela está me testando.

— Não vai, não. Você vai ficar longe dele ou vou te colocar de volta na coleira.

Sua cabeça balança em negativa.

— Ah, não. Dessa vez, não vai rolar. — Ela se vira para mim com uma enorme confiança. — Você não tem nada que eu queira e não há nada que possa fazer para me machucar.

Eu levanto uma sobrancelha.

— É mesmo?

— É.

— Bom, Pequena Penny — eu me inclino para mais perto, invadindo seu espaço pessoal —, acontece que sei um segredinho seu.

Ela sorri, ainda mantendo aquela atitude composta que me irrita profundamente.

— Meus segredos já foram revelados. Eu fui ao inferno e voltei. Vá em frente e dê o seu melhor.

Eu me aproximo e roço o lóbulo de sua orelha com os lábios. Eu olho para além dela e vejo Lilith observando atentamente, então mantenho a voz baixa:

— Como acha que todos reagiriam se descobrissem que você fodeu com seu irmão e gostou?

Penny congela. O silêncio nos consome como um fio de alta tensão. Eu recuo para o meu lugar, com os lábios curvados em um sorriso.

— Foi isso que pensei.

Nenhuma palavra é dita entre nós pelo resto da aula.

Quando o sinal final toca, Penny é a primeira a se levantar. Felizmente, eu não a derrubei de seu cavalo, então vamos torcer para que ela o pegue e cavalgue para fora dessa cidade.

Não quero mais ser um cara ruim com ela, mas se minha intenção é esconder a verdade dela, então não tenho escolha.

De volta à rotina, eu me dirijo para a sala de musculação com Wade.

Tenho um supino impecável em casa, mas não é igual ao deste lugar. Algo nessa academia parece mais um lar do que a casa em que moro. Lá é tão quieto e solitário...

Antes de o meu pai morrer, eu fazia musculação diariamente – de manhã, depois do treino, ou em qualquer chance que tivesse, para clarear as ideias. Estávamos no meio da temporada de futebol quando ele faleceu, e nunca voltei ao campo para concluir meu último ano como quarterback. Todo mundo acha que é por isso que implico tanto com Paxton. Wade acha que por isso dei uma surra nele. Depois daquele dia, ele também ficou fora de campo pelo restante da temporada. Posso ter alguns ressentimentos por causa dessa merda, mas é a atenção que ele dá a Penny que mais me irrita. Eu nunca vi o cara flertar com ninguém além dela. Primeiro, na Festa da Noite do Diabo, e agora, não faz nem 24 horas que ela está de volta em Skull Creek e ele já se aproximou dela. Só de pensar nisso, eu coloco peso extra na barra.

— Pronto? — Wade pergunta, levantando a barra de onde está, atrás de mim.

— Sim.

Meus dedos envolvem a barra de metal fria e eu a levanto, descendo e subindo novamente, repetindo os movimentos.

— Norwell está ficando um pouco perto demais de Penelope. Precisamos acabar com essa merda antes que ela se apaixone por esse idiota.

Wade não sabe sobre meu passado com Penny. Ninguém sabe. Ele só presume que sou um irmão insanamente protetor que quer magoá-la e salvá-la ao mesmo tempo. Não é uma falsa suposição. Na verdade, é exatamente isso que quero fazer. Foda-se se não quero odiá-la com cada fibra do meu ser. Eu gostaria que ela fosse repulsiva, então seria mais fácil.

— Ah, qual é, cara. Não superamos toda essa besteira? Deixe a garota fazer alguns amigos desta vez. Ela não tem mais quinze anos, e pode cuidar de si mesma.

Eu começo a levantar a barra mais rápido, o suor escorrendo pela lateral do meu rosto.

— Você esqueceu o que Chase e Lilith fizeram com ela na Festa da Noite do Diabo? Eles a despiram e a agrediram. Quem pode dizer que esse idiota, Paxton, não está jogando contra nós, e que não está do lado deles?

— Isso é altamente improvável. Paxton odeia esses caras tanto quanto odeia você.

Ele tem razão.

— Ainda assim, não confio nele. Ela pode fazer alguns amigos, mas ele não será um deles.

— Algo me diz que você não precisa se preocupar com esse cara. Acho que ele não tem interesse em ser mais do que amigo dela. Mas, isso é realmente sobre Paxton ou é sobre ela?

— Sobre ele! — resmungo, ficando cada vez mais agitado. — Não gosto do cara. Ele colocou as mãos nela uma vez, e isso não vai acontecer de novo.

— Acho tudo isso uma bobagem. Você mantém todos longe dela porque a quer pra você.

A barra cai no meu peito e eu grito:

— Porra!

Wade se inclina sobre mim e a levanta enquanto a ergo, colocando no suporte. Eu me sento imediatamente, pego a toalha no chão e enxugo o suor da testa.

— E então? — Wade pressiona. — Estou certo?

Eu o fuzilo com o olhar, ainda enxugando meu cabelo úmido.

— Por que diabos eu iria querer ela quando poderia ter qualquer garota nesta escola? — Inclino a cabeça em direção à minha garrafa de água ao lado da bolsa de ginástica. — Você pode pegar para mim?

Depois que ele me entrega a garrafa, desenrosco a tampa e tomo um longo gole.

— Eu vejo o jeito que você olha para ela. E vejo isso há um tempo.

Sou pego desprevenido por este comentário e engasgo com a água.

— Ela é minha irmã, porra — digo, por entre um acesso de tosse.

— Irmã postiça — ele me lembra. — Faz todo o sentido. Você a odiou por anos, infernizou a vida dela, e, ao longo do caminho, se apaixonou. Apenas admita isso.

Eu me levanto e dou alguns passos para longe, secando a testa com a toalha. Nunca admiti meus sentimentos por ela para ninguém. Há pouco tempo, eu não admitia nem para mim mesmo. A verdade é que me apaixonei por ela. Foi na noite do incêndio que tudo mudou. No momento em que olhei em seus olhos tomados pelas lágrimas enquanto ela protegia o braço com a queimadura, algo mudou dentro de mim. De repente, soube que faria qualquer coisa para mantê-la a salvo de pessoas como eu. Por isso que ela teve que ir embora. Por isso que ela ainda tem que ir.

Eu me viro, encarando meu melhor amigo e dou a ele um pouco da verdade:

— Talvez, sim, mas isso não muda nada. Ela não pode ficar em Skull Creek; eles vão comê-la viva.

— Então você vai deixá-la ir embora de novo? Simples assim, você vai deixá-la sair da sua vida para sempre?

Eu concordo.

— Se isso significar que eles não conseguirão tocá-la, então, sim.

— Ou então nós simplesmente impedimos Lilith e Chase, de uma vez por todas.

Agora ele falou como Penny. O fato é que Wade não sabe tudo, ele não estava lá na noite do incêndio. Ele não tem ideia de que não estou apenas protegendo Penny de Lilith e Chase. Eu também a estou protegendo da verdade, porque isso a machucaria mais do que qualquer brincadeira infantil e sem-graça.

Balanço a cabeça, discordando dele.

— Eles não podem ser detidos. Ela precisa ir embora. — Jogo a toalha no chão, encerrando a conversa.

Ele não vai entender. Ninguém vai.

CAPÍTULO 23

Penelope

Depois de amarrar algumas pontas soltas em minha programação de aulas na secretaria, finalmente estou saindo do *campus*. A aula acabou faz trinta minutos e o estacionamento está deserto, mas noto o carro de Blaise estacionado bem na frente, com o de Wade ao lado.

Eu destranco meu carro e as luzes do meu Audi vermelho piscam. Certamente não é o carro mais chique do estacionamento – Blaise e Wade ficam com esse papel –, mas nunca imaginei que teria um carro tão bom, então ainda estou surpresa por ser meu. Não é zero e não é daqueles de aparência esportiva, mas é novo para mim. Uma vez ouvi dizer que se você der um nome ao seu carro, ele viverá mais. É um mito idiota, mas eu a chamei de Cherry porque é melhor prevenir do que remediar.

Quando me aproximo da porta do motorista, os alarmes soam na minha cabeça. Eu nem preciso me virar para saber que alguém está ali. A dúvida de quem poderia ser é que faz minha mão congelar na maçaneta.

— Sabe, você provavelmente poderia fazer aquele seu irmão comprar algo um pouco melhor para você, considerando que a vaca da sua mãe não pode pagar nada hoje em dia.

Chase.

Quando me viro, tenho certeza de que é ele. Eu levanto a mão imediatamente para bater nele, mas ele agarra meu pulso antes que a palma de minha mão faça contato. Eu poderia jogar na sua cara o fato de que a família dele também não tem muitas condições, mas não sou tão má assim. Mas se ele continuar me provocando, é o que farei.

— Uau, alguém criou coragem. Tente me bater de novo para você ver.

Era apenas uma questão de tempo. Eu sabia que não seria capaz de passar pelo semestre restante do último ano sem um encontro com meu torturador número dois.

Eu me viro, mantendo a compostura enquanto alcanço a maçaneta da porta com um sorriso trêmulo em meus lábios.

— Vá embora, Chase.

Ele recosta a bunda na minha porta, mantendo-a fechada. Então inclina a cabeça para o lado com um sorriso perverso.

— Senti sua falta, Penelope.

— O sentimento não é mútuo. Agora saia. — Puxo a maçaneta sem sucesso. Ele apenas se recosta à lataria, sorrindo como se me torturar fosse seu passatempo favorito. — Agora! Antes que você infeste a porta do meu carro novo com a sua bunda fedorenta.

Ele se aproxima de mim e eu recuo alguns passos.

— Não aja como se tivesse esquecido o gosto bom da minha porra na sua língua.

— Argh! — Minha voz vacila. — Você é nojento.

Apertando as chaves, meu dedo paira sobre o botão de pânico. Estou a dois segundos de pressioná-lo.

Chase olha para onde minha chave está cavando espaço na palma da mão devido à força com que a estou apertando. Antes que eu possa reagir, ele a arranca de mim.

Em seguida, avalia as chaves e continua agindo como o babaca chato que é.

— Dizem por aí que você voltou cheia de coragem. Não estou acreditando muito nisso, não... Você ainda parece a mesma Penelope assustada para mim. — Balança as chaves no ar e dá um sorriso convencido. — Se bem me lembro, você gosta de negociar. Me diga, o que você faria por isso aqui?

Eu pulo, tentando pegá-las, mas ele a levanta mais alto.

— Pare de agir como um idiota e apenas me devolva.

— Vou facilitar para você. Uma punhetinha rápida no banco de trás e você pode seguir seu caminho.

— Prefiro beber meu próprio vômito. — Pulo de novo, dando motivo para outro sorriso detestável de Chase.

Ele continua do mesmo jeitinho. O mesmo corte simples com a lateral do cabelo escuro raspada e um longo topete para o lado. Os mesmos olhos azuis cristalinos que parecem ser a porta de entrada para o inferno. Ainda tem a mesma atitude autoconfiante e o ar arrogante.

Chase sacode suas bolas com a mão livre.

— Eu tenho uma coisinha que você pode beber.

Meu estômago revira, e estou ficando muito cansada deste vaivém. Eu cerro o punho e quando ele abre a boca para falar de novo – provavelmente uma besteira degradante –, esmurro sua bochecha, fazendo com que sua cabeça vire para o lado.

— Filha da puta! — ele dispara e agarra meu pescoço. As pontas de seus dedos cravam na pele, o polegar pressionado firmemente contra a minha jugular.

— Me solte! — choramingo, mal conseguindo respirar.

— Vamos esclarecer uma coisa, *Penny* — pronuncia o apelido que Blaise me deu. — Você não passa de uma garotinha fraca. Sempre foi e sempre será. Você pode agir como durona, mas uma hora o seu tombo vai chegar. — Então me sacode com brutalidade antes de liberar o agarre.

Com falta de ar, observo-o jogar minhas chaves no estacionamento.

Ele passa o dorso da mão pela bochecha ainda marcada, dizendo:

— Tome cuidado.

Quando ele se afasta, eu respiro fundo e atravesso o estacionamento para pegar as chaves. Ainda bem que não está nevando por agora.

Vou destruir aquele garoto detestável e aproveitar cada segundo de sua ruína.

Parecia que o dia estava indo relativamente bem até meu encontro com Chase. Blaise não foi um problema do tamanho que pensei que seria. Achei que meu retorno à cidade fosse causar mais turbulências que isso. Sei lá, pensei que fosse colocar o pé para eu tropeçar no corredor, que fosse me empurrar contra os armários. Pelo menos, era assim no passado, quando eu estava aqui. Lilith me deu um pouco de trabalho, mas não esperava nada menos dela. Foi Chase quem realmente fez meu sangue ferver. Só de vê-lo me dá náuseas. Imediatamente penso naquela noite no celeiro quando ele me forçou a fazer um boquete nele. Não há dúvida de que, se tivesse a oportunidade, ele se aproveitaria de mim novamente.

Mas ele não terá a chance. É exatamente por isso que acabei de passar pela propriedade Hale em vez de me instalar lá. Chase mora a apenas dez minutos da casa de Blaise, então decido ir dar uma olhada por lá, só para ver se há algo que eu possa usar a meu favor.

Estaciono do outro lado da rua da pequena casa em estilo rancho. Chase não tem os mesmos luxos que o grupo com quem anda. Há uma cerca branca quebrada no quintal, um cachorro acorrentado a uma árvore na frente e uma sacola cheia de latas de cerveja tombada ao lado da porta de tela aberta.

Não tenho certeza de como é a vida familiar dele, mas pelo que parece, deve ser uma droga. Alguns anos atrás, eu teria empatia por qualquer um que viesse de um lar desfeito. Deus sabe que minha família não é unida. Depois de tudo pelo qual passei, a empatia não existe mais. Essas pessoas destruíram qualquer chance de eu mostrar compaixão a elas.

Meu celular toca no banco do passageiro e eu o pego, encontrando uma mensagem de minha mãe. Suas ligações e mensagens de texto são totalmente aleatórias e isso me faz pensar se ela está bebendo muito, usando drogas ou possivelmente indo a um terapeuta. Quando se trata dela, é difícil dizer. Eu acredito mais na última opção, mas não é muito a cara dela admitir que precisa trabalhar sua saúde mental.

> Mãe: Blaise tem mandado dinheiro para você?

Por que me surpreende que sua primeira mensagem em mais de uma semana envolva dinheiro?

Eu digito de volta uma resposta rápida.

> Eu: Tenho dezoito anos agora. Minhas finanças não são da sua conta.

> Mãe: Segundo seu pai, você comprou um carro novo e um celular. Se ele está mandando dinheiro para você, eu deveria saber. Esse dinheiro era para ser meu também.

Balanço a cabeça em descrença. Obviamente, a suposição de que ela está vendo um terapeuta foi anulada.

> Eu: Por que você está ligando para o meu pai?

> **Mãe:** Você não retornou minhas ligações e eu queria saber como você estava. Ele disse que você está na cidade. Eu gostaria de te ver, mas que fique entre nós. Blaise não precisa saber das nossas coisas.

Meu coração começa a bater freneticamente. Vê-la seria um gatilho e poderia me atrasar em todo o progresso que fiz.

> **Eu:** Não estou pronta. Vou te procurar quando estiver.

Bloqueio a tela do meu celular e o coloco de volta no assento, me recusando a desperdiçar mais do meu tempo com ela.

Quando olho para cima, percebo que uma minivan velha e enferrujada parou na garagem de Chase. Eu me endireito no assento e observo uma senhora mais velha, vestindo uma camisa branca com um rasgo na lateral – que imagino ser a mãe dele –, jogando outra lata em cima da sacola na frente da porta. Um cara alto, barbudo, com um cigarro pendurado na boca, segue atrás dela e eles entram.

Estou realmente surpresa. Chase é tão bem alinhado. Ele sempre está com roupas limpas e a caminhonete dele é mais velha, mas é melhor do que qualquer veículo que tive antes do que este que tenho agora. Nunca tive a impressão de que o dinheiro estava em falta para ele.

Independente disso, ainda não sinto pena. Não importa como seja sua vida em casa, não há razão para tratar as pessoas da maneira que ele trata.

A menos que essa seja a única forma que ele conhece. Tem que haver mais atrás dessas paredes do que vejo do lado de fora.

Eu dirijo para longe de sua casa com toda a intenção de revisitar. Chase tem segredos, e eu vou descobri-los.

Assim que tiver a informação de que preciso sobre esses imbecis, posso usá-la a meu favor para arrancar a verdade deles. Alguns chamariam isso de chantagem, embora eu chame de ferramenta de negociação. Quando eles não conseguirem negociar, vou arruiná-los.

Três minutos depois, estou chegando à casa que me tornou quem sou hoje. É o lugar que abriu meus olhos para um mundo de angústia. Onde minhas esperanças foram sugadas, assim como a minha inocência e vida. Na verdade, me sinto uma idiota por voltar, mas tenho que fazer isso. É hora de enfrentar meus demônios de frente, para que possa viver sem eles.

O carro de Blaise está no lugar de sempre, então estaciono bem ao lado e entro pela porta lateral que dá para o banheiro.

Não tenho certeza se ele está me esperando. Ele não perguntou se eu ficaria na casa dele, mas quando fui embora, disse a ele para terminar a reforma do meu quarto caso eu voltasse. Não deveria ser uma surpresa total quando ele me encontrar aqui.

Deixando as malas no carro, abro a porta e entro. Assim como da última vez, sou atingida por uma avalanche de memórias. A música explode em meus ouvidos, e não tenho certeza de onde está vindo, mas está alta pra caralho. Sigo pelo corredor, sem saber ao certo por que estou tentando ser o mais silenciosa possível, especialmente com essa música *heavy metal* estridente tocando.

Estaco em meus passos quando vejo Blaise parado na cozinha, ao fogão, cantarolando a melodia de uma música que desconheço. O cheiro de queijo grelhado preenche meus sentidos. *Ele está cozinhando?*

Ele parece tão vulnerável agora e uma parte minha quer apenas se virar e ir embora. Eu poderia voltar quando ele estiver fazendo algo um pouco menos... humano. Talvez quando estiver dormindo.

Quando seu olhar encontra o meu, é tarde demais.

— Que porra é essa? — retruca, apressadamente. — O que você está fazendo aqui?

Enfio as mãos nos bolsos traseiros do jeans e dou de ombros.

— Surpresa, de novo.

Fumaça começa a sair da panela, então Blaise desliga o fogão antes de redirecionar sua atenção para mim.

— Você vai ficar aqui?

Ele franze os lábios.

— Você está me convidando? — Eu vou ficar, independente do que ele fizer, mas não digo isso a ele. É melhor facilitar.

— Bem, você, com certeza, não vai ficar com sua mãe. Eu sei disso. A sua única outra opção é fazer o que eu disse e sair da cidade. Eu seguiria meu conselho e iria se fosse você.

— Eu te disse: não vou voltar para Portland.

Blaise enfia a espátula sob o sanduíche na frigideira e o joga em um prato descartável.

— O funeral vai ser seu. Não diga que não avisei.

Adentro mais a cozinha e puxo uma banqueta.

— Não acredito que você está cozinhando. Você não é tipo, multibilionário agora?

A música para quando Blaise clica em um botão no controle remoto.

— Henry está fora hoje e saco vazio não para em pé. Por que você parece tão surpresa?

— Nunca vi você fazer nada por conta própria, só isso.

Blaise joga o prato na minha frente e eu olho para ele, confusa.

— O que é isso?

Suas sobrancelhas se arqueiam.

— É um queijo quente.

— Eu sei que é. Por que você colocou isso na minha frente?

— É uma longa viagem de volta a Portland. Você deveria comer antes de ir.

Estou lutando contra os sentimentos que borbulham em meu estômago. Eu balanço a cabeça e olho para baixo, reprimindo um sorriso.

— Você nunca vai parar de tentar se livrar de mim, não é?

Ele volta para o fogão e reacende a boca, depois pega outro pedaço de pão com manteiga e o joga na frigideira quente.

Ver Blaise cozinhar é muito estranho. Eu olho para o meu sanduíche tostado em um perfeito tom dourado.

— Se serve de alguma coisa, não estou *tentando* me livrar de você. — Blaise se vira com a espátula na mão. — Eu *vou* me livrar de você. Então coma logo e siga seu caminho. Você já perdeu o primeiro dia do segundo semestre na Hallstone High. Eu não gostaria que você ficasse muito atrás da turma.

Pego meu sanduíche e dou uma grande mordida. Um queijo pegajoso escorre do meu lábio e eu o lambo. Na verdade, é muito bom.

— A reforma no meu quarto já terminou? — pergunto, ignorando completamente seus comentários sobre eu ir embora.

Blaise estala a língua com um olhar sarcástico no rosto.

— Terminou, mas não se acomode demais.

— Ótimo. Está tarde e estou cansada. Dia agitado na escola e tal.

A panela começa a chiar e ele se vira para retirar o sanduíche.

— Uma noite. Você vai embora amanhã.

Mordo meu lábio inferior com um sorriso.

— Obrigada, *mano*. — É um título sarcástico, que raramente uso, mas parecia adequado.

— Não me agradeça.

Blaise termina e se senta na minha frente para comer. Um silêncio constrangedor nos envolve e tudo que posso ouvir é o som de sua mastigação.

— Sabe — começo, com a boca cheia —, estou conseguindo tudo o que vim buscar aqui, com ou sem a sua ajuda.

Blaise levanta o olhar.

— E o quê exatamente você veio buscar aqui, Penny?

— Respostas e vingança. Todos vocês fizeram da minha vida um inferno. Não tenho certeza se algum dia vou me recuperar totalmente da merda que você e seu grupinho me fizeram passar.

— Essa vingança de que você fala... estou nessa lista?

Como ele sabe que há uma lista?

— Metaforicamente falando — continua.

— Depende. — Limpo as migalhas de pão dos meus lábios com os dedos. — Acho que sim. Eu realmente não tenho informações suficientes para decidir o que você merece.

Não é nenhum segredo que Blaise foi horrível comigo. Os anos que passei aqui foram angustiantes, ele deveria estar no topo da minha lista. Eu deveria odiá-lo por tudo o que fez comigo, mas, não.

Inclinando-se para frente, ele apoia os cotovelos no balcão da ilha.

— Bem, se eu estiver, pode vir com tudo. Eu gosto da Penny briguenta.

Largo a borda do sanduíche no prato e empurro para ele ao me levantar.

— Você ainda não conheceu a garota na qual me tornei. Eu posso fazer você engolir suas palavras.

— Onde você está indo? — pergunta ao me ver sair.

— Vou pegar minhas malas. Preciso tomar um banho e dormir um pouco.

Foi uma longa viagem e só consegui dormir cerca de três horas na noite passada. Um banho quente, pijama e oito horas de sono me parecem a maneira perfeita de terminar este dia.

Assim que estou prestes a abrir a porta do vestíbulo, Blaise estende a mão atrás de mim e agarra a maçaneta.

— Eu pego.

Eu me viro e olho para ele, só para ter certeza que é mesmo Blaise quem está ali. Ergo minhas sobrancelhas até alcançarem a testa.

— Como é que é?

— Eu disse que vou pegar suas malas. Suba, estarei lá em um minuto.

— Okay. Obrigada, eu acho. — Eu me esquivo de seu braço deslizando por baixo dele enquanto ele aperta a maçaneta. Blaise sai e fecha a porta, me deixando confusa a respeito de suas intenções.

CAPÍTULO 24

Blaise

Uma rajada de vento sopra os pequenos flocos de neve no meu rosto, me tirando do transe do caralho. Pelo menos, é assim que me sinto. Se eu pudesse voltar aos anos em que não suportava a garota, faria isso em um piscar de olhos. Era muito mais fácil ser mau com ela e me divertir. Algo me diz que estou lutando uma batalha perdida quando se trata de convencê-la a ir embora. Ela parece decidida a ficar, não importa com o que eu a ameace ou quaisquer palavras desagradáveis eu diga. Porra, pode ser que ela nem se importe se a cidade inteira souber que nós transamos.

Agora, até eu poderia mandar todo mundo que nos criticaria ir se foder só para ter a chance de transar com ela de novo. Claro que aliviaria um pouco desse estresse reprimido que meu pau está tendo que lidar.

Abro seu porta-malas e pego não uma, não duas, mas três malas enormes, e volto o caminho inteiro até em casa balançando a cabeça negativamente.

É. Ela não está planejando ir a lugar nenhum, tão cedo.

Chutando para abrir a porta, eu as largo no chão e encaro sua bagagem.

— *Nós precisamos ir.* — *Eu me agacho até onde Penny está deitada no chão frio, enrolada em um velho cobertor que encontrei. Seus olhos estão arregalados e fixos na parede.*

O sol já nasceu e eu espiei pela janela para ter certeza de que o fogo estava apagado e que a barra estava limpa.

— Blaise — *diz ela, se sentando, segurando a toalha firmemente ao redor do braço ferido.* — Por que alguém faria isso comigo? — *Lágrimas escorrem por sua bochecha e eu as enxugo com meu polegar conforme continuam a cair.*

— Gostaria de saber, porque eu faria todos eles pagarem. — *Seguro sua mão e a puxo para cima, até se levantar.* — Você está bem?

Ela assente, embora eu saiba que não. Ela está física e emocionalmente ferida. Não tenho certeza se um dia ficará bem novamente.

— *O motorista do meu pai está a caminho. É melhor levá-la ao médico para examinar seu braço.*

— Não! — ela grita. — Não quero que ninguém saiba. Eu só... Não quero mais atenção.

— Mas, Penny...

— Eu disse não, Blaise.

Não há dúvida de que ela ficará com uma cicatriz feia, sendo examinada ou não. Tenho certeza de que ela vai precisar no mínimo de algum enxerto de pele.

— Tudo bem. — *Deixo-a decidir.*

Penny sempre tentou tomar decisões por si mesma, mas ninguém nunca permitiu. Ela queria deixar esta cidade desde que chegou, para que pudesse levar uma vida normal com seu pai. Ela teria feito qualquer coisa para ficar longe de mim. Agora, estou começando a achar que ela estava certa em tentar fugir das minhas garras. Se ela ficar em Skull Creek, talvez nunca saia viva.

— Obrigada por pegá-las — Penny interrompe minhas lembranças. Ela se abaixa e pega uma das malas e eu pego as outras duas. — O quarto ficou ótimo. Na verdade, estou muito impressionada, talvez nunca queira ir embora. — Há um toque sarcástico em sua declaração, mas sei que ela está fazendo isso para me irritar.

Sigo logo atrás, subindo as escadas até seu quarto. Era o quarto antigo que ela ocupava, depois deixou de ser e agora, de alguma forma, é seu de novo. Meu pai queria reformar para ela porque tinha uma obsessão doentia pela enteada. Ele pensou que a traria de volta se lhe desse coisas elegantes, provavelmente para que pudesse corrompê-la e reivindicar seu corpo.

— Pen — murmuro, seguindo pelo corredor com uma mala em cada mão —, eu sei que você quer respostas, mas faça um favor a si mesma e pare de procurá-las.

Ela se vira e pressiona as costas contra a porta, abrindo-a.

— Eu nunca vou parar até saber quem e por quê.

Porra. Talvez eu devesse contar a ela e acabar logo com isso. Deixá-la fazer o que quiser com a informação. Com certeza, faria essa dor de cabeça incômoda com a qual convivo por mais de dois anos desaparecer.

— Encontrei Chase hoje — diz ela, do nada.

Eu largo as malas aos meus pés com um baque.

— E...?

Ela se senta na beirada da cama e cruza as mãos no colo.

— Ele não mudou nada. Tentou me levar para o banco de trás do meu carro.

— Ele o quê? — disparo, diminuindo a distância entre nós. — Não me diga que você...

— Meu Deus, não. — Seu lábio se curva em desgosto e uma onda de alívio toma conta de mim. — Eu prefiro transar com você do que... — Ela balança a cabeça, mudando a linha de raciocínio. — De qualquer forma, ele me insultou, arremessou minhas chaves longe e fez algumas ameaças. Nada com o qual não possa lidar.

— Por que diabos você não me ligou?

Ela ri, como se fosse a pergunta mais idiota que já fiz.

— Ligar para você? Porque eu faria isso? Você não está do meu lado, lembra?

Mas eu estou, não estou? Com certeza me sinto do lado dela. Caso contrário, eu a receberia nesta cidade e a deixaria ficar, apenas para ver sua vida desmoronar a seus pés.

— Olha — eu me sento ao seu lado —, você tem razão, não estou do seu lado mesmo, mas já disse antes que tudo o que fiz e falei foi para protegê-la. Não só de mim, mas deles. É por isso que você precisa voltar para Portland. Não porque não quero você aqui.

Meu corpo inteiro aquece quando as palavras escapam da minha boca. Nunca fui tão honesto com ela ou com qualquer pessoa.

Ela se vira para mim e cruza as pernas.

— Você está falando sério? — sonda, como se estivesse embasbacada. — Você realmente acha que está me protegendo?

— Estou tentando, mas você está dificultando isso pra caralho.

Penny me fuzila com o olhar, e meu corpo inteiro estala em faíscas.

— Mas por quê?

Responder a essa pergunta parece quase impossível, então vou na primeira coisa que vem à minha mente:

— Somos uma família.

Provavelmente, não foi a melhor resposta. A maneira como ela está olhando para mim me diz que foi a pior coisa que eu poderia dizer a ela.

Penny se levanta e começa a andar de um lado ao outro, agitada.

— Família?

— Okay. Não foi uma boa escolha de palavras. Eu sei que você odeia quando me refiro a nós como família.

— Bem, Blaise — zomba —, você pode me culpar? Veja o que fizemos... Parece tão nojento.

Minhas sobrancelhas se levantam e eu mordo meu lábio inferior.

— Eu, definitivamente, tenho alguns adjetivos para isso, mas nojento não estava na minha lista.

Ela para de andar e se posta na minha frente. Seu cabelo está preso em um coque no alto da cabeça e os olhos estão inchados pela falta de sono.

— Não tem graça.

— Eu não estava rindo. Na verdade — eu me levanto e alinho nossos corpos —, a sensação que senti com você não tem graça. Não uma, mas duas vezes.

Logo antes de Penny deixar Skull Creek no outono, as coisas eram diferentes. Pelo menos eu sentia assim. Nós nos conectamos em um nível totalmente diferente, surgiram sentimentos que eu vinha reprimindo há muito tempo.

— Nem me lembre — escarnece, me dando a impressão de que está negando ou de que já superou esses sentimentos.

Faz sentido que ela esteja distante. Não sou exatamente uma companhia agradável.

Esfrego seus braços cobertos pelo moletom para cima e para baixo.

— Se não fosse por todos os obstáculos em nosso caminho, você acha que gostaria que eu te lembrasse?

Seus olhos verdes suaves, da cor do oceano, se conectam aos meus. Sua boca se abre para falar, mas as palavras não saem.

— Me responda — exijo. — Se nossos pais nunca tivessem se casado e o passado não existisse, o que você iria querer de mim?

— Eu... nem sei. Não importa. O passado existe. A dor que você me infligiu é tão real quanto a cicatriz em meu braço. Ainda não tenho certeza se você não teve algo a ver com aquilo. Você nunca negou nem alegou ser o responsável.

Ela está certa, eu não o fiz. Talvez seja porque uma parte minha se sente responsável.

Eu me aproximo um pouco mais e o calor irradia entre nós.

— Não foi isso que perguntei.

— Brincadeiras de mau gosto e ódio à parte? Acho que poderia facilmente me apaixonar por você. — Penny franze os lábios trêmulos e fica nítido que admitir isso foi difícil.

Se ao menos eu pudesse dizer a ela que sinto o mesmo... A possibilidade de arrastá-la para algum lugar onde o passado não exista passa pela minha cabeça. Poderíamos fugir juntos e recomeçar em outro lugar, em qualquer outro lugar. Eu tenho dinheiro suficiente para fazer isso acontecer.

Eu deveria estar afastando-a de mim, para que deixe a cidade, mas agora quero mantê-la para sempre.

Inclinando para mais perto, roço de leve seus lábios com os meus.

— Desista dessa busca por respostas, Penny. Deixe o passado no lugar a que pertence. — Então esmago sua boca com a minha, enfiando a língua por entre os lábios entreabertos. Ela bate as mãos em meus ombros, os dedos cavando o tecido da minha camiseta.

— Blaise... — resmunga, tentando me empurrar conforme a puxo para mais perto. — O passado existe. A gente não pode.

Agarro seu queixo entre os dedos e guio sua boca para a minha.

— Neste momento, nada mais existe.

Ela continua balançando a cabeça, tentando interromper o beijo, então eu a solto.

— Que merda é essa, Penny? — ralho, sem entender por que ela está sendo tão resistente. Penny nunca resiste a mim. A menos que... — Você voltou com aquele imbecil, o tal Ryan?

— Meu Deus, não. Isso não tem nada a ver com Ryan. É apenas... errado.

— Qual é... — Eu a agarro pela cintura e inclino a cabeça, pronto para dar outro beijo. — Ninguém precisa saber.

Ela solta um suspiro profundo.

— Esse é o problema, Blaise. Ninguém precisa saber porque ninguém pode saber. Porque isso é errado.

Ergo as mãos em sinal de rendição.

— O que há de tão errado nisso, Penny? Hein? Não somos parentes de sangue. Nossos pais eram casados, mas um deles já morreu. Não é como se tivéssemos crescido juntos. Me diga qual é a porra do problema.

Depois de um momento de silêncio, mordiscando o lábio inferior, ela finalmente diz:

— Tudo bem. Podemos fazer isso se você me contar a verdade sobre o incêndio.

— Jesus Cristo. Você nunca vai superar essa merda? — Minha voz se eleva. Eu não consigo me controlar, ela é irritante. Estou cansado dessa conversa. — Foi há mais de dois anos. Esqueça essa porra e siga em frente.

— Seguir em frente? — ela grita. — Como vou fazer isso quando tenho que olhar para essa merda todos os dias? — Ela puxa a manga do moletom, expondo a cicatriz da queimadura. — Alguém tentou me matar, Blaise. Tinha uma lata de gasolina lá, o mesmo tipo de lata de gasolina que vi na sua garagem na manhã seguinte. Não vá me dizer que foi uma coincidência.

— É a porra de uma lata de gasolina — grito de volta, passando os dedos pelo meu cabelo e me afastando dela. — Noventa e nove por cento da população tem essa merda. E daí que se parece com a que você viu no celeiro?

Penny dá uma risada sarcástica.

— Você realmente acha que sou burra, não é?

Ela balança a cabeça e me observa, esperando por uma resposta. Só que desta vez, não digo nada. Estou muito nervoso e, provavelmente, vou me arrepender de qualquer coisa que disser.

— Durma um pouco, Penny — murmuro, saindo do quarto em seguida.

Eu mantenho a porta fechada e apoio as costas na superfície de madeira, retendo o fôlego.

— Porra! — resmungo, baixinho.

Não importa o quanto lutei para manter esse segredo, ela quer que seja revelado. Só espero que esteja pronta para o que a espera do outro lado da verdade.

— *Última chance de dar uma olhada nessa queimadura* — repito, enquanto o motorista do meu pai estaciona na garagem.

Fico feliz em ver que meu carro está ali. É melhor Lilith torcer para não ter nenhum arranhão.

— *Eu disse que estou bem.* — *Sua voz é um sussurro quase inaudível. Cabisbaixa, ela permanece imóvel e não faz menção de sair.*

Meus dedos roçam seu queixo, virando sua cabeça para mim.

— *Vai ficar tudo bem. Você confia em mim?*

Como ela não responde, pressiono meus lábios aos dela, sentindo o sabor salgado de suas lágrimas secas.

— *Vamos descobrir quem fez isso e vamos fazê-los pagar. Okay?*

Ela acena com a cabeça sob o meu toque, e eu a beijo mais uma vez, antes de abrir a porta.

— *Vamos entrar, para que você possa se limpar.*

Assim que saímos, seguro sua mão, mas ela estaca em seus passos.

— *O que é aquilo?* — *pergunta, olhando por cima do meu ombro.*

Sigo a direção de seu olhar e avisto sobre a bancada da garagem uma caixa de ferramentas, algumas latas de tinta spray e... duas latas de gasolina. Eu olho para ela rapidamente.

— O quê? As latas de gasolina?

— Não são apenas latas de gasolina, Blaise. Elas são exatamente iguais às que vimos perto da árvore no celeiro.

— E daí? — caçoo. — Latas de gasolina são uma coisa comum. Venha, vamos entrar.

Sua mão se solta da minha e ela dá um passo para trás, se chocando contra a porta traseira do carro. Lágrimas nublam seus olhos e não tenho certeza do porquê de ela estar tão preocupada.

— Nem todo mundo enrola a lata com fita adesiva prateada. — Ela parece pálida, como se tivesse visto um fantasma, então abre a porta do motorista. — Marlon — chama o motorista —, de quem são aquelas latas de gasolina? — Apontando para o balcão, sem desviar o olhar do meu.

Marlon enfia a cabeça pelo vão da porta e responde:

— São usadas pelos Hale em emergências. Por que a pergunta?

Ela insiste no assunto:

— Você que as enrolou com a fita?

— Não. — Ele ri. — Carl, o outro motorista, fez isso. Ele identificou aquelas latas como dele; as minhas estão ali. — Aponta para três outras latas sem a presença da fita. — Aparentemente, ele não gosta que as pessoas usem suas coisas. Acho meio estranho, pra dizer a verdade.

Penny acena com a cabeça e me fuzila com o olhar.

— Sim. É, isso é estranho.

— Na verdade, encontrei uma do lado de fora da garagem esta manhã. Estava completamente vazia. Vocês sabem alguma coisa sobre isso?

Os olhos de Penny se arregalam e ela desvia o olhar que manteve em mim o tempo todo.

— Espere. O que você acabou de dizer?

— Já chega, Marlon — interrompo e agarro sua mão. Não tenho ideia do que ela está insinuando aqui, mas Marlon não está ajudando em nada. — Vamos. — Eu a puxo para a porta do banheiro, giro a maçaneta e a coloco para dentro.

— Me solte! — ela dispara, se afastando agressivamente.

— Não me diga que você acha...

— O quê? Que você estava por trás disso? — Ela dá de ombros, com lágrimas correndo soltas. — Não sei, Blaise. Você estava?

Eu começo a rir, porque é realmente engraçado. Assim que percebo que ela está falando sério, me recomponho.

— Você está falando sério? Eu arrisquei minha vida para entrar naquele celeiro.

Eu tirei você de lá. Por que diabos faria isso se tivesse começado o incêndio?

Penny esbarra no meu ombro ao passar por mim. Parando na porta para entrar no vestíbulo, ela se vira, segurando a maçaneta.

— Só porque você não ateou o fogo não significa que não colocou o plano em ação. Lilith trouxe seu carro de volta. Quem me garante que ela não trouxe sua lata de gasolina de volta também? — Ela gira a maçaneta e abre a porta, depois sai e a fecha atrás de si.

Ela não seria louca a esse ponto.

— Penny! — grito, abrindo a porta e correndo atrás dela em direção às escadas. — Eu não fiz isso.

— Me poupe — a voz dela ecoa até o piso inferior. Segundos depois, ouço a porta do seu quarto bater.

Alguém tacou fogo naquele celeiro, mas, com certeza, não fui eu.

CAPÍTULO 25

Penelope

Depois de uma pesquisa pelas redes sociais, consigo o número do celular de Paxton. Enviei uma mensagem para ele ontem à noite e perguntei se ele poderia me encontrar na biblioteca antes da escola. Ele respondeu com um "OK". Espero que ele me ajude, já que odeia tanto esse grupo quanto eu.

Então, aqui estou, girando meus polegares enquanto aguardo em uma mesa vazia na biblioteca. Quando ouço os passos às minhas costas, viro a cabeça para trás.

— Ei! Você veio! — Sorrio, um pouco ansiosa demais.

Paxton joga a mochila por cima do ombro e a deixa cair sobre a mesa com um baque.

— Eu disse que viria. E aí?

— Lembra como conversamos sobre termos que ficar juntos para sobreviver a este semestre?

Com os olhos semicerrados, ele se senta na minha frente.

— Sim. — Ele arrasta a palavra.

— E se eu dissesse que acho que podemos viver em vez de sobreviver?

Paxton olha para a esquerda e depois para a direita, certificando-se de que não há ninguém por perto.

— Eu perguntaria qual é o seu plano.

Relato tudo o que sei, principalmente sobre Lilith, Chase e Emery. Conto desde a traição de Emery até o incêndio.

— Eles realmente colocaram fogo no celeiro com você dentro? — Seus olhos estão arregalados como se não pudesse acreditar no que estou dizendo.

Levantando a manga da minha camisa, mostro a prova contundente.

— Eu tenho cicatrizes para provar isso.

— E você acha que seu próprio irmão postiço realmente faria isso contigo?

— Essa é a questão. Não tenho certeza se Blaise teve algo a ver.

— Tudo bem. Me diga o que preciso fazer. Minha reputação não pode ficar muito pior, vale a pena tentar.

Eu me inclino mais perto com os braços estendidos sobre a mesa.

— Quão bom você é com computadores? — pergunto em um sussurro.

— Computadores e tecnologia são dois dos meus passatempos favoritos. Na verdade, estou planejando fazer faculdade de engenharia da computação.

Essa parceria está ficando cada vez melhor.

— Eu preciso que você consiga os registros escolares de Emery e fique de olho em Chase. Algo estranho está acontecendo com ele em casa.

Paxton massageia as têmporas.

— Droga, Penelope. Isso vai me causar um problema sério se eu for pego.

— Por favor — imploro. — Você é minha única esperança. Eu não tenho amigos. Não tenho família. Não tenho ninguém. — Pareço patética, mas neste momento estou desesperada.

— Vou ver o que posso fazer — responde, depois de pensar por alguns segundos.

Paxton e eu combinamos de conversar mais no pátio dos alunos na hora do almoço. Pela primeira vez em muito tempo, eu me sinto esperançosa. Sinto que as coisas podem realmente melhorar.

Estou seguindo até meu armário para guardar meus livros para o almoço, e mantenho o alerta máximo, porque sei que todo cuidado é pouco nesses corredores. Você nunca sabe quando alguém pode aparecer do nada e atacar.

— Eca — Lilith resmunga, com maldade, quando passo por ela e Emery.

Normalmente, eu continuaria andando, talvez abaixasse a cabeça e fingisse não ter ouvido, mas não desta vez.

— Eca mesmo. Sua amiga está fedendo a esgoto. — Continuo andando e mal consigo disfarçar o sorriso no rosto.

— O que foi que você disse? — A voz de Lilith soa em meus ouvidos e quando dou por mim, estou voando para frente e tropeçando em meus pés.

De alguma forma, consigo impedir a queda e, quando olho para cima, vejo o motivo. Paxton está com um braço em volta da minha cintura, mas eu me viro para encarar Lilith e Emery.

— Sua cadela! — esbravejo, partindo para cima dela e a derrubando no chão.

Meus pensamentos me escapam à medida que mãos voam em todas as direções. Não tenho certeza se são as minhas ou as dela. Meu couro cabeludo parece estar pegando fogo, mas ignoro completamente. Assim que seguro seus pulsos e os prendo acima de sua cabeça, um cuspe voa em meu rosto.

— Saia de cima de mim, sua maluca psicopata. — Lilith se debate embaixo de mim, tentando me tirar de cima dela, mas não me mexo.

Meu cabelo ainda parece estar sendo arrancado pelos folículos e, quando olho para cima, vejo Emery com um punhado dele, tentando me tirar de cima de Lilith.

— Pare com isso, Penelope! — grita Emery.

— Traidora! — Solto Lilith e me concentro em Emery. Ela parece frágil e sem emoção. Eu a empurro para trás e ela cai de bunda, deslizando alguns centímetros pelo chão sujo do corredor. — A amizade dela vale a pena para você? Você tem tudo o que deseja agora? Popularidade e o quê, um futuro brilhante pela frente? — debocho, porque ela é ridícula.

Emery tenta se levantar, mas eu a derrubo novamente.

— Você vai se arrepender de ter ficado do lado dessa garota. Guarde minhas palavras. — Consigo sentir alguém me puxando pelos ombros, mas continuo vomitando todas as palavras odiosas que queria dizer há tanto tempo: — Daqui a três anos, quando você estiver trabalhando em bares, e grávida de oito meses, espero que se lembre de como era bom antes de ter me apunhalado pelas costas.

— Isso é uma ameaça? — Emery sibila, com o olhar frio. — O que você poderia fazer para me machucar?

Dou um sorriso de torto, sem responder ao certo. Não sei o que pretendo fazer para machucá-los, mas darei um jeito.

— Vamos. Elas não valem a pena — diz a voz atrás de mim. Olho por cima do ombro e vejo que é Paxton. Todo esse tempo, pensei que talvez fosse Blaise. Em vez disso, Blaise está parado em seu armário com a porta aberta, observando todo o desenrolar da cena.

Paxton me puxa para cima e Emery ajuda Lilith a se levantar. Meu coração dói. É uma dor que senti várias vezes nos últimos meses.

Sufocando o nó na garganta, resmungo:

— Eles vão ver o que vão receber.

Nós nos aproximamos de Blaise ao passar pelo corredor, e ainda nervosa com o ocorrido, fecho a porta de seu armário com brutalidade.

— Está vendo porque não consigo seguir em frente? — grito alto o suficiente para que todos possam ouvir.

Ele só olha para mim como se eu fosse lixo.

Por que essas pessoas me odeiam tanto?

Assim que nos afastamos da multidão, paro e me agacho, colocando a cabeça entre os joelhos.

— Eu não posso fazer isso. Essa falsidade. Talvez eu tenha sido burra por ter voltado.

— Você é corajosa por ter voltado. Muito mais corajosa do que eu teria sido. — Paxton se ajoelha ao meu lado e coloca uma mão confortadora nas minhas costas. — Vou ajudar você, Penelope. Eu prometo.

Levanto a cabeça e deparo com a gentileza em seus olhos. Conheço Paxton há pouco tempo, mas até agora ele é a pessoa mais amável que conheci nesta cidade. Seria tão fácil para ele simplesmente virar as costas para mim, sabendo das repercussões de ser meu amigo, mas ele não o faz.

— Obrigada — digo a ele, com seriedade.

Paxton me ajuda a levantar e nos dirigimos para uma mesa de piquenique no pátio para almoçar. Está muito frio do lado de fora e há flocos de neve caindo, mas prefiro ficar longe daquela multidão de canalhas.

— Então... — Paxton começa, desembalando seu almoço; nós dois optamos por pegar comida na lanchonete para evitar a fila. — Pesquisei um pouco e não deve ser muito difícil acessar os registros escolares. No que diz respeito a Chase, só preciso do endereço dele e vou...

As palavras de Paxton cessam e vejo que seu olhar está focado em algo atrás de mim.

— Ótimo, caralho — Paxton rosna.

Eu me viro por um segundo, antes de voltar para o meu sanduíche.

— O que você quer, Blaise? — Há um brilho de possessividade em seus olhos que me diz que este não será um encontro agradável.

— Olha só se não é o casalzinho de excluídos mais fofo da escola. — Há um tom sarcástico em suas palavras, mas acho que ele está apenas com ciúmes.

Paxton cora e dá uma mordida em uma barra de granola.

— Nós somos amigos. Nada mais, nada menos.

Eu concordo com um aceno.

— E mesmo que fôssemos mais que amigos, não é da sua conta.

— Na verdade, é. Você vai ficar na minha casa e prefiro que não ande com fracassados como ele.

Eu reviro os olhos e me viro no banco.

— E o que faz dele um fracassado, Blaise? Ser meu amigo?

— Não. Isso realmente faz dele um burro desobediente. O que faz dele um fracasso total é o fato de ninguém gostar dele.

— Sim. Graças a você.

— Verdade seja dita, é graças a *você*. — Blaise agarra pelo braço e me puxa. — Você nos dá licença, Paxton? Preciso falar com minha irmã.

Indo contra os meus instintos, eu não luto contra. É melhor ouvi-lo para que ele possa seguir seu caminho.

— Por que seria minha culpa ninguém gostar dele? — pergunto, soltando meu braço do seu agarre.

— A ruína dele começou na Festa da Noite do Diabo no ano passado, quando ele estava apalpando você. Então, é sua culpa que ele esteja sendo excluído.

É mesmo! Antes de eu ser atraída para a casa da fazenda, Blaise espancou Paxton. Acabei me esquecendo desse detalhe, mas agora faz todo o sentido.

— Você bateu nele porque ele estava me tocando? — Blaise está exagerando muito com tudo isso. Paxton pôs uma mão inocente no meu joelho, e só.

Ele levanta um ombro preguiçosamente.

— Regras são regras.

— Ele era novato. E nem sabia sobre sua regra estúpida. Achei que você simplesmente não gostasse dele. Por que você se importaria por ele ter me tocado?

As bochechas de Blaise ficam vermelhas como tomates, mas ele não responde.

— Apenas vá comer em outro lugar e fique longe dele.

— Não! — disparo, antes de voltar para a mesa. Olho por cima do ombro e vejo que Blaise ainda está parado ali. — Só ignore, ele vai embora em algum momento — digo a Paxton.

— Não tenho tanta certeza disso... Que tipo de relação familiar fodida é essa que vocês têm?

Eu viro a cabeça e vejo, pelo canto do olho, que Blaise ainda está lá.

— Você não quer saber, acredite em mim.

Paxton toma um gole de sua Coca-Cola e a coloca de volta na mesa com um sorriso atrevido.

— Sabe... se você quer irritá-lo, eu sei de um jeito.

— Não sei, não... acho que já me meti em problemas suficientes com Blaise. Quando se trata dele, o resultado das minhas provocações nunca é bom.

— Ah, vamos lá. Vai ser engraçado. Além disso, posso cuidar de mim mesmo, não sou feito de pele e osso. Só siga o meu fluxo.

O nervosismo toma conta de mim em antecipação ao que Paxton está prestes a fazer.

Paxton começa a se inclinar sobre a mesa e sei exatamente o que vem a seguir. Não tenho tempo para detê-lo quando seus lábios encontram os meus em um beijo suave. É completamente casual. Bocas fechadas, sem fogos de artifício, sem química instantânea.

Antes mesmo de fechar os olhos, Paxton está sendo puxado para longe de mim. Eu pulo da minha cadeira e corro para o outro lado da mesa, me lançando entre eles.

— Toque nela de novo e você está morto — Blaise uiva.

Espalmo as mãos nos peitos dos dois e encaro Blaise.

— Dá pra parar com isso? Foi uma coisa inocente.

— Você o beijou! — ele rebate.

Eu me viro de frente para Blaise, e apoio ambas as mãos em seu tórax largo.

— E daí?

Há raiva cintilando em seus olhos, mas mais do que isso, há desespero.

— Por que diabos você faria isso?

De repente, essa pequena brincadeira não parece tão pequena. Na verdade, me sinto mal, como se o tivesse traído de alguma forma.

— Não foi nada — repito, baixinho.

— Não parecia nada!

Olho para trás e vejo Paxton embalando seu almoço.

— Blaise, eu juro que não tenho interesse em Paxton e ele não está interessado em mim. Ele só está me ajudando, já que você não quer fazer isso.

— Por que você é tão ingênua? Claro que ele está a fim de você, porra! Você é linda de morrer e inteligente para caralho.

Um frio se alastra pela minha barriga.

— Você me acha linda?

Blaise ergue os ombros, tenso, quase como se tivesse acabado de perceber o que disse.

— Pegue sua comida. Você vai almoçar comigo.

— Na sua mesa? — Balanço a cabeça. — Não, obrigada.

Paxton está indo embora e eu deveria impedi-lo e pedir desculpas, ou melhor, agradecer. Não tenho certeza. O plano era irritar Blaise e deu certo, mas me sinto mal por ele ter terminado o almoço e eu não ter comido nada de novo.

Blaise se vira e joga meu sanduíche no saco marrom.

— Sim, na minha mesa. — Começa a se afastar e eu o sigo.

— Espere. Não posso sentar com você.

— Por que não? — retruca, dando passos largos em direção às portas abertas do refeitório.

— Porque as pessoas vão perguntar o motivo. Você nunca foi legal comigo.

— Que se fodam todos eles.

Por fim, eu o alcanço quando nos aproximamos da mesa cheia de alunos que nunca olharam na minha direção em todos os anos em que estive aqui.

Todos os olhares intercalam entre mim e Blaise.

— Gente, vocês se lembram da Penelope?

Eles acenam com a cabeça e me recebem com um "ei, oi, olá", enquanto Blaise puxa uma cadeira para eu me sentar.

Estou uma pilha de nervos, mas me acomodo no assento, odiando a atenção focada em mim. Blaise se encarrega de tirar meu sanduíche meio comido de volta para fora da sacola e o entrega para mim. Na verdade, é muito vergonhoso o quanto ele está sendo cuidadoso.

Levanto a cabeça e percebo que ele não está prestando atenção ao grupo boquiaberto à nossa volta; ele está apenas me observando.

Uma mordida já deixa minha boca seca, como se eu não bebesse água há dias. Meus lábios ressecados ardem conforme mastigo, então engulo em seco, sentindo o pão quase entalar na garganta. Devo dizer alguma coisa? Falar sobre o clima?

— Então, vocês dois são tipo, um casal? — pergunta uma garota sentada ao lado de Blaise. Já a vi antes, mas não sei o nome dela.

Todo mundo ri, e eu faço o mesmo como se fosse cômico.

— Ela é a porra da irmã dele, sua idiota — Wade diz.

— Irmã postiça — deixo escapar. A garota olha para mim enquanto corrijo Wade. — Nossos pais eram casados. Na verdade, não *somos* irmãos de sangue.

Blaise coloca um braço sobre os meus ombros e me puxa para perto como se fosse um irmão mais velho superprotetor.

— Mas somos quase.

Bile sobe pela garganta na mesma hora.

— A propósito, eu sou a Roxanne. — A garota se inclina sobre a mesa, esbarrando em bandejas de comida e caixas de leite. — Vocês dois, tipo, moram juntos? — ela insiste. Suas alfinetadas me levam a refletir se ela tem uma queda por Blaise.

— Claro que sim — diz Blaise.

Eu balanço a cabeça e me contorço debaixo de seu braço.

— Só até eu me formar, então vou para a Universidade de Arvine. O pai de Blaise, meu querido padrasto, vai pagar minha mensalidade.

Blaise olha para mim, surpreso.

— Sério?

— Sim. — Sei que ele está surpreso por eu estar aceitando o dinheiro. Por um tempo, eu não queria nenhuma relação com isso, mas agora vejo essa situação como uma forma de tornar meu futuro mais brilhante.

— Interessante. — Roxanne bate com o dedo no queixo. — Arvine, hein?

— É a faculdade dos meus sonhos.

— Que legal, não é? Vai ser tipo uma pequena reunião do ensino médio — declara Roxanne, com um tom sarcástico.

— Como assim? — Dou outra mordida no sanduíche, esperando sua resposta.

— Ah, você não sabe? Metade das pessoas nesta mesa vai para Arvine, incluindo Blaise.

Desta vez, engasgo e começo a tossir. É uma cena bem nojenta.

— Você está bem? — ela pergunta.

Expiro através do meu acesso de tosse e, por fim, engulo o pedaço de pão, empurrando-a com água.

— Sim. Estou bem.

— Graças a Deus. Não queremos que a irmã de Blaise morra em nossa mesa. — Roxanne dá uma risada irritante.

Assim que consigo me recompor, olho para Blaise.

— Eu não sabia que você ia para Arvine. Achei que planejava deixar Washington.

Blaise dá de ombros.

— Mudei de ideia.

Esta é uma reviravolta estranha nos acontecimentos, que me faz pensar se devo mudar meus planos. Passar quatro anos em uma faculdade com Blaise parece uma tentação em uma bandeja de prata.

Quando o sinal toca, todos se dispersam sem se despedir. Fico enrolando, recolhendo meu lixo e Blaise se mantém ali sentado.

— Isso não foi tão ruim, foi? — comenta, abrindo os braços e descansando-os nos encostos das cadeiras.

— Eu queria que você parasse de dizer a todos que somos uma família.

— Talvez eu pare se você parar de remexer no passado.

— Isso de novo, sério? — Ando em direção à lata de lixo e Blaise se levanta para me seguir.

— Sim, isso de novo. Como exatamente o novato está ajudando você?

Assim que jogo o lixo fora, saímos do refeitório, caminhando lado a lado pelo corredor.

— Ele está me ajudando a desenterrar podres de Lilith, Chase e Emery. Quando eu os tiver, vou usá-los para obter respostas.

Blaise inclina a cabeça para trás e suspira fundo, com as mãos enfiadas nos bolsos do jeans.

— Deixe isso pra lá, Penny. — Ele arrasta as palavras. — Você vai se arrepender disso.

Eu paro de andar e me viro para encará-lo.

— Pela última vez: não vou deixar passar batido. E para ser sincera, realmente me incomoda que você esteja do lado deles.

— Eu odeio esses filhos da puta tanto quanto você. Como estou do lado deles?

Começamos a andar novamente e me abro para ele:

— Se estivesse do meu lado, você me ajudaria. Sei que nunca fomos amigos, mas achei que tivéssemos feito algum tipo de progresso da última vez que estive aqui. Acho que eu estava errada.

Meu ritmo acelera e Blaise agarra meu ombro.

— Espere.

Eu respiro fundo e o encaro. Ele olha em volta para os alunos apressados em chegarem à aula e lambe os lábios.

— Siga Lilith depois do treino de basquete. Você vai conseguir o que precisa.

Larga o meu ombro e se afasta.

Repetindo as palavras várias vezes em minha cabeça, fico chocada que Blaise realmente tenha me dado algo útil.

Siga Lilith após o treino de basquete. Você vai conseguir o que precisa. É um começo.

CAPÍTULO 26

Penelope

Estou suando tanto que tenho quase certeza de que as garotas no vestiário vão conseguir sentir meu cheiro. Elas tiveram apenas duas horas de treino de basquete e eu, provavelmente, estou fedendo mais que elas.

O treino foi encerrado há vinte minutos e ainda consigo ouvi-las conversando do lugar onde estou escondida, no armário do zelador.

Está começando a se tornar sufocante aqui dentro. Respiro fundo e confiro a hora no meu celular.

Cinco e cinquenta.

Pelo amor de Deus, vá para casa e tome um banho.

As vozes se aproximam e eu prendo a respiração, tentando não emitir nenhum som.

— Te vejo na aula amanhã — diz uma das meninas.

— Tchau, Lil — responde outra.

— Ótimo treino, senhoritas — comenta o treinador.

Ouço atentamente os passos se afastando.

— Já não era sem tempo — Lilith diz. — Achei que elas não iriam embora nunca.

Sim. Eu também. Espere aí. Com quem ela está falando?

Lilith começa a rir e posso ver o arrastar de pés pela pequena fresta de luz sob a porta.

— Isso faz cócegas. Ah, meu Deus, pare — diz ela, rindo um pouco mais.

Com quem diabos ela está conversando?

Meu coração começa a acelerar na expectativa de descobrir.

— Vamos para o meu escritório antes que um dos zeladores nos veja.

Não pode ser! Lilith e o treinador Anderson? Isso é uma loucura. Um sorriso se desenha em meu rosto. Isso é realmente muito bom. Tenho que sair daqui e obter provas. Com esse tipo de vantagem sobre Lilith, ela, com certeza, vai ceder e admitir a verdade sobre a noite do incêndio.

Apoio as mãos no piso frio e me levanto, então alongo o corpo por ter ficado encolhida nesse canto por mais de uma hora.

Com o rosto colado na porta, aguço os ouvidos.

Nada.

Eu agarro a maçaneta e a giro lentamente.

— O quê? — arfo, tentando novamente.

Ah, não!

Sacudo a maçaneta, tentando abrir a porta, mas não adianta, pois está trancada.

— Só pode ser brincadeira. — Eu realmente acabei de me trancar no armário do zelador com o segredo de Lilith ao meu alcance?

Eu imediatamente desbloqueio a tela do celular. Eu poderia ligar para Paxton, mas isso parece estranho. Eu conheci o cara ontem. Bem, tecnicamente nos conhecemos na festa da Noite do Diabo, mas... Ai, meu Deus, pare de pensar tanto.

Sem pensar duas vezes, busco o nome de Blaise na minha lista de contatos.

O celular toca e eu bato o pé no chão, torcendo para que ele atenda.

— Alô — responde do outro lado da linha.

— Ah, graças a Deus. Blaise, me enfiei em um pepino. — Mordo o canto do lábio com força, sentindo meu dente perfurar a pele.

— E como alguém se mete em um pepino? Eu consigo imaginar como um pepino entraria em você. Na verdade, isso soa meio excêntrico. Devíamos tentar.

— Quer parar de falar? Escute, fiz o que você disse e estava pronta para seguir Lilith após o treino. Na verdade, ouvi ela e o treinador Anderson, mas... eu meio que me tranquei no armário do zelador.

Blaise cai na gargalhada e é tão desagradável que tenho que afastar o celular da orelha.

— Não tem graça. Estou realmente presa aqui.

Sua risada continua a ecoar, me enfurecendo ainda mais.

— Blaise — resmungo. — Estou no armário próximo ao vestiário feminino. Venha me tirar daqui.

— Eu poderia te tirar daí, mas você fica me devendo uma.

— Está bem! Mas ande l-logo — gaguejo.

Estar em dívida com Blaise é arriscado. Mas a essa altura, farei com prazer o que ele quiser, se isso significa deixar este armário ilesa. De repente, parece que as paredes estão se fechando, prontas para me engolir inteira.

Ótimo trabalho em conseguir provas do caso ilícito de Lilith e do treinador Anderson, hein? Mas não importa. Agora eu sei, então posso pegá-los da próxima vez. Assim que o fizer, a bola estará do meu lado do campo.

Vinte longos minutos depois, ouço passos se arrastando pelo corredor. Eu me levanto e vou até a porta.

— Penny — Blaise sussurra.

— Sim. Estou aqui. — Começo a girar a maçaneta de novo, sabendo muito bem que não vai abrir.

— Você pode parar com isso? Não consigo encontrar o ponto para abrir se você ficar mexendo.

Dou um passo para trás, batendo o pé ansiosamente. *Por favor, permita que ele destranque.*

Segundos depois, a porta se abre e a luz inunda o armário. Eu me jogo nos braços de Blaise e solto um suspiro de alívio, então percebo o que acabei de fazer. Limpando seus braços do meu toque inoportuno, eu recuo.

— Desculpe, só fiquei um pouco animada.

Blaise olha para mim.

— Pelo que você está pedindo desculpas?

Dou um olhar de soslaio, me perguntando se ele está brincando comigo, mas o olhar em seu rosto diz que está falando sério.

— Por ter me jogado em cima de você.

— Você não precisa se desculpar... — Suas palavras silenciam quando ele me empurra para dentro do armário. — Shh... Alguém está vindo.

Sem querer, seguro seu braço com força.

— Você acha que são eles?

— Shh!

Os passos se aproximam e a risada irritante de Lilith ecoa até o armário. Meus olhos se arregalam.

— São eles.

— Eu disse: shhh!

Meu corpo inteiro está tremendo, meus braços agarrados com força ao bíceps musculoso de Blaise.

— Me dê seu celular — ele sussurra.

Entrego a ele, que desbloqueia a tela com minha senha.

— Ei! Como você sabia minha senha?

Ele não responde, apenas abre um pouco a porta e aciona a câmera no meu celular.

Uma foto, duas e, em seguida, um vídeo. Consigo ver pela tela que Lilith e o treinador Anderson estão se beijando, provavelmente um beijo de despedida depois de uma rapidinha em seu escritório. Ainda não consigo acreditar que ela está dormindo com ele. O cara é casado e tem dois filhos pequenos.

Blaise dá um passo para trás e, lentamente, fecha a porta.

— Peguei ela.

Mais uma vez, eu me jogo em seus braços e recuo de imediato. Desta vez, porém, Blaise não permite que eu me afaste. Ele puxa meu corpo para perto com uma mão na minha cintura.

— Parece que você me deve uma, Pequena Penny. Eu gostaria de cobrar agora.

Inclino a cabeça, tentando olhar para ele na escuridão. Há apenas uma pequena faixa de luz iluminado o ambiente, e não consigo ver seu rosto para saber se está falando sério.

— Agora, agora?

— Isso. Agora mesmo. — Ele empurra minha cabeça para baixo, mas eu resisto.

— Não vou fazer isso aqui!

Sua mão desliza por baixo do meu moletom, os dedos roçando a pele ao longo das minhas costelas.

— Eu poderia sair, fechar a porta e deixar você trancada aqui. Acordo é acordo.

— Você não faria isso!

— Você está certa, eu não faria. Mas ainda quero cobrar agora.

— Alguém pode nos pegar. Você consegue imaginar como todos reagiriam?

— Acabou a aula, todos foram para casa. Viva um pouco — declara, pressionando seus lábios no meu pescoço e plantando beijos na minha clavícula.

Minha cabeça se inclina instintivamente e arrepios descem em cascata pelo meu corpo. Estou à sua mercê quando ele abre o botão do meu jeans.

Isso está realmente acontecendo.

Eu respiro entrecortadamente quando ele enfia a mão por dentro da calcinha.

— Relaxe, gatinha.

A maneira como ele diz gatinha faz minhas entranhas tremerem e, sem ver, levanto uma perna e apoio o pé em uma caixa para melhor acesso.

Blaise envolve meu corpo com um braço forte, por baixo da minha camiseta, e me puxa para perto, continuando a acariciar meu pescoço com os lábios. Sua pele contra a minha é tudo de mais maravilhoso.

Dois dedos abrem meus grandes lábios e começam a esfregar círculos frenéticos ao redor do clitóris. Meu corpo estremece com a adrenalina correndo em minhas veias.

Este garoto tem sido muitas coisas: meu torturador, inimigo, salvador, e agora, um homem com dedos mágicos. Ele tem fama nestes corredores por ser autoritário. Estar aqui com ele, agora, me faz sentir como se eu tivesse o mesmo poder.

Um gemido me escapa quando seu ritmo acelera.

— Ah, meu Deus, Blaise — gemo, mordendo a gola de seu moletom enquanto seus dentes roçam a pele da minha clavícula.

Seus dedos mergulham em meu interior, deslizando para dentro e para fora em um movimento lento e ritmado. Meu corpo se enche de um calor insaciável, queimando de dentro para fora enquanto me esfrego contra sua mão.

Enfio a mão em sua calça de moletom, dando um bom aperto em seu pau. Tão duro e tão faminto, só para mim... Eu causo isso nele.

Blaise curva os dedos e meus olhos reviram de prazer.

Acaricio seu pênis, para cima e para baixo, mesmo com o pouco espaço que me sobra. Seu comprimento acima da média torna difícil com a calça ainda vestida.

Sons que eu nem sabia que poderia fazer me escapam quando ele começa a cutucar meu ponto G. Nem importa que estejamos na escola, em um armário. Eu ficaria feliz em deixá-lo fazer o que quiser comigo, se for sempre tão bom assim.

Blaise rosna um som rouco em meu ouvido:

— Me diga que você gosta.

— Eu amo isso pra caralho. — Minha própria admissão faz meu coração bater rapidamente.

— Que boca suja, Penny. Você não costumava falar assim. Talvez eu precise enfiar meu pau nela e lavá-la com a minha porra.

Meu Deus, suas palavras são tão degradantes, mas me excitam ainda mais.

— É isso que você quer? Você quer chupar meu pau?

Eu quero dizer a ele que não. Ele precisa continuar fazendo o que está fazendo, porque estou quase lá.

— Sim — grito, quando ele se move mais rápido, indo mais fundo.

Blaise levanta a cabeça e olha para mim. Ele morde o lábio com força, com uma expressão lasciva. É um momento de vulnerabilidade, tê-lo me observando enquanto estou à beira do orgasmo.

Repouso a cabeça em seu ombro, mas ele se esquiva.

— Olhe para mim. Eu quero ver seu rosto quando você gozar na minha mão.

Eu obedeço e levanto a cabeça. Nossos olhares se conectam enquanto meu corpo inteiro se enche com uma necessidade extrema de liberação. Formigamentos disparam através de mim, da cabeça aos pés. Prendendo a respiração, eu contraio ao redor de seus dedos e uivo de prazer.

— Isso mesmo, amor. Continue.

Ele não para. Apenas continua me fodendo com os dedos e antes que eu perceba, estou chegando ao clímax novamente, encharcando meu jeans e enchendo sua mão com minha excitação.

Tento controlar a respiração ofegante quando ele puxa a mão para fora da minha calça, e quando dou por mim, estou de joelhos. Seu pau salta para fora da calça, que ele desliza até os tornozelos.

Sem precisar de instrução, eu imediatamente abocanho seu pau. Minha língua gira em torno da cabeça, lambendo uma gota salgada de sêmen.

Acariciando e chupando, faço o melhor que posso com a pouca experiência que tenho. A última vez – a única vez – que fiz isso, foi à força. Minha boca se enche de saliva e tento afastar esses pensamentos.

Blaise gira os quadris, os dedos segurando firme meu rabo de cavalo. Ele puxa minha cabeça para trás, com seu pau ainda em minha boca. Olho para cima e o vejo me encarando com um olhar atento.

— Caralho, você é uma profissional. Você já fez isso antes?

Engulo em seco e o observo fazer o mesmo, então desvio o olhar.

— Merda, Penny. Eu esqueci.

Balançando a cabeça, continuo chupando, torcendo para que ele não transforme isso em um grande problema. Não estou surpresa por ele lembrar. O que Chase fez naquela noite apenas aumentou seu ódio por ele. Foi a punhalada final em suas costas, que acabou com a amizade deles.

Blaise se afasta, retirando o pênis da minha boca, mas eu mantenho a mão acariciando para cima e para baixo, usando minha saliva como lubrificante.

— O que você está fazendo? — pergunto, lambendo os lábios.

— Pode parar.

— Blaise — suspiro —, não faça disso uma grande coisa. Está tudo bem.

Eu já aceitei o que aconteceu e raramente penso nisso. A única razão pela qual pensei nisso agora, foi porque é a primeira vez que faço isso desde o incidente.

— Um acordo é um acordo. Agora pare de tentar ser legal. — Dou um sorriso. — Nós dois sabemos que você não é.

Blaise solta uma risada.

— Você está certa, eu não sou. Agora, se incline.

Ele me puxa até que eu fique de pé, passa um braço em volta do meu estômago e me inclina. Minhas mãos encontram a prateleira na parede do fundo e eu a uso como apoio.

No segundo em que estou sem a calça jeans, fico praticamente louca como uma viciada para tê-lo dentro de mim. A ideia de sermos pegos é aterrorizante, mas excitante ao mesmo tempo. É uma adrenalina que nunca senti antes. Blaise não perde tempo e me penetra com vontade. Não há nada de gentil na maneira como ele me preenche, entrando e saindo, de novo e de novo.

Cravo as unhas na prateleira de madeira, sentindo as lascas se enterrarem na pele. Já faz tanto tempo e a maneira como ele abre espaço por dentro de mim é ao mesmo tempo dolorosa e prazerosa.

Blaise grunhe ao arremeter contra mim, as bolas batendo contra minha boceta. Suas mãos apertam meus ombros com força, usando-os para o impulso.

— Caralho, Penny. Você é tão quentinha. Vou ficar aqui para sempre.

Meu coração erra uma batida e volta a acelerar. Eu e Blaise gememos em uníssono quando atingimos o auge do nosso clímax. Ele estoca mais algumas vezes, grunhindo e puxando meu cabelo com mais força antes de parar.

Nós dois permanecemos imóveis, esperando que nossos batimentos cardíacos se estabilizem.

— Uau — arfo.

Blaise solta meu rabo de cavalo e desliza para fora de mim, com a evidência de nossos orgasmos escorrendo pela minha perna.

Normalmente, o arrependimento me consumiria neste momento, mas nem lamento por ter permitido que isso acontecesse. Na verdade, estou me sentindo bastante saciada enquanto me limpo com algumas toalhas de papel que encontrei em uma prateleira. Felizmente, comecei a tomar anticoncepcionais quando voltei a Portland. Não porque planejava dormir com alguém, mas é melhor pecar pelo excesso.

Uma vez que todas as peças de roupa estão de volta no lugar, eu e Blaise apenas nos encaramos. Estou esperando que ele diga alguma coisa, embora ache que ele está esperando o mesmo.

— Obrigado pela ajuda hoje — digo, por fim, tentando esconder o sorriso que curva meus lábios.

Ele pisca e meu corpo inteiro se aquece.

— Obrigado pela rapidinha no armário.

Eu bato de brincadeira em seu braço, em seguida, abro a porta.

— Vamos sair daqui.

Estamos saindo pelo corredor e estou totalmente chocada com o tanto que Blaise mudou desde a última vez que estive em Skull Creek. Não tenho certeza a quem devo agradecer por isso, mas decido fazer a pergunta que está me atormentando:

— Posso te perguntar uma coisa?

— Manda.

— Não fique bravo, tá?

Blaise me dá um olhar de canto de olho.

— Essa não é uma boa maneira de começar esta conversa, Pen. O que está passando pela sua cabeça?

Tiro as chaves do bolso lateral da bolsa e mexo no chaveiro da sorte que meu pai me deu no verão passado.

— Você já encontrou sua mãe? — Trazer esse tópico de conversa nunca acaba bem, mas estou esperançosa de que ele não vá surtar desta vez.

Seus olhos ficam fixos à frente enquanto caminhamos, e eu o observo de soslaio. Sua expressão muda para algo indecifrável.

— Não.

— Você tentou?

Continuamos andando, mas se mantém calado até que chegamos ao seu carro. Ele segura a maçaneta da porta do motorista, para e olha para mim.

— Não. Eu não tentei. — Então entra no veículo. — Te vejo em casa, Penny — diz, antes de fechar a porta.

Blaise sai do estacionamento cantando pneu. Eu ando devagar, com as chaves penduradas, pensando no que posso fazer para ajudá-lo.

Se alguém tivesse me perguntado um ano atrás se eu faria alguma coisa para ajudar Blaise, eu cairia na risada. É que ele está sozinho e, às vezes, deve ser triste... Eu, com certeza, era triste quando morava naquela casa. Sem falar que o pai dele morreu, ele não tem irmãos – além de mim, que nem conta. A mãe dele se foi e todos os amigos dele, exceto Wade, são uns babacas.

Quando chego o meu carro, já tenho um plano traçado. Eu realmente não queria ter que fazer isso, mas acho que preciso fazer uma visitinha à minha mãe.

CAPÍTULO 27

Blaise

Já escureceu e ela ainda não chegou. Onde diabos ela poderia estar? Não é como se ela tivesse amigos nesta cidade. E é então que cai a minha ficha. Aposto que ela está com aquele filho da puta – Paxton.

Tento ligar para ela de novo, mas, como em todas as outras vezes, vai direto para a porra da caixa de mensagens.

— Droga! — Jogo o celular no balcão da cozinha.

— Devo guardar o jantar? — pergunta Henry, olhando para a lasanha que pedi para ele fazer.

Eu sei que Penny gosta de lasanha. Queria fazer algo especial para ela após seu longo dia, mas, aparentemente, minha gentileza, embora rara, passa despercebida mais uma vez.

— Sim, pode aguardar. Ela esquenta mais tarde, se estiver com fome. — Pego meu celular do balcão, com um gesto brusco, e sigo a passos largos até a porta do porão.

Estou prestes a descer quando a porta do vestíbulo se abre e Penny entra.

Fechando a porta do porão com força, diminuo a distância entre nós.

— Onde diabos você estava?

Penny me avalia, com uma sobrancelha arqueada.

— Estava fora. Por quê?

— Não me diga que você estava fora — ironizo. — Onde? — Estou me esforçando para conter a frustração, mas ela está hospedada na minha casa e nem tem a decência de atender às minhas ligações. Ela poderia estar morta em uma vala e eu não saberia.

Ela tira o casaco, lentamente, esquivando-se do meu olhar.

— Fui ver minha mãe.

Passa por mim e sigo em seu encalço.
— Sua mãe?
Penny confere a comida sobre a bancada.
— Parece uma delícia. Estou morrendo de fome.
Eu pego a jaqueta de suas mãos e jogo na mesa da cozinha.
— Pare de mudar de assunto. O que te fez decidir ir ver sua mãe?
Ela se vira para mim, nervosa.
— Eu preciso de um motivo? Ela é minha mãe.
Henry começa a arrumar a mesa, para mim e Penny, nos ignorando por completo, mas tenho certeza de que está ouvindo cada palavra.
— Ela pode ser sua mãe, mas também é uma vadia que você não suporta. Então, sim, tem que haver uma razão.
— Obrigada, Henry — ela agradece, se sentando. — Eu amo lasanha.
— De nada, senhorita Briar. Mas você deveria agradecer ao senhor Hale. A ideia foi dele.
Henry sai da cozinha, nos deixando a sós.
Penny me encara com um olhar safado.
— Você fez isso por mim? — Há a sombra de um sorriso em seus lábios.
— Não foi nada. Agora me conte sobre sua mãe.
— Você lembrou?
— É só uma refeição, não uma viagem à Torre Eiffel, caralho. — Por que ela está ignorando minhas perguntas e agindo de forma tão evasiva?
Ou sou eu que estou agindo de forma estranha? Porra. Não sei.
— Foi muito fofo isso — diz ela, esfregando meus braços. — Agora deixe de lado a pose de durão e venha comer comigo.
Eu olho para ela por mais um momento antes de relaxar e segurar sua mão, levando-a até a mesa.
Penny serve um pedaço de lasanha para nós dois e cada um de nós pega um pouco de pão de alho.
Depois de dar uma mordida, continuo a indagar:
— Sua mãe ficou feliz em ver você?
Ela ri.
— Essa mulher fica feliz em ver alguém?
— Certo, pergunta idiota. Bem, você conseguiu o que foi buscar lá?
Ela crava o garfo na lasanha e relaxa o cenho franzido.
— Não.

Uma parte minha está satisfeita com essa resposta. Não sei o que ela esperava, mas torço para que não queira se relacionar com aquela vagabunda miserável. Ainda assim, talvez eu precise aceitar essa possibilidade em algum momento no futuro.

Nem sei porque estou pensando nisso. Não é como se Penny fosse um elemento permanente em minha vida. *Ou será que é?*

Continuamos a comer e o pensamento persiste como uma tempestade pairando sobre a minha cabeça. Não tenho certeza do que acontecerá a seguir. Penny disse que pretende cursar a Universidade de Arvine, que também era meu plano. Pelo amor de Deus, vou acabar tacando fogo naquela porra toda se tiver que vê-la com um monte de universitários. Talvez frequentarmos a mesma faculdade durante quatro anos seja uma má ideia. *A menos que estejamos juntos.*

Com certeza, seria bom tê-la à minha disposição para pedir um boquete ou uma rapidinha. Isso também pode afastar as noites solitárias. Estou começando a gostar da companhia dela.

Que diabos estou pensando?

— No que você está pensando? — Penny sonda, me arrancando do meu transe.

— Você realmente vai aceitar o dinheiro da mensalidade e vai para a Arvine?

Ela solta uma risada.

— É nisso que está pensando?

— Bom, você vai?

Ela enfia o garfo na lasanha e abocanha mais um pedaço, apoiando os cotovelos na mesa.

— Eu pensei nisso. Tenho as notas necessárias, mas nunca tive dinheiro, até agora. E você?

Ainda estou surpreso por ela aceitar qualquer coisa de mim que venha do meu pai.

— Sim. Quero dizer, esse tem sido meu plano desde o primeiro ano. Mas você sabia disso, não é?

Penny me lança um olhar rancoroso.

— Você está insinuando que minha intenção é te seguir até lá?

Dando de ombros, eu me recosto à cadeira.

— Eu não me importo se estiver. Na verdade, estou lisonjeado por você amar meu pau o suficiente para segui-lo até a faculdade. São quatro anos de sexo selvagem. Você está pronta para isso?

— É só nisso que você pensa, não é? — Ela balança a cabeça, com um sorriso no rosto. — Para sua informação, não estou seguindo você. Eles têm um ótimo curso de comunicação no qual gostaria de me matricular. E você? Em que você está pensando em se formar?

— Administração. Talvez. Eu gostaria de começar algo meu que eu possa passar para as gerações futuras.

— Eu gosto dessa ideia. — Ela sorri.

— Tudo bem, então, está resolvido. Nós vamos para a faculdade juntos.

— Juntos? — Ela morde um pedaço de pão de alho.

— Okay. Nós vamos para a mesma faculdade. Melhorou?

Ela encolhe os ombros, ainda com um sorriso.

Parece que Penny e eu teremos mais quatro anos juntos.

Durante o resto do jantar, eu a observo atentamente quando ela não percebe que estou olhando, e meu coração salta uma batida toda vez que nossos olhares se encontram.

Porra. Estou me apaixonando por essa garota. E é apenas uma questão de tempo até que eu veja seu coração se partir em dois, especialmente agora que ela está indo atrás de Lilith para obter provas de seu caso com o treinador Anderson. Talvez eu tenha que contar a ela a verdade sobre o incêndio, antes que tudo seja revelado por outra pessoa.

CAPÍTULO 28

Penelope

Mentir para Blaise hoje não fazia parte do meu plano. Não pensei que ele fosse me interrogar sobre a ida à casa da minha mãe. Não achava que ele realmente se importaria. Quero dizer, por que ele se importaria? Eu sei que ele a odeia, mas ela ainda é minha mãe.

A verdade é que consegui o que queria. E me custou cada centavo que Blaise depositou na minha poupança, mas valeu a pena no final. Eu tenho informações sobre onde a mãe dele pode estar, e orquestrar o reencontro dele com sua mãe não tem preço.

Meu celular começa a tocar no bolso frontal do moletom, então me afasto da mesa da cozinha onde Blaise e eu estávamos estudando. É tão estranho fazer coisas normais do dia a dia com ele, como jantar, fazer o dever de casa...

É Paxton.

— Ei — sussurro.

— Você tem um minuto para nos encontrarmos?

Saio da cozinha silenciosamente e dou uma olhada onde Blaise está, concentrado no livro de história.

— Sim. Onde?

— Você poderia vir à minha casa? Vou enviar o localizador.

— Tudo bem. Vou esperar.

Encerro a ligação dou uma última olhada em Blaise para ter certeza de que ele não notou nada. Se ele me vir saindo, fará um milhão de perguntas para as quais não tenho respostas. Meu palpite é que Paxton conseguiu os registros escolares que pedi a ele.

Com passos suaves, subo as escadas e pego as chaves na cômoda, depois desço e saio pela porta da frente.

Está congelando, e gostaria de ter pegado uma jaqueta, mas não posso arriscar voltar para buscar. A mensagem de Paxton chega e fico surpresa ao reparar que é na mesma rua de Chase. Na verdade, ele mora a apenas algumas casas de distância.

Talvez não tenham sido os registros escolares que ele conseguiu, talvez ele tenha alguma informação sobre Chase para mim.

Todo o meu corpo se arrepia quando me acomodo ao volante e fecho a porta. Ligo o motor e imediatamente aumento o aquecimento. "Easy on Me", de Adele, toca nos alto-falantes, e canto junto enquanto percorro o curto trajeto.

Estou seguindo meu GPS para ter certeza de que estou na casa certa e, com certeza, ele é praticamente vizinho de Chase. Apenas duzentos metros separam suas duas casas. A de Paxton é um pouco mais acolhedora, com um gramado bem-cuidado e todas as telhas no lugar. No entanto, é pequena e isso me leva a pensar se ele é filho único.

Antes mesmo de abrir a porta do carro, Paxton vem pela calçada pavimentada. Ele está usando uma calça de moletom preta, camiseta cortada e meias brancas, sem sapatos.

Em vez de vir até a janela do lado do motorista, ele entra no meu carro pelo lado do passageiro.

— Ei, desculpe. Estou cuidando da minha irmãzinha e não posso sair de casa.

Lá se vai minha suposição de que ele é filho único.

— Ah, você tem uma irmãzinha?

— Duas. Natalie tem oito anos, é dela que estou cuidando. Cadence tem quinze e quase sempre fica no quarto.

— Isso é incrível. Eu sempre quis uma irmã mais nova.

— Não é lá essas coisas. Então, Blaise é seu único irmão?

— Argh — resmungo. — Eu odeio quando as pessoas o chamam assim. Sim e não. — Balanço a cabeça em negativa. — Nossos pais se casaram quando eu tinha quatorze anos. Eu só morei com eles por alguns anos antes de ir morar com meu pai. O pai dele faleceu há alguns meses e agora não penso nele como irmão.

Paxton ri.

— Provavelmente, é melhor assim. Nenhum irmão deveria olhar para a irmã como Blaise olha para você.

— O quêêê? Blaise não me olha de nenhum jeito específico.

Paxton se ajeita no assento para que seu corpo fique de frente para o meu.

— Garota, ele, *definitivamente*, te quer. Você só está aqui há alguns dias e já posso dizer que ele tem uma queda por você.

Não sei por que isso é uma surpresa para mim. Afinal, acabei de transar com ele algumas horas atrás. Sem mencionar que ele tem sido estranhamente gentil e atencioso. Até mesmo fez um jantar só para mim.

— E você? — pergunto, mudando de assunto. — Você tem interesse em alguém da Skull Creek High?

Ele gesticula a mão no ar.

— Não. Nenhuma das pessoas aqui é meu tipo.

— Bem, qual é o seu tipo? Talvez eu possa ajudar.

Paxton ri.

— Provavelmente, não é o tipo que você está pensando.

Quero perguntar a ele, mas estou preocupada que minha suspeita esteja errada, como sempre.

— Você gosta de... digo...

— Rapazes? — ele interrompe. — Sim. Sou tão óbvio assim?

— Eu não queria perguntar e estar errada. É uma loucura, eu mal te conheço, mas sinto que somos amigos desde sempre.

— Não é loucura. Na verdade, não tenho facilidade em fazer amigos. Na minha antiga escola, eu era meio esquentado. Nem sempre fui o cara mais legal de se ter por perto. Depois que saí de lá, me senti uma nova pessoa. Eu não estava mais constantemente na defensiva.

— Bem, estou feliz que você veio pra cá e sentou comigo na festa, no semestre passado. Se não fosse por aquela noite, eu, provavelmente, teria muito medo de me aproximar de você. Também não faço amigos com facilidade.

Paxton parece surpreso.

— Espere aí. Que festa?

Inclino a cabeça quando olho para ele para ver se ele está falando sério.

— A festa da Noite do Diabo? A noite antes do Halloween? Você se sentou ao meu lado perto da fogueira e estávamos conversando quando a briga começou.

O semblante dele se torna inexpressivo. Ele vira a cabeça, olhando pelo para-brisa, e então olha de volta para mim.

— Era você? Merda. — Enfia os dedos pelo cabelo. — Eu não tinha ideia. Quero dizer, foi uma boa conversa, mas, na verdade, fui me sentar com você naquela noite para tentar deixar uma pessoa com ciúmes. — Ele ri. — Eu não fazia ideia de que era você.

— Sério? — Estou realmente surpresa. Não que isso importe, mas imaginei que ele teria reconhecido minha voz. — Quem você estava tentando deixar com ciúmes?

— Foi idiotice. Era só um garoto por quem eu tinha uma quedinha. Ele está em um relacionamento agora e isso nem importa mais. Não acredito que não sabia que era você esse tempo todo. Isso foi logo antes de eu levar uma surra.

— Sim — suspiro. — Blaise nunca deveria ter feito aquilo. Só fiquei sabendo que foi ele muito mais tarde, naquela noite.

Paxton cerra os punhos, o rosto pálido como se tivesse visto um fantasma.

— O que há de errado?

— Foi Blaise? Penelope, estou tentando descobrir quem me atacou desde aquela noite. Eu não sabia que tinha sido ele. — Ele se recosta no assento. — Eu deveria ter desconfiado, porra. Mas faz sentido. Ele fez isso porque eu estava falando com você, porque o cara tem uma obsessão doentia. — A raiva toma conta de Paxton quando ele esmurra o painel. Levo um susto com sua explosão. — Que se foda aquele riquinho de merda, eu vou matar ele.

— Paxton, deixe isso para lá, por favor. Blaise mudou.

— Imagine se não tivesse mudado! — ele grita. — Ele ainda é o mesmo cara de antes e não hesitaria em quebrar os ossos de qualquer cara que olhasse para você.

Meu coração se rasga em dois só de pensar em Paxton machucando Blaise, mesmo que ele o tenha machucado primeiro...

— O que... o que você vai fazer?

— Não sei, mas preciso fazer alguma coisa. Eu tenho que ir. — Ele faz menção de sair, mas agarro seu braço para detê-lo.

— Espere. Você me chamou aqui porque conseguiu alguma informação? — Eu me sinto uma egoísta por perguntar, mas preciso saber o que ele descobriu.

— Vou te mandar um vídeo. Diga ao seu *irmão* que é melhor ele tomar cuidado.

Paxton sai e fecha a porta com violência. Eu me afundo no assento, desejando ter mantido minha maldita boca fechada.

Dois minutos depois, meu celular sinaliza a chegada de uma mensagem.

> Paxton: Não estou bravo com você. Estou com raiva dele. Desculpe, eu perdi a cabeça. Espero que este vídeo ajude com sua vingança.

Espero ansiosamente enquanto faço o download.

— Vai, carrega...

O vídeo começa a rodar e eu aumento o volume do celular, o som conectado aos alto-falantes do carro.

É um vídeo do Chase. Ele está parado no jardim da frente com um homem mais velho que não reconheço. Não é o mesmo cara que pensei ser seu pai. Ele olha para a esquerda, depois para a direita, e entrega ao cara uma espécie de bolsa. Suas vozes estão muito distantes, então não consigo ouvir nada além da respiração de Paxton.

— Parece que Chase está em um negócio de drogas — diz Paxton, no vídeo. — Pela aparência, eu diria que se trata de cocaína.

Puta merda!

O cara entrega a Chase um maço de dinheiro, aperta sua mão e segue em direção a um carro preto brilhante.

— Faça seu negócio, garota — Paxton declara, antes que o vídeo seja interrompido.

Peguei você, seu filho da puta.

CAPÍTULO 29

Penelope

Blaise nem percebeu que saí ontem à noite. Na verdade, ele ainda estava estudando à mesa quando voltei. Eu estava mentalmente exausta com o que revelei sem querer e com o que fiquei sabendo, então tomei um banho rápido e fui para a cama.

O arrependimento me consumiu quando acordei de manhã. Gostaria de nunca ter contado a Paxton que foi Blaise quem o agrediu. Eu realmente não tinha ideia de que ele não sabia.

Como sou burra.

Independente disso, preciso consertar as coisas. Paxton parece ser uma boa pessoa e tem sido gentil comigo, então gostaria de tentar resolver a bagunça.

— Blaise — digo, enfiando a cabeça na porta do porão. Não sei por que ele ainda fica aqui quando tem a casa inteira à disposição. Sempre foi sua zona de conforto, então acho que faz sentido evitar a mudança.

Abro mais a porta e desço as escadas.

— Ei — cumprimento, pegando-o desprevenido.

Seus olhos se desviam do celular.

— Bom dia. — Seu tom é plácido e ele parece distraído. — Estou feliz que você desceu. Preciso falar com você sobre uma coisa. Tem a ver com...

— Na verdade, *eu* preciso falar com você também. — Tenho que resolver isso antes da aula. Estou tão preocupada com o que Paxton pode fazer e o que Blaise fará com ele em troca... Pode dar muita merda.

Blaise enfia o celular no bolso da frente da calça jeans preta. Ele está usando uma camiseta branca que se ajusta bem ao corpo musculoso e botas pretas.

— Okay. Você primeiro.

— Lembra da festa da Noite do Diabo, quando você espancou Paxton?
Seus olhos se fixam em mim.
— Espere. Como você sabe disso?
— Eu vi você, Blaise. Você o agrediu bem na minha frente. Era a sua máscara.
— Você não viu merda nenhuma.
— Eu sei o que vi, cacete. — Posso sentir que estou ficando brava com sua negativa. — Você o espancou porque ele estava falando comigo e depois fez com que todo mundo o excluísse.
Blaise acena a mão e suspira.
— Tudo bem. Porra! — Eleva o tom de voz. — Ele estava com a mão nojenta na sua perna. Algo explodiu dentro de mim e eu perdi o controle.
— E você não podia simplesmente admitir isso? Ao invés, teve que continuar infernizando a vida dele aqui na escola, mesmo sendo o novato no último ano do ensino médio?
— Ele roubou a porra da minha vaga no time.
Essa conversa não vai a lugar nenhum.
— Então você a roubou de volta e deu para outra pessoa. Para quê? Poder?
— Não tenho como desfazer essa merda. Então, você sabe que fui eu. O que vai fazer, me dedurar?
Eu me aproximo, torcendo para que nossos ânimos se acalmem um pouco.
— Eu não fazia ideia de que ele não sabia que era você e posso ter contado sem querer para Paxton...
Blaise dá de ombros como se eu tivesse acabado de dizer que há possibilidade de chuva hoje.
— E daí? Eu não me importo que ele saiba. Eu simplesmente nunca fiz questão de informar.
— Uau. Bom, okay, fico feliz por isso. O problema é que ele está muito chateado e estou preocupada que ele vá revidar.
Ele gargalha.
— Blaise! — ralho. — Isso não é engraçado.
Ele vem até mim e enlaça meu pescoço.
— Vamos, Pen. Precisamos ir para a escola.
— E se ele te pegar de surpresa ou começar uma briga? Não quero que você revide e machuque ele. Ele tem sido um bom amigo para mim.

— Sim — diz Blaise, com arrogância. — Um amigo que quer transar com você.

Minha cabeça gira. Ele insiste em dizer que Paxton tem uma queda por mim... Bom, não vou compartilhar as coisas pessoais do garoto, embora ele tenha dito que é assumido. De qualquer forma, não vou tocar neste assunto.

— Mesmo que Paxton estivesse interessado em mim, não estou interessada nele. Então, deixe isso de lado e, por favor, resolva as coisas com ele. Por mim. — Estou pedindo muito, mas graças a esse novo lado de Blaise, espero que ele considere meu pedido.

Subo a escada à frente dele, e levo um tapa na bunda.

— Ei! — esbravejo.

— Vá comigo para a escola, e pensarei no assunto.

— Você não acha que as pessoas vão ter uma ideia errada se continuarmos passando todo esse tempo juntos? Você já me convidou para sentar com você no almoço, em uma mesa cheia de pessoas que acham que você me odeia até o fundo da alma.

— Você realmente acha que dou a mínima para o que dizem sobre mim?

Honestamente, não, não acho que Blaise se importa com o que as pessoas pensam dele. A questão é que eu me importo. Já tenho a fama de zé-ninguém desde que pisei nesta cidade anos atrás. Sou motivo de piada para todo. Aquela que se destaca por não conseguir se enturmar. Eu voltei pronta para provar a eles que sou mais do que aparento ser, e se espalharem boatos de que eu e Blaise temos alguma coisa, minha ruína será muito pior dessa vez.

— Espere um minuto. — Blaise para de andar e vem até mim quando estou vestindo o casaco na sala de estar. — Você se importa, não é?

— Tecnicamente, você é meu irmão postiço. Todo mundo sabe que nossos pais foram casados.

— Quem dá a mínima? Que se dane-se, Penny. Em dez anos, as opiniões dessas pessoas realmente importarão?

Inclino a cabeça para o lado enquanto o encaro. Ele realmente mudou. Ou talvez esse Blaise tenha estado ali o tempo todo, e eu simplesmente não percebi.

Eu nunca quis te machucar. Talvez estivesse apenas tentando te proteger.

Essas foram suas palavras. Eu sei que nos meus primeiros anos nesta casa, Blaise me odiava. Era claro como o dia, graças ao jeito horrível com que me tratava. No final da minha estadia, porém, acho que ele se interessou por mim, assim como eu por ele.

— Okay, então. Me diga aqui uma coisa... Você está dizendo que não se importaria se toda a cidade soubesse o que fizemos?

Ele sorri, encontrando meu olhar.

— O que nós fizemos, Penny?

Fecho os olhos, balançando a cabeça, mas com um sorriso no rosto.

— Você sabe o que fizemos.

Suas mãos encontram as minhas e meus olhos se abrem.

— Diga.

— Nós... transamos. Algumas vezes. — É tão estranho dizer isso em voz alta.

Blaise acaricia os nódulos dos meus dedos e meu coração dispara.

— Não, eu não me importaria.

E agora meu coração dobrou de tamanho. Mal consigo disfarçar minha tontura quando aperto sua mão de volta.

— Okay. Talvez um dia possamos parar de fingir que não há nada entre nós e mostrar ao mundo que somos invencíveis.

— Um dia?

— Sim — concordo. — Quando falei que não voltei por você, era verdade. Eu voltei em busca de mim mesma, mas acho que me encontrei em você. — Ser tão vulnerável é assustador. Estou colocando meu coração na palma das mãos dele e realmente espero que isso não se volte contra mim. Curiosamente, dessa vez, acho que estarei a salvo. — Mas ainda preciso das minhas respostas, para que possa me curar por inteiro. Você entende isso, não é?

— Sobre isso, Penny... — Ele passa os dedos pelo cabelo. — Vamos nos atrasar para a escola, mas precisamos conversar logo. Tem uma coisa que preciso te dizer.

— É? — Franzo o cenho. — Parece sério. O que é?

— Mais tarde. — Ele se abaixa e pega minha mochila do chão. — Temos que ir.

Eu não o pressiono para me dizer mais, porque também preciso falar com ele e preciso de mais do que alguns minutos. Ele precisa saber que acho que encontrei a mãe dele.

Meu estômago se retorce em nós quando Blaise e eu caminhamos lado a lado pelos corredores. Recebemos alguns olhares estranhos. As pessoas param de conversar e ficam nos encarando, se perguntando por que ele está saindo com a garota a quem fez questão de xingar para todo mundo ouvir. Já se passaram alguns anos, mas eles não esqueceram.

Ele olha para mim e é como se sentisse meu nervosismo, então tenta segurar minha mão, mas eu me sobressalto e me afasto rapidamente. Não sei bem porque fiz isso, mas é aterrorizante estar sob o olhar de julgamento de uma centena de adolescentes que adorariam expressar suas opiniões de maneira hostil.

Ele balança a cabeça e acelera o ritmo.

— Blaise, espere! — digo, em um sussurro. Ele continua até chegar ao seu armário, abrindo com raiva e pegando os livros. — Eu sinto muito. Eu simplesmente não estou pronta...

— Me poupe, Penny. — Fecha o armário com força e estreita os olhos até passar por mim.

— Você não entende! — grito, conforme ele se afasta, me deixando ali com todos me olhando.

Sinto como se tivesse levado um chute no estômago. Assim que afastei a mão, eu sabia que ele interpretaria de forma errada. Não é por causa dele. Não me importo se as pessoas souberem que me apaixonei por ele.

Estou observando-o ir embora quando avisto Paxton se esgueirar do nada às costas dele. Arfo, chocada, ao vê-lo erguer o punho.

— Blaise! — Saio gritando pelo corredor, mas é tarde demais. Paxton dá um soco na nuca de Blaise, fazendo-o tropeçar para frente até cair no chão. Em seguida, ele monta sobre ele e começa a esmurrá-lo. — Não! Corro em disparada. — Paxton, pare! — berro, desesperada.

Ele nem me dá ouvidos.

— Pare! — tento de novo, agarrando Paxton e puxando-o para trás. Ele dá um puxão no braço, se livrando de mim, e volta a dar socos em Blaise.

Eu vejo sangue. Muito sangue.

Meu coração quase salta pela boca. Estou chocada, observando a cena brutal se desenrolar.

Isso não está acontecendo. Isso não pode estar acontecendo.

Minutos depois, Paxton é contido por alguns professores.

— Blaise! — Eu me ajoelho ao lado dele. Ele me encara, com o rosto todo ensanguentado. Não tenho certeza de onde está vindo o sangramento. Eu olho em volta, pensando que alguém virá ajudar, mas ninguém aparece. — Alguém ajude ele! — Por que ninguém está ajudando? — Está tudo bem, Blaise. — Descanso a cabeça em seu peito e o abraço até que um dos funcionários se aproxima com um kit de primeiros socorros.

— Puta merda — Wade comenta, às minhas costas, embora eu não possa vê-lo. Estou muito focada em Blaise. — O que diabos aconteceu?

— Senhorita — diz uma das professoras. Não sei bem quem ela é e deduzo que não me conheça. — Vamos precisar que você se afaste para que a ambulância possa chegar até ele.

Minha mente fica nublada e não consigo pensar direito.

— Senhorita, precisamos que você se afaste.

Isso é tudo minha culpa. Eu disse a Paxton que foi Blaise quem o agrediu e agora ele deu o troco.

— Senhorita! — ela grita. — Ande, por favor.

Alguém me agarra e me puxa para trás. Eu olho para cima e vejo que é Wade.

— Wade, ele vai ficar bem, não vai?

Wade assente, provavelmente me dizendo o que quero ouvir.

Dois paramédicos se apressam pelo corredor.

— Penny... — Blaise murmura.

Abrindo caminho para o lado dele novamente, coloco a mão em seu peito.

— Estou aqui.

Um paramédico tenta me afastar, mas eu resisto, as lágrimas caindo desenfreadamente pelo meu rosto.

— Me deixe ir junto. Eu preciso ir com ele.

À medida que ele se afasta, eu o ouço uma última vez:

— Eu menti.

CAPÍTULO 30

Penelope

Saí da escola e fui direto para o hospital. Blaise está consciente e vai ficar bem. Ele teve uma concussão, precisou de alguns pontos na cabeça e está com alguns hematomas, mas nada que não vá cicatrizar. Eles o manterão aqui durante a noite para garantir que não haja sangramento interno, e possivelmente receberá alta amanhã.

Estou com tanta raiva de Paxton. Ele poderia ter lidado com isso de muitas maneiras diferentes e optou pela pior possível. Ele não apenas colocou um alvo enorme em suas costas, como perdeu minha amizade.

Ele está me enviando mensagens de texto sem parar, mas ignorei todas elas. Agora que estou um pouco mais calma, decido ler.

Paxton: Sinto muito, Penelope, mas ele mereceu.

Paxton: Não fique brava comigo por fazer exatamente o que ele fez.

Paxton: Me desculpe. Me responde.

Paxton: Ok. Eu estraguei tudo. Eu deveria ter conversado com ele, mas minha raiva tomou conta de mim. O cara arruinou minha chance de ser visto por um recrutador da Universidade de Arvine no jogo da semana seguinte depois que me espancou. Eu não tenho o dinheiro que ele tem. Eu precisava daquela chance, Penelope.

Paxton: Isso não importa. Olha, me manda uma mensagem ou me liga para que possamos conversar. Você é a primeira pessoa a fazer amizade comigo nesta escola e não quero te perder.

> Paxton: Você realmente gosta desse cara, não é?

Eu bloqueio a tela do celular e o largo no meu colo, velando o sono de Blaise.

Meu coração dói só de olhar para ele. Embora pareça tão tranquilo, esta é a primeira vez na vida que o vejo neste estado. Não porque ele está ferido, mas porque está indefeso. Ele é autêntico. Bruto. Insolente. Lindo. Ele é um ser humano que tem um coração que suportou muitas perdas.

Seus olhos começam a piscar, e eu me levanto e me posto ao seu lado, segurando sua mão.

— Penny — arqueja, com a voz rouca.

— Sim. Estou aqui.

Ele tenta se sentar, mas eu o impeço, colando a mão em seu peito.

— Não se levante. Você precisa descansar.

Seus lábios ressecados se entreabrem.

— O que diabos aconteceu?

— Você se machucou, mas vai ficar bem.

— Me machuquei? Como?

Aperto sua mão com a minha.

— Houve uma briga na escola.

Ele balança a cabeça como se as memórias estivessem retornando.

— Paxton?

— Sim.

Seus olhos se fecham novamente.

— Eu vou matar aquela putinha. — Abre a boca, mas adormece em seguida.

Solto sua mão e pego meu celular na cama.

As melhores amizades geralmente começam como inimizades. Afinal, foi assim que eu e Blaise chegamos onde estamos. Talvez haja esperança de uma amizade entre Paxton e Blaise um dia.

> Eu: Tudo bem. Nós podemos conversar.

Paxton responde na mesma hora.

> Paxton: Estou na sala de espera.

Ah, merda. Ele está aqui. Eu não saí do quarto de Blaise desde que cheguei. Nunca passou pela minha cabeça que poderia haver pessoas lá fora esperando para ver como ele está.

Blaise está tomando alguns medicamentos pesados e dormindo pacificamente, então o deixo para ir até a sala de espera. Assim que apareço, Wade e Paxton se levantam de um pulo.

— Como ele está? — Wade pergunta, correndo para o meu lado.

Fuzilo Paxton com o olhar, com as mãos nos quadris.

— Ele está dormindo, mas vai ficar bem. O pior são alguns pontos na lateral da cabeça. Ele vai ficar puto porque tiveram que raspar uma parte do cabelo.

— Que merda. — Wade ri. — Você está ferrado, Pax. Ele nunca vai te perdoar agora.

— Pax? — Encaro Wade, com um olhar questionador. — Desde quando vocês dois são amigos?

O olhar de Wade se intercala entre mim e Paxton.

— Não somos. Quero dizer, esta é a primeira vez que conversamos.

— Mmmm. — Dou um sorriso, olhando para os dois. Sinto que tem alguma coisa acontecendo aqui. — Acho estranho que você esteja sendo tão gentil com o cara que acabou de bater no seu melhor amigo.

Wade dá de ombros.

— Não posso dizer que Blaise não mereceu. Quero dizer, ele deu uma surra em Paxton primeiro.

É verdade, mas, ainda assim, uma coisa não justifica a outra.

Paxton fica de braços cruzados com as mãos enfiadas nos bolsos do casaco.

— Você quer conversar agora? — pergunto.

Ele aponta para as cadeiras vazias e nós nos sentamos.

— Olha — ele começa —, não planejei nada disso. Eu juro que não. Mas ele estava andando pelo corredor com um ar todo arrogante e eu reagi.

Wade se senta do meu outro lado.

— Não estou defendendo Paxton de forma alguma, mas Blaise fez a mesma merda com ele. E por ele acreditar firmemente nessa porra de olho por olho, dente por dente, ele vai superar isso.

— Estou feliz que ele esteja bem. Isso é realmente tudo o que importa para mim.

— Pelo visto, ele não vai poder invadir a festa de Emery comigo amanhã à noite. — Wade ri como se fosse uma piada, mas, na verdade, isso desperta meu interesse.

— Emery vai dar uma festa?

— Hmm, sim. Não que você fosse querer ir.

Isto é perfeito. Simplesmente a notícia que eu precisava para melhorar este dia de merda.

— Na verdade, agora estou considerando essa possibilidade.

Wade retrocede.

— Blaise não vai gostar disso. Eu realmente acho que você deveria reconsiderar.

— Preciso resolver uma coisa, não deve demorar. Você se importaria de ficar com Blaise enquanto faço uma aparição por lá?

Wade esfrega o rosto com as mãos.

— Você está procurando problemas se aparecer naquela festa.

— Por favor — suplico. — Eu preciso fazer isso. É importante para mim.

Ele levanta a cabeça e me encara.

— Não posso mentir para ele.

Eu assinto, sabendo que pedir para ele mentir seria errado.

— Você tem razão. Eu não deveria te pedir isso.

— Mas — ele continua a conversa —, pretendo passar um tempo com ele quando ele voltar para casa. Se você precisar fazer alguma coisa ou algo assim, ficarei com ele. Basta levar Paxton com você. Não gosto da ideia de você *cumprindo missões* por aí sozinha.

Essa é a maneira indireta dele de me dar sua aprovação? Pelo menos, é o que parece.

Não estou muito feliz com a ideia de perdoar Paxton tão rapidamente, mas Wade está certo – eu não deveria fazer isso sozinha.

Pelo visto, vou a uma festa amanhã à noite.

CAPÍTULO 31

Penelope

Depois de ficar no hospital a noite toda, Blaise, por fim, recebeu alta para voltar para casa. Ele está sob ordens estritas para pegar leve, então eu o deixei no porão com tudo ao seu alcance.

Não contei que vou à festa. Apenas disse que tinha algo a fazer, e Wade viria passar a noite com ele.

Ele ainda está bem dopado, mas isso não o impede de tentar algumas coisas.

Blaise enlaça meu corpo e me puxa para o sofá com ele.

— Você precisa descansar — digo, mais uma vez.

— Não. O único remédio de que preciso é este. — Ele acomoda a mão na minha virilha, enrolando os dedos no tecido da minha *legging*. Estou meio tentada a deixá-lo fazer o que quer comigo, porque esse lado brincalhão que me deixa com um tesão louco.

— Não quis interromper — diz Wade, surgindo do nada.

Levo um susto, sentindo as bochechas queimando. *Fomos pegos.*

— Ele já sabe.

Meus olhos se arregalam.

— O quê?

Uma dúzia de perguntas passa pela minha cabeça. Como ele sabe? O que ele sabe? O que há para saber?

Wade empurra os pés de Blaise do sofá e se senta.

— Está tudo bem. Eu não julgo e, pessoalmente, acho que não há nada para julgar. Não é como se vocês fossem realmente irmãos.

Cubro o rosto com as mãos, ainda constrangida. Eu grito quando Blaise dá um tapa na minha bunda.

— Viu? Estamos bem.

Eu me viro para olhar para ele, incapaz de esconder o sorriso. Ele me puxa e pressiona os lábios aos meus.

— Isto é real? — murmuro, com a boca a milímetros da dele. Parece um sonho.

— Tão real quanto minha ereção, que estará esperando por você quando voltar.

Eu o beijo mais uma vez antes de me levantar e olhar para Wade.

— Não deixe que ele tome mais nenhum analgésico até eu voltar.

São os remédios falando. Não tem nenhuma chance de as coisas serem tão *fáceis* assim com a gente.

Estou esperando Paxton para que possamos ir para a festa quando ele, por fim, sai de casa.

— Ei. — Paxton se senta às pressa no banco do passageiro. — Está muito frio lá fora.

— Sim, muito! Ainda bem que a festa de Emery é em espaço fechado.

— Hmmm… — ele chama minha atenção. — Você ainda está brava comigo?

Não tenho muita certeza de como responder a isso.

— Não estou brava, mas não estou feliz com a maneira como você lidou com as coisas. Mas já aconteceu. Não podemos apagar nossos erros do passado, só podemos aprender com eles.

Engato a marcha do carro e me dirijo à casa de Emery com os nervos à flor da pele. Eu e Paxton conversamos um pouco mais ontem à noite e ele concordou em me acompanhar. Ainda estou muito chateada com ele, mas quanto mais penso nisso, mais vejo que sua raiva é válida. Não estou dizendo que é justificável, mas espero que todos possamos seguir em frente.

Paxton parece tenso enquanto afivela o cinto de segurança.

— Tem certeza de que sabe o que está fazendo?

— Definitivamente. Já estive na casa de Emery pelo menos uma centena de vezes. Já faz um tempo, mas eles têm uma sala de cinema com uma tela de projetor enorme. O plano é apenas colocar para rodar lá.

Wade montou um pequeno vídeo para o entretenimento desta noite. Darei a Lilith uma chance de confessar, e se ela não o fizer, vou exibir seu segredo sujo para todos verem. Não consegui nada sobre Emery, o que é péssimo, porque ela é a pessoa que mais me magoou, mas sempre há uma próxima chance. Tenho certeza de que depois desta noite ela e Lilith continuarão tentando fazer da minha vida um inferno, então não há dúvidas de que haverá outra oportunidade de retribuir o favor.

Nós paramos em frente a casa e meu celular vibra no bolso do moletom. Fico boquiaberta ao ler a mensagem.

— Ah, meu Deus — digo em voz alta, sem perceber.

> **Desconhecido:** Oi. Eu recebi uma ligação sua sobre meu filho, Blaise. Você mencionou a morte do pai dele, pode confirmar se isso é verdade? Não posso ter essa conversa até ter certeza.

— Quem é? — pergunta Paxton.

Eu levanto um dedo, interrompendo-o.

Na mesma hora, envio uma mensagem de volta.

> **Eu:** Eu juro que Richard Hale está morto. Ele não pode mais machucar ninguém.

> **Desconhecido:** Espero que ele esteja apodrecendo no inferno. Como está Blaise?

> **Eu:** Ótimo. Bem, não tão ótimo assim. Na verdade, acho que ele adoraria ver você.

> **Desconhecido:** Posso te ligar de manhã? Eu adoraria marcar para me encontrar com ele.

> **Eu:** Com certeza.

Estou em choque quando bloqueio o celular. Tenho certeza de que Paxton percebe minha surpresa, porque está focado em mim.

— Quem era? — sonda, tentando ler minha expressão.

— A mãe de Blaise. — Pisco diversas vezes. — Não acredito que a encontrei depois de todos esses anos.

Bastou dar dinheiro para minha mãe para que ela me contasse a verdade. Minha mãe conheceu Richard quando trabalhava como enfermeira na clínica de Oncologia. Meu palpite é que ela deu em cima dele porque ele tinha dinheiro e, bem, estava com uma doença terminal. Mas ela nunca vai admitir isso. Eles começaram a ter um caso e a mãe de Blaise descobriu. Aparentemente, Richard agredia fisicamente a esposa e, quando ela ameaçou fugir com o filho para que ele nunca mais o visse, Richard ameaçou a vida de Blaise e sua liberdade. Ele a mandou embora com dinheiro suficiente para sobreviver, com a promessa de que mataria o próprio filho e colocaria a culpa nela se ela voltasse. Cretino doente. Espero que ele esteja apodrecendo no inferno.

Minha mãe me deu o último endereço conhecido da mãe de Blaise. Quando Richard faleceu, ela pegou tudo o que era importante de seu escritório. Eu pesquisei e consegui um número de telefone. Ela havia se mudado desde então, mas os novos proprietários me deram o novo endereço. Pesquisei um pouco e encontrei o número do telefone do local onde trabalha, e deixei uma mensagem de voz em sua linha privada.

Ainda estou em choque. Blaise ficará muito feliz em reencontrar sua mãe. Cinco anos atrás, ela desapareceu sem se despedir. Eu sei que ele tentou encontrá-la, mas não teve sorte.

— Estamos prontos para fazer isso? — pergunta Paxton.

Eu assinto.

— Acho que sim.

Paxton abre a porta e eu dou um suspiro audível antes de fazer o mesmo. É irreal ver tanta gente na casa de Emery. Ela sempre quis esse tipo de atenção, e agora é o que tem. Pena que teve que se tornar um clone de Lilith para isso.

Há carros estacionados ao longo da entrada comprida, alguns até no gramado. O pai dela vai ficar bravo, já que sempre zelou com afinco pelo jardim e quintal. Posso jurar que havia um paisagista todos os dias aqui, quando eu a visitava.

— Precisamos ficar juntos, tá? — digo a Paxton. Estou tentando não demonstrar minha preocupação, mas todas as festas das quais já participei, com essa turma, deram em merda. Eles podem ganhar vantagem em questão de segundos e, desta vez, posso não sair viva.

— Não se preocupe. Estou com você. — Ele segura minha mão e, na mesma hora, me sinto aliviada. As pessoas podem ter uma ideia errada disso, mas lembro do que Blaise disse ontem: *em dez anos, nenhuma dessas pessoas vai importar.*

Quanto mais nos aproximamos da casa, mais altas se tornam as vozes e a música. Pelo que vejo, todos estão se divertindo. Não há brigas, nem caras pulando de telhados, mas ainda está cedo.

— Ei — diz Paxton, puxando minha mão. Ele inclina a cabeça na direção de algumas pessoas conversando. — Aquele é o Chase?

Estico o pescoço para tentar enxergar, mas está escuro demais para ter certeza.

— Pode ser. Mas com quem ele está falando?

Paxton me puxa para a esquerda e saímos da garagem.

— Por aqui.

As folhas estalam sob nossos pés e, pela primeira vez, desejo um pouco de neve para abafar o som. Está frio pra caralho aqui fora, pois estou tremendo sob meu casaco de inverno.

Percorremos a fileira de árvores até estarmos ao alcance das vozes. Definitivamente é Chase falando.

— Nós concordamos em duzentos e cinquenta. É pegar ou largar.

Merda. Ele está fazendo outra negociação de drogas?

— Também concordamos com cinquenta comprimidos e isso parece metade.

Eu cubro a boca, abafando o ofego.

— É Emery — eu sussurro.

— Toda vez que trago a mercadoria pra você, você faz essa merda. Só pegue as pílulas, alimente seu vício e me dê a porra do dinheiro.

Vício?

Pego o celular do bolso do casaco e aciono a câmera para começar a gravar.

Emery toma algo da mão de Chase, provavelmente um frasco de comprimidos.

— Ou — ela diz —, você pode aceitar o dinheiro que estou te dando, me deixar ficar com eles, e guardarei seu segredo de que você tem que vender drogas para manter as aparências de que é um de nós.

— Um de vocês? — rebate Chase. — Diz a garota que toma pílulas diariamente. Escuta aqui, garotinha, nós criamos você e podemos destruí-la.

— Vá se foder — Emery bate no peito de Chase, com um maço de dinheiro. — É pegar ou largar. Meu palpite é que você vai aceitar, para ter o que comer mais um dia.

Estou sem palavras. Eu nunca teria imaginado que isso estava acontecendo. Chase vendendo drogas para sobreviver. Emery sendo uma de suas clientes para alimentar um vício.

Paro de filmar e ficamos imóveis até que Chase esteja fora de vista.

— Bem, essa foi uma reviravolta e tanto. — Paxton passa por baixo de um galho e se dirige para a entrada de carros aberta.

Sim. Definitivamente, foi mesmo.

Enquanto caminhamos em direção à multidão, organizo os vídeos em meu celular, caso precise usá-los. Tenho esperança de que Lilith colabore e que não chegue a tanto.

— Lá está ela — declaro, avistando a vadia. Chase se junta a ela e apoia um braço em seus ombros, e, em seguida, sussurra algo em seu ouvido. Eu me pergunto se ela sabe que ele está traficando drogas. Lilith tem muito dinheiro e, se ela se importasse com Chase, imagino que encontraria uma maneira de ajudá-lo. Mas então me lembro de quem estamos falando.

— Vou esperar aqui e não vou tirar os olhos de você. Você consegue fazer isso.

Meu coração está batendo forte no peito, as palmas das mãos suando, a cabeça zonza. *Eu consigo fazer isso.*

Em passos lentos, percorro a distância entre nós duas. Quando estou a cerca de três metros, sua atenção se volta para mim e meu corpo inteiro queima com seu olhar venenoso.

— Você só pode estar de sacanagem — zomba, se afastando de Chase e vindo até mim. — Você é muito cara de pau de aparecer aqui. Não aprendeu a lição sobre ir onde não é chamada?

Engulo em seco, atuando como uma garota maldosa.

— Parece que não. Na verdade, vim ver você, Lilith.

— Eu? — ela escarnece. — Eu te odeio, Penelope. Por que diabos você iria querer me ver?

Eu me inclino, invadindo seu espaço pessoal, torcendo para que o tremor do meu corpo não seja visível.

— Porque tenho algo que pode te destruir.

Lilith ri novamente.

— Me destruir? Impossível.

— Ah, é possível e é verdade. Então, a menos que você queira que toda a escola saiba seu segredo, é melhor me dar o que *eu* quero.

Lilith me empurra para trás, para longe dos ouvidos intrometidos.

— De que diabos você está falando?

— Quem começou o incêndio, Lilith? Me diga agora ou vou entrar na casa de Emery e passar um vídeo mostrando o que você tem feito em seu tempo livre.

Ela se aproxima de mim, nariz com nariz.

— Você está blefando.

— Experimente. — Dou um passo à frente, fuzilando-a com o olhar.

Mantemos a postura combativa por um longo tempo, mas me recuso a recuar. Finalmente, Lilith dá um passo para trás.

— Você vai se arrepender disso.

Minha língua estala no céu da boca enquanto sorrio.

— Talvez, sim. Talvez, não.

Lilith abre a boca para falar algo mais, porém as palavras fogem dela. Sigo a direção de seu olhar, às minhas costas, e vejo Emery parada ali.

Seus olhos estão vidrados, a expressão em branco. Muito provavelmente, ela está chapada de novo.

— Você não é bem-vinda aqui, Penelope. Vá para casa.

Eu balanço a cabeça.

— Ah, não. Não vou embora até conseguir o que vim buscar aqui.

— Vá para casa, vadia! — Chase grita.

Todos começam a cantar em uníssono: "fracassada, fracassada, fracassada".

Meus pensamentos escapam. Tudo em que consigo focar são as palavras que eles continuam repetindo.

— Parem! — grito.

— Fracassada. Fracassada. Fracassada!

Todo mundo está olhando para mim. Todo mundo. Eu não consigo respirar. Não consigo pensar.

— *Sai da frente* — digo a Lilith, que agora está bloqueando meu caminho. Meu corpo inteiro formiga diante da atenção indesejada.

— Me obrigue, vadia. — Ela avança para me empurrar. Eu a encaro, furiosa, tentando contorná-la, mas ela se posta à minha frente. — *Qual é o problema, aniversariante? Chateada porque sua própria família não lembra do dia que você nasceu?*

Naquele dia, eu me senti um fracasso total. Todos riam e fofocavam, encorajando Lilith a me rasgar em pedaços. Eu era o alvo de suas piadas. Zombaram do meu próprio aniversário. No fundo, acreditei nas palavras que Lilith disse.

— Fracassada. Fracassada. Fracassada — a multidão continua a entoar.

A questão é que não me importo. Não mais. Fodam-se todos eles. Cada pessoa que está aqui esperando desempenhar um papel na minha morte tem seus próprios esqueletos que cairão um dia. Não posso dizer que não adoraria ver isso acontecer.

Alguém me agarra por trás e me puxa para trás conforme a ovação prossegue.

— Vamos. Vamos logo — diz Paxton, com as duas mãos em meus ombros.

Eu ando de costas, com o olhar fixo em Lilith. Ela está rindo às minhas custas e se divertindo muito. Eu apenas olho para ela, esperando que ela possa ver em meus olhos a promessa de que seu dia está chegando.

Assim que estamos longe o suficiente e tenho certeza de que não serei atacada por trás, me viro e continuo andando com Paxton ao lado.

Espere. Ele está me levando até o carro!

— Não! — exclamo e paro. — Não é assim que minha história termina. Eu vim aqui por um motivo, e não vou embora até conseguir.

— Devíamos tentar outra hora. Eles realmente te venceram essa noite.

Balanço a cabeça, voltando para a festa, com ele em meu encalço.

— Não. Isso acaba esta noite.

Caminhamos até a parte dos fundos da casa e entramos pela porta do porão. Eu conheço esta casa como a palma da minha mão. Consigo ouvir a baderna da festa no andar de cima, música alta, pessoas rindo.

— A sala de cinema fica lá em cima. — Só preciso entrar lá e me conectar ao Bluetooth.

— Você tem certeza disso?

— Paxton — digo, com lágrimas nos olhos —, nunca tive tanta certeza sobre alguma coisa. É hora de eles pagarem pelos seus pecados.

Ele assente com a cabeça.

— Me passa seu celular, vou conectá-lo. Fique mais para trás e tente não ser vista.

Contraio os lábios, lutando contra as lágrimas. Lágrimas de raiva, tristeza e também apreço por Paxton.

Subimos as escadas e abrimos a porta. Em meio à multidão, mantenho a cabeça baixa, tentando me misturar, pressionando as costas contra a parede oposta. Há pessoas reunidas do lado de fora da sala de cinema. Vejo que a porta está aberta e que lá também está lotado. Meus olhos se voltam para o projetor.

Paxton me lança um olhar compreensivo. Sem perder tempo, ele vai direto ao ponto.

— Vejam só — diz um cara a quem não reconheço. — Se não é a maior fracassada de Skull Creek.

Cruzo os braços e desvio o olhar, torcendo para que esse idiota bêbado me deixe em paz.

— Fracassaaaaadaaaa… — ele começa, embora não possa ser ouvido por causa da tagarelice alta.

— Eu conheço você?

— Não, mas eu te conheço. — É evidente que ele bebeu demais, pela forma como seu corpo oscila para frente e para trás. — Tenho certeza de que te mandaram sair.

Ele devia estar do lado de fora durante minha discussão com Lilith.

— Saia daqui.

Em vez de fazer o que pedi, ele imprensa meu corpo à parede.

— Que tal nós sairmos juntos? Nunca recebi um boquete de uma fracassada antes.

— Argh… — resmungo com desgosto, empurrando-o para longe de mim. Ele cambaleia, perdendo o equilíbrio e cai em cima de um grupo de meninas. Elas fazem um escândalo quando as bebidas caem em suas blusas, e atraem a atenção de todos na sala.

Eu deveria saber que isso não seria tão fácil.

Paxton olha para mim e aponta para a tela.

— Agora? — grita para a multidão.

Eu concordo.

— Sim. Dê o *play*.

O vídeo de Lilith e do treinador Anderson começa a passar, mas não tem som. Ninguém nem percebe. Paxton ajusta o volume do meu celular e, por fim, conseguimos ouvi-los pelo sistema de som da casa. Todos param o que estão fazendo e focam a atenção no projetor.

As pessoas arfam, zombam, vaiam e, aos poucos, mais pessoas entram na sala. Os celulares são retirados dos bolsos e começam a gravar o vídeo.

Ele termina, mas Paxton o coloca para repetir três vezes, certificando-se de que que ninguém perca a chance de assistir. O próximo é o vídeo de Chase e seus negócios escusos diante do jardim de sua casa.

— O que diabos é isso? Pare com isso! — Lilith esbraveja ao entrar. Ela vai direto para Paxton, empurrando-o para fora do caminho.

Não. Ainda não chegamos a Chase e Emery.

Eu atravesso a multidão, indo direto até Lilith. Assim que a alcanço, eu a empurro e ela tropeça alguns passos para trás.

— Eu te dei a chance de me dizer a verdade e você recusou minha oferta. Agora todos sabem o tipo de vagabunda que você é.

Ela levanta a mão e esbofeteia meu rosto. A dor nem é perceptível quando a empurro novamente, derrubando-a no chão.

— Você quer a verdade? — sibila. — Está bem. — Ela se levanta e arranca meu celular da mão de Paxton, depois mexe no dela por um minuto.

— O que você está fazendo? — pergunto, sem saber se isso é bom ou ruim.

Lilith sorri quando troca o vídeo por outro.

É o celeiro envolto em chamas. Os bombeiros estão com mangueiras, tentando apagar o incêndio. Estou tentando processar o que estou vendo, mas as lembranças daquela noite me inundam de uma só vez.

— Desligue! — Ouço a voz de Blaise vindo de trás de mim. Eu nem me viro. Estou muito hipnotizada pelas chamas flamejantes na tela, assistindo tábua por tábua cair e desmoronar. Blaise para na minha frente.

— Vamos embora. — Ele me empurra com seu corpo, para que eu me mova, mas fico ali parada. Não presto atenção ao rosto coberto de edemas e hematomas, nem em sua presença. Tudo em que posso focar é no vídeo.

Blaise e Lilith brigam à medida que ele tenta interromper a transmissão, mas é tarde demais.

Meu coração para. Sinto como se tivesse levado um tapa na cara.

Claro como o dia, vejo minha mãe se escondendo atrás de uma árvore. Ela se abaixa e pega a lata de gasolina, então desaparece na floresta.

Blaise e Lilith congelam, me observando, esperando que eu me desfaça ali mesmo.

— Por que... por que ela estava lá, Blaise?

Paralisada, eu apenas fico ali imóvel, assistindo ao replay do vídeo na minha cabeça.

— Penny, vamos embora. — Blaise me puxa para longe da sala. Meus pés se movem, mas não tenho certeza para onde estou indo. Meu corpo está em estado de choque.

— Ela começou o incêndio, Blaise? Minha mãe tentou me matar?

— Eu disse para você deixar isso pra lá, Pen. Droga, você deveria ter esquecido essa porra.

Minha própria mãe. A mulher que me trouxe a este mundo e deveria me amar incondicionalmente.

Parece que consegui o que vim buscar aqui. Agora, não tenho certeza se é isso que quero mais.

CAPÍTULO 32

Blaise

— Penny! — grito mais uma vez, antes de ouvir a porta do seu quarto fechar com um baque.

Não acredito que ela acha que comecei o incêndio. Eu corri para salvá-la sem sequer pensar duas vezes. Estava pronto para morrer queimado por ela.

Estou indo para o porão quando meu celular toca no bolso. Eu o pego e vejo que é uma ligação de Lilith. Antes mesmo que ela possa falar, eu a estralhaço:

— Eu juro por Deus que se vocês, vadias, tiveram algo a ver com aquele incêndio ontem à noite, nunca mais poderão dar as caras nesta cidade.

— Blaise — ela diz —, nós não fizemos isso.

Sinto a tensão das veias do meu pescoço se dilatando.

— Pare de mentir para mim, sua cadela idiota!

— Não estou mentindo. Nós não fizemos aquilo, mas sei quem fez. Fiquei para trás quando os outros voltaram para a festa. Eu vi você carregar Penny para fora do celeiro em chamas.

Merda. Ela nos viu? Espero que não tenha nos visto através das janelas. Essa masoquista não deixaria passar barato.

— Por que diabos você não foi embora? Você poderia ter sido vista. — Não que eu me importe, mas foi uma decisão idiota da parte dela.

— Por curiosidade, acho. De qualquer forma — ela continua —, quando vocês entraram na casa velha, avistei a mãe de Penelope. Blaise, acho que foi ela, e eu tenho provas.

— Espere aí. O que quer dizer com ter provas? Por que diabos Ana estaria lá fora?

— Bem, me parece que ela queria matar a filha.

Meu corpo entorpece, e olho ao redor para me assegurar de que Penny não está ouvindo nada disso, então me sento à mesa da cozinha.

— Isso é insanidade. Ela não tentaria matar a própria filha. Me mande o vídeo.

Há um longo silêncio que faz meu sangue ferver.

— Me mande a porra do vídeo, Lilith.

— Eu mandei.

Eu a coloco na espera enquanto assisto e, com certeza, lá está Ana. Ela está pegando a lata de gasolina e saindo correndo.

— Você não pode contar a Penny. Está me ouvindo? Ela nunca pode saber. Isso vai matá-la.

Outra rodada de silêncio.

— Não partiria meu coração nem um pouco machucar aquela garota. Mas, posso fazer um acordo com você

— Vadia maldita.

— Vou manter esse segredo, mas você fica fora do meu caminho. Eu farei o que eu quiser, quando quiser. Se você se intrometer, ela está ferrada.

Penny rola para o lado, de frente para mim na cama, me arrancando dos meus pensamentos.

— Blaise. Me diga agora, por favor.

Após as repercussões da noite passada, tirei Penny de lá e a trouxe para casa. Ela chorou por horas, pedindo respostas, mas prometi que contaria tudo hoje. E é o que farei.

Era meu plano contar a ela ontem, mas o idiota do Paxton teve que me atacar no corredor. O filho da puta ainda está na minha lista.

Ajeito o travesseiro e me deito de lado, para olhar diretamente para ela.

— Okay. Eu vou te contar tudo.

Ana entra na cozinha, os saltos clicando no piso de madeira. Ela está bem arrumada, nada parecida como a mulher que incendiou um celeiro na noite anterior.

— Blaise! — Ana arfa, o rosto pálido, como se tivesse visto um fantasma. — O que você está fazendo aqui?

Estendo os braços nos encostos das cadeiras ao lado, com um sorriso arrogante no rosto.

— Bom dia, Ana. Você dormiu bem?

Ela mexe um pouco na bolsa e a deixa cair no balcão.

— Eu não esperava ver você. Sim, eu dormi bem. Obrigada.

Já conversei com meu pai. Ele sabe o que Ana fez, e sua obsessão por Penny o levou a concordar com o meu plano de infernizar a vida dessa mulher. Vamos tirar dela tudo o que ela ama e aproveitar cada segundo fazendo isso.

— Dá muito trabalho dormir bem depois de tentar matar sua única filha. Não é?

Ana para de mexer no celular e olha para mim, a perplexidade estampada em seu rosto.

— Do que você está falando? Quem faria uma coisa dessas?

— *Ah, não sei. Você.* — *Empurro a cadeira para trás e me levanto, diminuindo a distância entre nós. Agarro seu queixo com firmeza, com o nariz quase colado ao dela para que me ouça com clareza.*

— *Eu sei o que você fez ontem à noite e tenho provas. Você tentou matar Penelope. Se não fosse eu ter corrido para dentro daquele celeiro para salvá-la, ela teria muito mais do que uma queimadura de terceiro grau no braço.*

Consigo ver a pulsação acelerada em seu pescoço. Ela treme, gaguejando as palavras.

— I-isso é... isso é-é u-uma insanidade. Eu nunca...

— *Está gravado. Você fez essa porra, e se tem o mínimo de juízo, vai me ouvir com atenção.*

— Blaise... — *ela me interrompe.* — Eu nunca machucaria Penelope. Eu a amo.

— *Então por que ateou fogo sabendo que ela estava lá dentro?*

— Eu... eu não sabia que ela estava lá. Não estava tentando machucá-la. — *Ela se afasta e eu permito só para que possa terminar o que tem a dizer. Virando-se de costas, cobre o rosto com as mãos e começa a soluçar.* — Seu carro estava lá. Você está sempre naquele celeiro. Achei que era você lá dentro.

Fico boquiaberto. Eu?

— *Você tentou me matar?*

Quase me faz sentir um pouco melhor, sabendo que ela não estava tentando matar a própria filha, mas, ainda assim, isso é coisa de gente psicopata. E é meio engraçado também. Ela realmente pensou que poderia se livrar de mim... Não há dúvidas de que o motivo era para assumir meu lugar no testamento do meu pai.

— Não foi isso que eu quis dizer. — *Ela se levanta e apoia as mãos nos quadris. Ela tenta ir embora, mas agarro seu pulso.*

— *Ouça bem o que você vai fazer. Você vai deixar Penny ir embora para morar com o pai, onde é seguro. Não confio em ninguém desta cidade e, certamente, não confio em você. Se a impedir, então ela saberá de tudo. Inclusive, que foi você quem quase tirou a vida dela.*

— Não muda nada. Eu a odeio, Blaise. Mesmo que ela não estivesse tentando me matar, ainda tentou matar você e me machucou no processo. Isso dói. Dói muito.

— *Confie em mim, eu entendo. Prefiro que fique longe dessa mulher.*

Ela só liga para dinheiro e não se importa com quem tiver que machucar para conseguir.

— Me desculpe por duvidar de você, Blaise. Todo esse tempo pensei que sua intenção era me machucar, mas você realmente estava apenas tentando proteger meus sentimentos e me manter segura. Eu gostaria que tivesse me contado antes, mas entendo por que não o fez.

Nossas bocas se conectam em um beijo incrível. Não importa de onde viemos, quem são ou foram nossos pais, ou o que aconteceu no passado. Tudo o que passamos nos trouxe até aqui hoje.

— Eu te amo, Penny.

Seus olhos cintilam sob o feixe de raio solar que incide em seu rosto.

— Eu também te amo.

Ficamos deitados na cama, conversando por mais uma hora sobre o passado, o presente, o futuro.

— Eu dei todo o meu dinheiro a ela — Penny comenta, do nada, com um olhar abatido.

Eu me apoio no cotovelo, a encarando.

— Por que você faria isso?

— Tem algo que preciso te dizer, mas você não pode ficar bravo.

Desabo no travesseiro, me preparando mentalmente para o que ela está prestes a dizer. Tanta coisa aconteceu nas últimas vinte e quatro horas que não tenho certeza se alguma coisa poderia me surpreender.

— Tudo bem. Estou ouvindo.

— Encontrei sua mãe.

Viro a cabeça de supetão.

— Você o quê?

Penny encontra meu olhar e se senta.

— Minha mãe sabia onde ela estava o tempo todo. Eu a encontrei.

As palavras me escapam enquanto tento pensar em algo para dizer. Ela encontrou minha mãe?

Eu me sinto animado, nervoso, assustado, inseguro… Muitas emoções me atingem ao mesmo tempo. Lembranças da minha infância se repetem na minha cabeça. Minha mãe foi tão gentil e atenciosa. Seu coração era enorme e ela sempre tinha um sorriso no rosto.

Penny passa a me contar tudo o que minha mãe disse a ela. Sobre o abuso e as ameaças, sobre como foi obrigada a ir embora. Então, ela me dá o número dela. Tenho muito em que pensar antes de fazer a ligação, mas um dia espero ter coragem. Até então, tenho a única pessoa que quero ao meu lado.

Eu puxo o cobertor para cima de nós dois e trago Penny para junto de mim. Seus olhos se arregalam quando meu pau duro se esfrega ao seu corpo, e ela morde o lábio, sabendo que isso me deixa louco.

— Você ainda está se recuperando. Acho que devemos esperar.

— Estou bem. Eu prometo. Além disso — enfio a mão por dentro do seu short, espalmando sua boceta —, este é o melhor remédio.

Penny rebola os quadris, e sei que ela quer isso tanto quanto eu.

Deslizo dois dedos para dentro de sua boceta encharcada.

— Me diga que isso aqui é meu — exijo, em tom autoritário.

Como ela não responde, tiro meus dedos. Ela me encara com os olhos arregalados.

— Não pare.

— Então me diga.

Inclinando-se para frente, ela diz contra a minha boca:

— É seu. — E agarra meu pau através da boxer e eu me contorço de prazer. — E isso aqui é meu.

— Pode ter certeza que é. — Afasto os cobertores e rolo em cima dela, separando suas pernas com meu joelho. Nossas bocas se unem enquanto a fodo com os dedos, esfregando meu pau faminto contra sua perna.

Penny empurra os quadris para cima, querendo mais, então deslizo outro dedo, preenchendo-a. É uma sensação satisfatória saber que reivindiquei essa garota há dois anos e sua boceta nunca foi tocada por outro pau. Sei muito bem que aquele idiota, Ryan, nunca transou com ela. Essa garota é minha em todos os sentidos da palavra. Seu coração, sua alma, seu corpo.

Penny fecha os olhos, inclinando a cabeça para trás. Suas pernas se abrem ainda mais, a excitação encharcando meus dedos enquanto os deslizo para dentro e para fora de seu órgão apertado.

Ela geme de prazer e eu acelero o ritmo, bombeando os dedos profundamente dentro dela.

Observo sua expressão quando seu corpo retesa, ela prende a respiração e goza na minha mão.

Em questão de segundos, eu me livro de nossas roupas.

Meu corpo cobre o dela, sentindo seus mamilos duros contra meu peito. Tomo sua boca com a minha, num beijo avassalador conforme alinho meu pau em sua entrada.

— Meu Deus, você é linda pra caralho — murmuro contra sua boca, deslizando para dentro e para fora.

Coberto de suor, eu a penetro até o talo. Ela é tão apertada, quente, molhada e minha.

Enfio uma mão sob sua cabeça e a levanto, unindo nossas bocas. Penny arfa, cravando as unhas em minhas costas.

— Blaise.

A forma como meu nome sai de sua boca me leva a um frenesi. Eu pego o ritmo, fodendo-a forte e rápido, sentindo seus músculos internos envolvendo meu pau.

Ela agarra meus ombros, me estimulando a ir mais fundo para dentro do paraíso. Deus, essa garota é tão perfeita. Eu quero construir uma casa dentro de sua boceta e ficar aqui por toda a eternidade.

— Caralho, Blaise. Eu vou gozar de novo.

Arremeto outra vez, incapaz de conter a onda de adrenalina varrendo meu corpo, cada célula prestes a entrar em combustão.

— Poooorra — gemo, estocando uma, duas vezes até gozar gostoso dentro dela.

Desabo, sem descarregar meu peso sobre ela. Ela me abraça e eu aninho a cabeça entre seus seios. Alguns minutos se passam até que recuperamos o fôlego e estabilizamos nossos batimentos cardíacos.

— Podemos ficar na cama o dia todo? — Penny pergunta, ainda ofegante.

— Nós *vamos* ficar na cama o dia todo.

Quando, por fim, sairmos da cama, voltaremos para cá à noite e todas as outras depois desta, contanto que ela fique. Porque nunca mais quero deixar essa garota ir embora.

CAPÍTULO 33

Penelope

Ergo a mão e a conecto com sua bochecha.

— Como você se atreve! — esbravejo.

Minha mãe segura o rosto com ambas as mãos, os olhos arregalados em descrença.

— Penelope Briar. O que diabos deu em você?

Como se ela não soubesse.

— O que deu em mim? — caçoo. — O que deu em mim? Ah, não sei. Que tal o fato de você ter incendiado a porra de um celeiro comigo dentro dele? Você está vendo isso? — Estendo meu braço, mostrando a evidência de seus feitos. — Você fez isso comigo.

— Querida, eu... — ela tropeça nas palavras, tentando encontrar a maneira mais fácil de se sair disso. — Foi... foi um acidente.

— Um acidente — ironizo, com uma risada debochada. — Um acidente é quando você esbarra em alguém. Um acidente é quando você derruba um copo de leite. — Elevo o tom de voz, sem me conter. — Você ateou fogo em sua filha por acidente!

Há lágrimas em seus olhos, mas elas não me consolam em nada. Conheço esta mulher por toda a vida. Quando ela chora, é por causa de seus próprios problemas. Essas lágrimas não têm nada a ver com a maneira como suas ações me afetaram.

Cobrindo o rosto com as mãos, ela começa a chorar incontrolavelmente.

— Eu sinto muito — diz ela, por entre as fungadas. — Eu não sabia que você estava lá dentro.

Agarro suas mãos e as afasto do rosto para que ela possa olhar nos meus olhos.

— Isso pode até ser verdade. Mas você achou que Blaise estava lá dentro, não é? Você tentou matá-lo para ser a única herdeira de Richard?

Sua única resposta é a bagunça do rímel preto escorrido.

— Deu certo para você, *mãe*? — Sorrio, adorando cada minuto de sua ruína. — Provavelmente, você não esperava que Blaise corresse para contar tudo ao pai, não é?

Isso chama sua atenção.

Ela para de chorar, enxugando as lágrimas e borrando ainda mais a maquiagem.

— Blaise contou a Richard?

Eu assinto.

— É claro. No dia seguinte ao incêndio, ele contou tudo ao pai. Você nunca teve o dinheiro dele. Durante esse tempo todo você pensou que ele já estava no papo... Nossa, como você estava errada.

É engraçado a rapidez com que sua expressão muda de remorso para ódio.

— Aquele filho da puta! — esbraveja, encarando o chão. — Ele brincou comigo. Durante dois anos inteiros, ele brincou comigo.

— O carma não falha, não é? — Pego minha bolsa no balcão da cozinha de seu pequeno apartamento. — Se precisar de alguma coisa, não me procure.

— Penelope! Espere! — grita, quando fecho a porta do apartamento. Ela a abre novamente, mas já estou na metade da escada. — Por favor, não me deixe. Estou sozinha agora.

Quando chego lá embaixo, me viro e olho para ela, com um breve momento de simpatia pesando em meu peito.

— Peça ajuda, mãe. Se descongelar seu coração, talvez eu esteja disposta a fazer algum tipo de aconselhamento em sua companhia para consertarmos o que você quebrou.

Com isso, vou embora ciente de que estou fechando a porta de um relacionamento com minha mãe. Tenho esperança de que um dia, no futuro, ela reflita sobre sua vida e decida corrigir seus erros. Talvez, então, eu abra a porta de novo, mas nunca confiarei totalmente nela o suficiente para deixá-la entrar.

Estou ansiosa, esperando que Blaise encerre a ligação com a mãe. Ele está caminhando de um lado ao outro com botas, short de treino e regata. E deve estar congelando lá fora. Estamos quase soterrados sob trinta centímetros de neve que caiu ontem à noite e, claro, é o dia em que ambos voltamos para a escola depois de tirar alguns dias de folga para que pudéssemos nos recuperar.

Blaise encerra a chamada e o sorriso em seu rosto me diz que tudo correu bem. Eu nem hesito em abrir a porta de correr.

— E então?

— Me deixe entrar primeiro, está frio pra caralho aqui fora. — Estremece e entra, deixando rastros de neve no chão.

Fecho a porta me viro, meu corpo sendo envolvido pelos braços fortes de Blaise, que beija minha testa e me encara.

— Ela vem me visitar na semana que vem.

— Eba! — Sorrio de empolgação. — Você acha que ela vai acabar ficando para sempre?

— Não sei. Teremos que ver. Vou oferecer a casa a ela. Ela merece e estamos indo embora em cinco meses para a faculdade, de qualquer forma.

Esta é a melhor notícia de todas.

Estou muito feliz que Blaise tenha a chance de reconstruir seu relacionamento com a mãe.

Sentimentos confusos se avolumam dentro de mim. Alívio e felicidade por ele, angústia e decepção por mim. Não há a menor chance de isso acontecer da minha parte. A mulher que uma vez chamei de "mãe" se foi. Tenho toda a família de que preciso. Tenho um pai amoroso em Portland e tenho Blaise.

Ela fez isso consigo mesma, conosco. Quem perde, na verdade, é ela.

Eu o solto do meu abraço e recuo um passo.

— Tudo bem. Agora vamos ver o que nos espera na escola hoje.

Blaise me agarra pela cintura, se recusando a me soltar.

— E se eu tentar segurar sua mão no corredor? — brinca, plantando beijos no meu pescoço.

Eu rio, lembrando o quão bravo ele ficou quando me afastei da última vez.

— Eu não sei. Acho que você terá que tentar e ver o que acontece.

Entramos na escola e eu mantenho a cabeça erguida. Os alunos olham, sussurram, riem... e nós ignoramos tudo. Blaise estende a mão e entrelaça os dedos aos meus. Nós compartilhamos um sorriso e voltamos a nos concentrar no percurso pelo longo corredor. A multidão de alunos se separa, dando passagem, parando para ver se isso é uma piada. Mas não é. Blaise e eu estamos juntos.

Pela primeira vez, desde o incêndio, estou usando uma camiseta de manga curta, expondo minha cicatriz para quem quiser ver. É uma loucura, mas nem vergonha sinto mais. É meu ferimento de batalha. A prova de que posso superar qualquer coisa lançada em meu caminho.

Todo mundo sabe que minha mãe deu início àquele incêndio. Eles sabem que eu estava lá dentro e que poderia ter morrido nas mãos dela. Nem tenho certeza se ela percebe a extensão de seus danos, mas acho que ela não dá a mínima.

O vídeo de Lilith viralizou e o treinador Anderson foi demitido de seu cargo. Ela afirma que foi coagida a manter um relacionamento sexual com ele e saiu impune. Em vez de arruiná-la, nós a tornamos uma lenda por ter dormido com o treinador. Ao menos as meninas acham isso. Os caras, pelo contrário, a consideram uma vagabunda que abriu as pernas para um homem casado de quarenta anos. Todos nós temos um acordo silencioso de que ela ficará fora do nosso caminho e nós ficaremos fora do dela.

Passamos por Chase e ele abaixa a cabeça, evitando contato visual. Os vídeos de Emery e Chase nunca foram reproduzidos, mas nem precisou. Alguns dias atrás, os pais de Emery encontraram seu esconderijo de drogas e ela não hesitou em delatar Chase como seu traficante. Não é surpresa que ela tenha sido uma amiga tão ruim para eles quanto foi para mim.

Emery agora se encontra em reabilitação e Chase está cumprindo fiança enquanto aguarda o resultados das acusações de posse e distribuição de entorpecentes. É altamente improvável que ele vá para a faculdade no próximo outono. Não posso dizer que sinto muito por ele ter sido pego. O carma realmente não falha.

— Ei, Paxton. — Aceno quando passamos por ele e Wade. Blaise concordou em dar a Paxton o benefício da dúvida. Como ele começou a briga antes, encarou que estão quites agora.

Assim que chegamos ao armário de Blaise, solto sua mão e ele me abraça, me puxando para perto. Diante de olhos atentos, pressiona sua boca à minha, me beijando com tanta paixão que meus joelhos fraquejam.

— Todo mundo está assistindo — sussurro contra os seus lábios.

— Deixe-os assistir.

Então eu deixo. Mergulho em seu beijo, ciente de que juntos somos imbatíveis. Blaise tem seu título de rei da escola de volta, e eu sou a rainha ao lado dele.

EPÍLOGO

Penelope

— Caralho, é muito bom — comenta Blaise, examinando meu dormitório. — Na verdade, acho que é melhor que o meu.

Coloco uma pintura em tela de um anjo e um demônio de mãos dadas em um prego na parede e saio da cama.

— É bem pequeno, mas serve. — Estou de costas para ele, admirando a obra.

Blaise se aproxima e me envolve no calor de seus braços, repousando o queixo no meu ombro.

— Senti sua falta ontem à noite. — Suspira, audivelmente.

Eu me viro e enlaço seu pescoço.

— Foi só uma noite. — Umedeço os lábios quando o vejo observando os meus. — Nós concordamos que dormitórios e quartos separados seriam uma coisa boa.

— Eu me acostumei a ter você na minha cama todas as noites. Sem mencionar todos esses universitários com tesão que circulam pelos corredores em busca de uma transa.

Inabalável, dou um sorriso.

— É um dormitório de garotas, e tenho uma colega de quarto muito, muito fodona.

É verdade. Leah tem a força de um homem e não hesita em expressar sua opinião.

— Eu só me preocupo. Você é a garota mais gostosa do *campus*, e eu sei como os caras são.

Sua declaração me faz corar. Estou longe de ser a garota mais gostosa do *campus*, mas aceito o elogio, sabendo que ele realmente acredita nisso.

— Eu vou ficar bem. Eu prometo. — Beijo seus lábios entreabertos. Ele não perde tempo e desliza a língua na minha boca.

Eu sei que Blaise se preocupa. É o que ele faz. Ele está com medo de que haja uma repetição dos eventos que ocorreram no colégio, mas assegurei a ele muitas vezes que esta é uma turma diferente e nem todo mundo é tão cruel quanto Lilith, tão deplorável quanto Chase ou tão enganador quanto Emery. Sem mencionar, tão errático quanto ele.

Tudo desaparece ao redor. Cada preocupação, todos os estranhos que nos cercam do lado de fora daquela porta. Nada disso importa conforme me perco neste beijo. Nossos corações batem em sincronia, o dele martelando contra o meu peito e o meu contra o dele. Às vezes, eu me pergunto como tive tanta sorte, então me lembro que a sorte não teve nada a ver com isso. Eu lutei muito por esses sentimentos – por esse amor. Estou tão consumida por Blaise que é ao mesmo tempo aterrorizante e excitante. O que torna tudo ainda melhor, porque confio nele agora e sei que ele se sente exatamente da mesma maneira.

— Fique comigo esta noite — Blaise sussurra contra a minha boca.

Começo a rir, ainda com nossos lábios grudados.

— É a nossa segunda noite aqui. Prefiro não quebrar as regras tão cedo.

— Essa é a graça das regras. — Sua mão se enfia por baixo da camiseta, deixando um rastro de arrepios no caminho. — Elas são feitas para ser quebradas.

A porta do meu quarto se abre e eu e Blaise nos afastamos um do outro. Ajeito a roupa e limpo a boca com o dorso da mão.

Leah ergue as mãos em sinal de rendição.

— Uau. Desculpe, colega de quarto. Não quis interromper.

Eu rio de sua vivacidade.

— Sem problemas. Eu e Blaise estávamos saindo. Vou passar algumas horas no dormitório dele, mas volto mais tarde.

— Talvez. — Blaise me conduz até a porta. — *Talvez* ela volte mais tarde.

— É bom bater antes de entrar. Não tenho meu próprio espaço desde que estava no útero da minha mãe. E não transo há três anos, então nunca se sabe o que pode estar acontecendo na minha cama, se é que me entende.

— Hmmm, está bem. — Franzo o cenho. — Vou tentar me lembrar disso.

Blaise me lança um olhar, provavelmente preocupado com a sanidade da minha nova colega de quarto.

— Vamos — digo, empurrando-o para fora e fechando a porta na sequência. Antes que ele possa dizer qualquer coisa, eu levanto a mão. — Não. Ela é uma garota doce.

Ele sinaliza como se estivesse fechando um zíper em sua boca.

— Eu não ia dizer nada.

Nós dois rimos pelo corredor. É tão bom não se destacar. Somos apenas um casal comum em uma faculdade grande, cheia de pessoas que não nos conhecem e não se importam com o que fazemos. É uma boa mudança de ritmo comparado a Skull Creek.

Nossos últimos dois meses lá não foram tão ruins, mas toda vez que virávamos um canto, alguém nos encarava e cochichava. *Eles não são irmãos? Isso é tão nojento. Os pais deles são casados? Ouvi dizer que ela é uma prostituta e também dormiu com o pai dele.*

Eventualmente, aprendi ignorar, até não me importar mais.

É um trajeto rápido até os dormitórios masculinos no lado oposto do *campus*. Uma das vantagens de Arvine é que os calouros podem ter carros, enquanto algumas faculdades não permitem isso. Naturalmente, Wade e Blaise estão dividindo um quarto, e Paxton, que se tornou um bom amigo de todos nós, está três portas além com Ryder.

— Como eles estão se adaptando? — pergunto, quando ele passa a marcha e sai do estacionamento.

— Eu diria que muito bem, considerando que Wade e Paxton ficaram acordados até as três da manhã jogando videogame e rindo de absolutamente nada.

Eu reprimo um sorriso, que Blaise percebe ao olhar para mim.

— Que sorriso é esse?

— Sorriso?

— Esse sorriso bobo em seu rosto.

— Nada. Eu não estou sorrindo.

Ele estende a mão e faz cócegas na parte interna da minha coxa.

— O que você está escondendo?

Não é meu papel dizer qualquer coisa, e há uma boa chance de estar errada, mas não revelo que acho que tem algo rolando entre Wade e Paxton. Na verdade, eu sei que está. Paxton me disse que tinha uma queda por Wade. Já Wade nunca disse que gosta de homens, mas tenho um pressentimento desde a carona que ele me deu, na saída do *Poppy's*, no último outono. Ele comentou que adoraria ir a algum lugar onde pudesse ser ele mesmo e não precisasse fingir. Depois disso, percebi algumas coisas, como a maneira como ele olha para Paxton.

— Não me faça parar este carro e foder você.

— Nesse caso, não vou dizer uma palavra.

Blaise pisa no freio, e meu corpo se projeta para frente. Felizmente, coloquei o cinto de segurança.

— Você está me desafiando?

Eu começo a rir quando ele desafivela o cinto e se inclina sobre o console central.

— Estamos no meio da rua. Volte para o seu lugar e dirija. — Eu o empurro, mas ele rouba um beijo antes de recuar e se acomodar no assento.

— Vou arrancar isso de você de um jeito ou de outro.

Sua mão descansa na minha coxa pelo resto do curto trajeto. Assim que chegamos aos dormitórios, ele estaciona e subimos para o quarto. As pessoas ainda estão se mudando, então há caras carregando móveis, bolsas, cômodas e até televisões enormes.

Blaise abre a porta e, para nossa surpresa, está vazio. Suas sobrancelhas se agitam e ele começa a rir.

— Parece que temos o lugar só para nós por um tempo.

— Sorte a nossa.

Blaise fecha a porta com um chute e me agarra por trás, me levantando no colo e me levando até a cama. Em um movimento rápido, estou deitada de costas com seu peito pressionado ao meu. Trocamos um olhar ardente que eu deveria eternizar.

— Eu te amo — diz Blaise.

Meu coração acelera.

— Eu também te amo.

Nunca planejei isso. Nunca pensei que o homem dos meus sonhos estivesse morando dois andares abaixo de mim. Eu me apaixonei pela pessoa mais inesperada e no momento mais inesperado. Essa é a beleza desta coisa entre nós que nunca deixa de nos surpreender.

Conheci o diabo aos quatorze anos. Quando completei dezoito anos, estava perdidamente apaixonada por ele.

Fim.

NOTA DA AUTORA

    Muito obrigada por ter lido *Herdeiro Diabólico*. Espero que você tenha amado Penny e Blaise tanto quanto eu. Se você puder fazer a gentileza de deixar uma avaliação honesta, ficarei eternamente grata!

    Também gostaria de agradecer a todos que ajudaram a dar vida a este bebê – Carolina, Amanda, Sara, Rebecca, Rumi e Kirsty. Obrigada pelo apoio, pela leitura alfa/beta, preparação, revisões, diagramação e capa.

    Um imenso obrigada ao meu incrível Street Team, The Rebel Readers! O apoio de vocês significa muito para mim!

    Obrigada aos membros do meu grupo de leitores, The Ramblers. Sou muito grata por ter encontrado todos vocês!

SOBRE A AUTORA

Rachel Leigh é autora *best-seller* do *USA Today*, e escreve romances New Adult e contemporâneos cheios de reviravoltas. Você pode esperar meninos maus, heroínas fortes e 'felizes para sempre'.

Rachel vive de *leggings*, usa *emojis* demais e sobrevive de livros e café. Escrever é sua paixão. Seu objetivo é levar os leitores a uma aventura com suas palavras, mostrando-lhes que, mesmo nos dias mais sombrios, o amor vence tudo.

PLAYLIST

Part of Me - Afterlife
Unbreakable - Kingdom Collapse
All I Feel Is You - The Broken View
Fix You - Coldplay
I Will - Matchbox 20
The Thunder Rolls - State of Mine
Enough - From Ashes to New
Dream Away - Keith Wallen
Light Up The Sky - From Ashes to New
Leave - Matchbox 20
It's Been Awhile - Staind

Ouça agora:
https://bit.ly/devilheirplaylist

A The Gift Box é uma editora brasileira, com publicações de autores nacionais e estrangeiros, que surgiu no mercado em janeiro de 2018. Nossos livros estão sempre entre os mais vendidos da Amazon e já receberam diversos destaques em blogs literários e na própria Amazon.

Somos uma empresa jovem, cheia de energia e paixão pela literatura de romance e queremos incentivar cada vez mais a leitura e o crescimento de nossos autores e parceiros.

Acompanhe a The Gift Box nas redes sociais para ficar por dentro de todas as novidades.

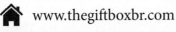 www.thegiftboxbr.com

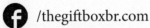 /thegiftboxbr.com

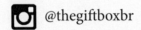 @thegiftboxbr

 @GiftBoxEditora

Impressão e acabamento